OĞ

May Yayınları, 1975 (1 baskı)

İletişim Yayınları 53 • Oğuz Atay Bütün Eserleri Dizisi 4
ISBN-13: 978-975-470-158-6
© 1984 İletişim Yayıncılık A. Ş.
1-42. BASKI 1984-2015, İstanbul
43. BASKI 2016, İstanbul

KAPAK Ümit Kıvanç
KAPAK FOTOĞRAFI Ara Güler
UYGULAMA Hasan Deniz
DÜZELTİ Bahar Siber, Ayla Karadağ
BASKI ve CİLT Sena Ofset · SERTİFİKA NO. 12064
Litros Yolu 2. Matbaacılar Sitesi B Blok 6. Kat No. 4NB 7-9-11
Topkapı 34010 İstanbul Tel: 212.613 38 46

İletişim Yayınları · SERTİFİKA NO. 10721
Binbirdirek Meydanı Sokak, İletişim Han 3, Fatih 34122 İstanbul
Tel: 212.516 22 60-61-62 • Faks: 212.516 12 58
e-mail: iletisim@iletisim.com.tr • web: www.iletisim.com.tr

OĞUZ ATAY

Korkuyu
Beklerken

HİKÂYELER

iletişim

May Yayınları tarafından 1975 yıllında yayımlanan ilk baskısı ve Oğuz Atay'ın daktilo nüshaları esas alınarak yayına hazırlanmıştır.

İÇİNDEKİLER

ÖNSÖZ

Oğuz Atay'ın yapıtı deyince, ayrı ayrı romanları, öyküleri ve oyunlarından önce kişileri canlanıyor gözümün önünde. *Tutunamayanlar*'ın Selim Işık'ından *Oyunlarla Yaşayanlar*'ın Coşkun Ermiş'ine dek... Negatif kişiler topluluğu: kendi sorunlarını çözememiş ve topluma kendini kabul ettirememiş aydınlar, toplumun acımasızca dışladığı lümpenler, çaresizlik içinde intihara, cinayete süreklenenler, delirmenin sınırlarında dolaşanlar. Alışılanın tersine marjinal insanlardır bunlar, olumsuz kahramanlardır.

Elbette bu kişiler kahramanı oldukları anlatılarda birer öğe. Ama öylesine ön plandalar ki her roman bir kişinin romanı, her öykü bir kişinin öyküsü. Oğuz Atay durum ya da olaydan çok kişilerin anlatıcısı. Dahası, bu kişilerin başına gelenlerden çok ruhsal serüvenlerinin anlatıcısı. Yine alışılanın tersine.

Marjinal ve olumsuz kişilere, bu kişilerin de ruhlarına yönelen anlatıların geniş okur kitlesine vereceği ne var? diye sorulabilir bu aşamada. Nitekim, Oğuz Atay'ın yapıtlarına bu soruyu suçlayıcı biçimde yöneltenler olmuştur. Ne var ki, bu marjinal kişilerin ruhları kat kat açıldıkça onları üreten çevre, kültür, toplum ortaya çıkmaktadır. Toplum kişiye içkindir, o kişi atipik olsa bile.

Oğuz Atay'ın anlattığı türden kişilere yazın dünyası yabancı değil elbette. Coşumcu yapıtlarda, 19. yüzyıl Rus yazınında, varoluşçulukta, Kafka'nın yazdıklarında, giderek 1955-65 Türk yazınında var bu tipler. Toplumuyla uyum sağlayamayan, başkaldıran ve yenilen kahramanlar, acımasız yaşam oyununu yitiren küçük insanlar. Bu kişilerin öyküleri trajiktir, dramatiktir. Bu tür kişiler giderek kitle kültürüne mal olmuşlardır. Melodramlar onlarla beslenmişlerdir.

Oğuz Atay, toplumla uyuşamayan birey tipinin istenmediği bir dönemde geldi yazın dünyamıza. Tepkilere karşın yerleşti. Gelirken önemli bir özgünlüğü de getirdi yukarıda kabaca andığım geleneğin hiç değilse Türkiye'deki uzantısına: ironi.

Oğuz Atay'ın kişileri ne isyancı ne de kurban olarak yüceltilirler. Tersine, ruhları delici ve aynı derecede alaycı bir bakışla açılır, yanlışlıkları, hataları, suçları sergilenir. Ama bu olumsuzluklar yalnızca bireylerin değil toplumun da olumsuzluklarıdır. İroni bireyi ve bireye içkin toplumu hedef almaktadır.

Korkuyu Beklerken kitabı Oğuz Atay'ın dünyasını yeterince tanıtan sekiz nefis öyküden oluşuyor. Oğuz Atay'ın öyküleri romanlarından hiç de daha az değerli değil. Yazar kısa öykü sanatını da ustalıkla beceriyor. Bir solukta okunmayı ve vurucu olmayı biliyor. Yaşamda dikiş tutturamayan sekiz kişinin, dikiş tutturamayan yaşamın öyküleri bunlar.

"Kalabalık bir topluluk içindeydi. Başarısızdı." tümceleriyle başlıyor "Beyaz Mantolu Adam" öyküsü. Yalnızlık ve başarısızlık ortak yazgısıdır öykü kahramanlarının. Bu kişiler aydın olsalar da olmasalar da "genellikle belirsiz bir isyan halinde"dirler. Çevrenin onlara tahmil ettiği koşulları kabul etmemekte direnmekte, ama ne yapacaklarını bilememektedirler. Bilmeleri için gerekli bilgi ve algılama gereçlerinden, daha önemlisi toplumsal ortamdan yoksundurlar. Örneğin, kahramanlardan biri "kendini ifade", "eşya ile münasebetini tayin", "kainattaki yerini tespit"te zorluk çekmektedir. Ancak, böylesine zorlu bir sorunla karşılaşmasının nedeni bu tür soruları sorabilmiş olmasıdır. Aymazlık, kayıtsızlık içinde yaşamaktansa kendi kendini sigaya çekecek yürekliliği gösterebilmiş olmasıdır. Gelgelelim, ne kendisi ne de çevresi bu sorulara yanıt bulabilecek gelişmişlik ya da yetişmişlik düzeyine erişmiştir. Kahramanlar bir bakıma ait oldukları toplumların hatalarının, yanlışlıklarının cisimleşmeleridirler. Kahramanların kişilikleri toplumdan kopuk olarak sunulmamaktadır. Tersine, toplumun kendi kendisiyle yüzleştiği alanlar olmaktadırlar.

Çaresizlik kahramanları yıkıcı, yadsıyıcı olmaya iter. "Devam ettim içmeye, kendimi mahvetmeye. Dumanlı gözlerle, eriyip gidişimi seyrettim. Bütün düzenleri yıkacaktım, onlara gösterecektim... serserinin biri olacaktım." Yaşanan süreç özyıkımdır. Ancak hedef çevredir.

Çaresizlik kendi kendini aşamamanın, durumunu değiştirememenin çaresizliğidir. Oğuz Atay'ın yazdıklarında okura yönelik iletiler (mesajlar) aranıyorsa, biri bu noktada bulunabilir: kendi kendimizi aşmak, bunun için de kendi kendimizle hesaplaşmakla işe başlamak zorundayız. Elbette, Oğuz Atay'ın bize anımsattığı çok güçlü bir aracı kullanarak: ironi.

"Korkuyu Beklerken" öyküsünün kahramanı "kendi kendisiyle alay etmeyi" bilmekle övünmektedir. Oğuz Atay'ın kişilerinin başlıca erdemlerinden biri işte! Özeleştiriyi aşan bir edimi: özalayı gerçekleştirebiliyorlar. Kahramanların söz konusu niteliği Atay'ın anlatımının temel özelliklerinden olan ironi ile örtüşmektedir.

Kendi kendini eleştirmek, alay konusu yapmak yıllarca fazla ciddiye almadığımız eylemler olarak kaldı. Ama toplumsal gelişme bu eylemleri ister istemez gündeme getirdi. 1970'lerde Oğuz Atay'ın bugünkü denli benimsenerek okunması güçtü. Okur kitlesi belli nedenlerle daha çok toplumsal gerçekçi kuramın etkisi altındaydı. Birey, ruh gibi kavramlar küçümsenirdi. Anlatımda Oğuz Atay'ın yaptığı gibi alegoriler, metaforlar kullanmak, düşsel dünyalar kurmak biçimcilik diye suçlanırdı. Bunun içindir ki, Oğuz Atay'ın öykülerinde yer yer okura taş atılır, okur suçlanır.

Durum değişti gibi. *Oyunlarla Yaşayanlar* adlı "acıklı güldürü" sahneleniyor, Oğuz Atay'ın kitapları ikinci kez basılıyor. Kendi kendimizi gözden geçirme dönemi şimdi. Oğuz Atay'ı okumanın tam zamanı.

Önsöz'ün amaçlarından biri de okur ile kitap arasına fazla girmeden, okurda kitaba karşı heves ve merak uyandırabilmektir. Bunu yapmaya çalıştım.

Elinizdeki kitap "Ben buradayım sevgili okuyucum, sen neredesin acaba?" sorusuyla bitmektedir.

"Buradayım!" yanıtını verenlerin çoğalması dileğiyle...

OĞUZ DEMİRALP
Ocak 1987

Beyaz mantolu adam

KALABALIK bir topluluk içindeydi. Başarısızdı. Parası yoktu. Dileniyordu. Caminin önündeydi. Büyük bir camiydi bu. Minareleri, kubbeleri, kemerleri ve parmaklıklı pencereleri filân hepsi tamamdı. Özellikle avlusu: dilenenler için en önemli yer. Bir kenarda duruyordu. Hiçbir hüner göstermediği için ya da acındırıcı bir garipliği olmadığı için ya da kendisini çevreden ayırıp başarısızlığına üzülecek kadar düşünemediği için dilenirken de başarısızdı. Küçük kaplar içinde mısır satmadığı için, çocuklarla ve kuşlarla birlikte, başkaları adına sevap işleyemezdi; ayrıca, ne kırmızı cüppeli bir müneccime benzeyen ihtiyar gibi tekerlekli ve meşin duvarlı ve öğle tatilinde ön duvarı bir kepenk olup sahibini kapatıveren kulübede yaşıyordu, ne de şişman kötürüm gibi nazar boncuklarını ve tespihlerini ve çakmak taşlarını artık satamadığı anda gaz pedalına basıp motosikletli tezgâhıyla oradan hemen uzaklaşabilirdi. Sermayesi ve görünür bir sakatlığı yoktu. Belki, yoldan geçen birini durdurup, hastaneden yeni çıktığını ve hemşerisi inşaat çavuşuna gidecek parası olmadığını söyleyerek köylü taklidi yapabilirdi; fakat, konuşmadığı için, bu bakımdan da başarı kazanması oldukça güçtü. Caminin duvarına yaslanmaktan başka ilgi çekici bir eylemde bulunmuyordu. Hatta henüz avcunu açma teşebbüsüne bile geçmemişti. Bununla birlikte, güvercinlerin ve mısır kaplarının ve caminin eğimli bir duvar çıkıntısına dizilen cinsel ve dinsel kitapların ve halkı bazı toplumsal kötülüklere karşı uyaran ve ağaç gövdelerine sarılan gazetelerin ve makbuz mukabili iyilik işleriyle uğraşanların yoğunlaştığı sırada, onu sakat sanan başörtülü ve çarşaflı kuru bir kadın, bu gönülsüz dilencinin avcunu çevirerek içine biraz para koydu. Belki de o sırada oldukça yüksekte duran güneş yüzünden gözlerini kırpıştırdığı için paraya bakmadı; belki de gözü, caminin iç avlusunda oynayan çocuklara takıldığı için avcunu kapamayı unuttu. Bütün bunlar, günün ilk hayırseveri biraz uzaklaştıktan sonra olmuştu. Kadın onun yüzüne bakarken, bilerek ya da bilmeyerek hiç oynatmamıştı gözbebeklerini. Bu yüzden ilk müşterisi onu kör sanmıştı. Avcuna düşen başka bir paranın sesiyle kendine gelir gibi oldu: Kendisi gibi elbisesi yırtık, sakalı uzamış bir adam gördü başını kaldırınca. Sonra, eski bir halıdan yapılmış torbasını sinirli hareketlerle karıştırarak bozuk para çantasını arayan genç kız çıktı karşısına; büyük bir para elini ağırlaştırdı, öteki bütün paraları kapadı.

Kucağındaki kundak çocuğuyla karanlık bir kadın çömeldi yanına. Bir süre, iki leke gibi, duvara dayalı durdular. Sonra, açık leke avlunun ortasına doğru yürüdü. Kırmızı cüppeli ihtiyarın kulübesinden bir baston uzandı bacaklarına; neredeyse düşecekti. "Beni gölgeye götür delikanlı," diye söylendi ihtiyar, aksi bir sesle. Kulübesi, tekerleklerin doğrultusunda itilince, "Oraya değil," diye tepindi kırmızılı müneccim ve dışarı çıktı; istediği yöne çevirdiler tekerlekleri.

İhtiyar, kulübesinin açık yanını hırsla örttü; başka bir duvarından küçük bir pencere açtı. Oradan öfkeyle baktı avluya.

Gölgede bıraktı ihtiyarı; gitti duvara yaslandı ve paralarını seyretti.

"Sağlam adamsın; utanmıyor musun dilenmeye?" Şişman bir adam duruyordu yanıbaşında: "Bir iş verilse çalışmazsın." Şişmanın yerde duran bavuluna baktı, iki eliyle tutup kaldırmağa çalıştı yükü; başaramadı. Sonra bir hamal gördü uzakta, becerikli. Onun gibi yaptı: Çömelerek sırtını bavula dayadı, sapı kavradı; olmadı. Şişman adamın da yardımıyla yüklendi sonunda.

Yolda, "İki buçuk liradan fazla vermem," dedi ince sesiyle şişman. Yanyana yürüdüler. Rıhtıma yaklaşınca sırtındaki yükle birlikte yere çöktü. Bavul sahibi durdu ve bir süre kararsız kaldı; sonra uzattı parayı. Galiba ona biraz acınmıştı. Vapura da girebilirdi ayrı bir ücretle; fakat, hamallar örgütünün duvarını yaramadı. Sonra, vapur iskelesinin duvarında dilendi biraz. Yeniden yük taşıma ihtimali belirince caddeye doğru itildi. Biraz hırpalanmıştı, hafifçe sallanıyordu olduğu yerde. Onu, günün bu saatinde sarhoş olmakla suçlayanlar çıktı; gene de oldukça iyi iş yaptı. Sonra gene bavul, sandık filân (rıhtıma kadar). Onu sağlam sayanlarla sakat sananlar arasında gitti geldi. Belki daha çalışacaktı. Fakat, iyi giyimli bir bay, ona para vermek için tam elini cebine soktuğu sırada, yanlarından geçen bir kadının kucağındaki çocuk bu kılıksız adama bakarak ağlamağa başlayınca parayı beklemeden yürüdü; hemen karşı kaldırıma geçti.

Cami avlusuna gelince bir kemerin altına girdi, loş ve serin duvarın dibinde parasını saydı; sonra karşı duvardaki simitçiye bütünletti, biraz da bozuk para kaldı. Yürüdü, kalabalık bir sokağa çıktı; insanların arasına karıştı yeniden. Yorgun ve terli iki hamalın ortasında duran oymalı, yaldızlı büyük bir boy aynasında kendini seyretti: Ceketi yoktu, gömleği parça parçaydı. İstemeyerek iki serserinin kavgasına karıştığı, onlara aracılık ettiği bir sırada yırtılmış olan gömleğinin parçalarını üstüste getirdi aynaya bakarak; pantolonunu tutan ipi çözdü, daha sıkı bir düğüm attı. Sonra aynayı götürdüler; yırtık pantolonunu ve çorapsız ayaklarına geçirmiş olduğu lastikleri seyredemedi. Yavaş yavaş yürüdü; dar ve kalabalık sokaklardan, dar ve kalabalık sokaklara geçti. Yürüyen insanların gürültüsüne sokak satıcılarının sesleri katıldı. Sonra satıcılar, belirli ve sabit yerler almaya başladılar kaldırımlarda: Önce kısa ayaklı tezgâhlar göründü; tezgâhlar yükseldi, sırıklar ve tentelerle donandı. Güneş ve binaların üst katları kayboldu; sıcak azaldı ve sokakların üzerinde yürüyecek yer kalmadı. Nereye asıldıkları belli olmayan elbiselerin ve kumaşların arasına sıkıştı; durmak zorunda kaldı. Rüzgârın ya da gelip geçenlerin salladığı beyaz bir manto süründü yüzüne. Uzun ve aydınlık bir manto. Kloş etekli, kocaman düğmeli bir hayalet; geniş yakalı, serin.

Hafif bir rüzgâr çıktı; iri yarı, esmer ve görünüşü taşralı satıcının elbiselerini belli belirsiz dalgalandırdı. Yalnız beyaz manto kımıldamadı; ağır bir kumaştan yapılmış olmalıydı. Bir süre durdular mantoyla karşılıklı. Onu seyreden satıcı, sessizliği bozdu sonunda: "Ne o? Satın mı alacaksın?" Karşılık vermedi. Gülümseyerek yere tükürdü satıcı; yüzünde yarı kurnaz, yarı ilgisiz bir ifade vardı. Önce satıcıya, sonra tekrar mantoya baktı; elini cebine soktu. "Dur bakalım, bir giydirelim hele." Çevresine bakındı satıcı, oyuna katılacak birilerini aradı. Karşı kaldırımdaki küçük meyhaneden bir adam izliyordu onları; dirsekleri tezgâha dayalı, elinde birası, gülmeye hazır bekliyordu. Başka ilgilenen yoktu.

Manto vücuduna yapıştı. Satıcı hızla çevirdi onu; etekler dönerek açıldı. Meyhanedeki adam bu kadarını beklemiyordu; birden gülmek zorunda kaldığı için ağzındaki bütün birayı ileri püskürttü. Satıcı kendine geldi: "Kadın mantosu bu, hemşerim; sana olmaz." Mantoyu aceleyle çıkarmak istedi müşterinin üstünden. Satıcının elini itti yavaşça; mantonun içinde, telaşla pantolonunun cebini aradı.

"Çok pahalı, sen alamazsın," dedi satıcı son bir çabayla. "Yüz elli lira. Kadın mantosu. Deli misin sen?" Satıcıyı dinlemiyordu. Bütün parasını uzattı bir top halinde. Satıcı yığını açtı istemeden; önce içindeki bozuk paraları ayırdı, sonra kâğıt paraları saydı.

"Kırk beş lira," dedi sevinçle. "Dünyada olmaz. Çıkar mantoyu." Çıkarmadı.

"Yüz yirmi beş lira maliyeti var," diye tepindi satıcı.

İlgilenmiyordu satıcıyla. Eteklerinin nereye kadar indiğine bakıyordu: Ayak bileklerine geliyordu neredeyse.

"Gülünç olursun," diye diretti satıcı. "Yüz liraya verdik diyelim. Nerede para?" Meyhanedeki adam kendine gelmişti. Göğsündeki sancı geçmişti. Fakat gülmek de gittikçe zorlaşıyordu. Bununla birlikte, satıcıyı tuttuğunu belirten gözlerle izliyordu olayı. Satıcının neşesi kaçmıştı; sadece, durdurulması güç inadı kalmıştı ortada. "Otuz lira daha ver öyleyse," dedi. "Başına geleceklere de karışmam."

Beyaz mantosuyla topuklarının çevresinde döndü; ilk defa gülümsedi çevresine bakarak. Sonra, sanki bir daha hiç gülümsemeyecekmiş gibi mahzunlaştı birden.

Meyhanedeki müşteri, olaya sırtını çevirdi. Satıcı yalnız kalmıştı. "Allah belanı versin," dedi. "Al şu pis bozukluklarını da." Mantonun cebindeki eli çıkardı dışarı ve madeni paraları bir bir içine koydu. "Şimdi artık inanmazsın ama, bu sabah ihtiyar bir kadın getirmişti; vallahi tam otuz beş lira verdim bu mantoya. Kadın eşyası bu, kolay satılmaz ki." Sesi öfkeliydi.

Beyaz mantosuyla kalabalığa karıştı. Tentelerin bittiği yerde gökyüzüne baktı. Yerdeki bir su birikintisinden güneşle birlikte yansıdı. Sonra su birikintisi kalabalıklaştı; lekesiz görüntüsünü, irili ufaklı gölgeler çevirdi. Mantosunu seyretmek için eğilince, henüz şaşkınlığı geçmemiş ve onu nasıl karşılamak gerektiğini bilemeyen topluluğu gördü suyun içinde. Mantosunun eteklerini kirletmemek için su birikintisinin çevresinden dolaştı. Onu doğrudan doğruya izlemek isteyenler suyu geçmeye çalışırken ıslanarak yarı yolda kaldılar.

Arkasına bakmıyordu. Adımlarını sıklaştırdı. Konuşulmuyordu; fakat ne de olsa topluluğa katılanlar gittikçe arttığı için hafif bir uğultu geliyordu peşinden. Yüksek duvarlarla çevrili küçük bir cami avlusunu geçtiler. Meydandaki kahvenin gölgesinde serinlemek için kalanlar olduysa da, çaylarını çoktan bitirerek ne yapacağını bilemeyenler onların yerini aldı. Çok kalabalık sayılmazlardı; gene de, avlunun kemerli kapısını geçerken hafif bir itişme oldu. Sonra, karşılarına çıkan beklenmedik birkaç basamaktan inilirken yaşlıca bir adam, iki çocuğun üstüne düştü. Küçük bir karışıklık çıktı. Bazıları da duvarlardaki, işçi arayan yüzlerce ilâna kapıldı bir süre. Kısa bir duraklama dönemi geçirildi. İki duvar arasına sıkışmış basamaklardan kurtularak genişledikleri zaman biraz ferahladılar doğrusu; fakat, mantolu adamı bulamadılar. Gitmişti. Bazı küçük tartışmalar çıktı; iş arayanlara ve henüz, düştüğü basamaktan kalkma fırsatını bulamayan ihtiyara çatıldı. Bir sonuç alınamadığı için kalabalık dağıldı.

Yakıcı bir güneş vardı. Adımlarını yavaşlattığı halde, alnından kayan ter damlaları sakalını ıslatıyordu. Büyük bir köprünün üstünde parmaklıklara yaslanarak bir tarak satıcısının gölgesine sığındı. Mantosuyla, sakalıyla ve gelip geçenlerin üzerinden aşan bakışlarıyla satıcıya yararı dokundu: İşsiz güçsüz takımından, onu seyretmek için duranlar oldu; ağır yük taşıyanlar, tam orada dinlenmeyi uygun buldular. Birkaç tarak satıldı bu arada. Hareketsiz, ifadesiz, öylece durduğu için önce yanına yaklaşamadılar. En çok konuşulan yabancı dilden bildikleri birkaç kelimeyi onun üstünde deneyenler çıktı. "Bu adam turist değil," dedi birisi. "Kendini yutturmaya çalışıyor." Bir başkası da yabancı dilden bir küfürle yokladı onu. Karşılık alınamadı. Cebinden Amerikan sigaraları görünen bir tombalacı, "Yok yahu, bu herif İngiliz," dedi. O dilden de küfür edildi. Sonra ona dokundular, mantosunun eteklerini çekiştirdiler; canlı olduğu anlaşıldı. Yürüdü, oradan uzaklaştı.

Köprü uzundu; başka satıcıların yanında da dikildi bir süre. Hattâ bir tanesi, filtreli sigaralar satan kasketli bir genç, kendi yerine bıraktı onu, çişe giderken. O kısa süre içinde beş paket sigara, üç kibrit satıldı. Satıcı dönünce de birer filtreli sigara yaktılar kendi tezgâhlarından; parmaklıklara dayanıp, balık tutanları seyrettiler konuşmadan. Mantosunun üst iki düğmesini çözdü, gene de serinleyemedi. Alnına biriken terleri mantosunun geniş yakasıyla sildi. Köprünün ucuna çevirdi gözlerini; karanlık sokaklar vardı orada. Mantosunu ilikledi, eliyle belirsiz bir hareket yaptı satıcıya ve ayrıldı oradan.

Yüksek binaların koruduğu dar bir sokakta bir vitrinin önünde durdu. Kendini seyretti. Kumaşların, elbiselerin ve satıcıların dükkânlardan taştığı bir sokaktaydı. Müşterilerin yolu kesiliyordu. Bir süre sonra, vitrinin gerisinden gözetlendiğini sezdi. Şişman dükkân sahibi, düşünceli küçük gözleriyle onu süzüyordu. Sonra, geniş bir gülümseme kapladı yuvarlak yüzü; gözler kısıldı, kayboldu. "Baksana sen buraya," diye seslendi, şişman gövdesiyle kapıyı tutarak. "Nereden buldun o mantoyu?" Baktı; karşılık vermedi. Başka birisi yaklaştı o sırada yanına, kolundan tuttu. "Hey *mister*!" dedi. Anlamadığı dilden bir şeyler anlattı. Olmadı. Sözlerini elleriyle destekledi; ayrıca, kollarıyla da açıklamağa çalıştı ne istediğini. Olmadı. Yerde duran bavulunu açtı, saydam kâğıtlara sarılı gömlekler çıkardı içinden ve mantolu adamın eline tutuşturdu. Parmağını mantonun büyük düğmelerinden birine dayadı, "Sen turist," dedi. "Sen getirmek gömlek Fransa, Almanya. Yok para. Satmak." Gene de anlaşıldığından kuşkuluydu. Onu vitrinin önünde öylece bıraktı, sokağın köşesine gitti. Şişman adam, dükkânının kapısında sonucu bekliyordu. Biraz sonra kırmızı pantolonlu, göğsünün kılları gömleğinin çiçekleri arasından kara bir çalı gibi fışkıran bir genç durdu önünde; gömleklere baktı: "*How much*?" dedi. Genç adamın yüzüne bakıldı sadece. Sokağın köşesindeki asıl satıcı hırsla ayağını yere vurdu. "Herif esrarkeş," diye homurdandı. Kıllı genç müşteriyi kaçırmamak için yanına yaklaşarak, "Sağırdır," dedi telaşla. "Yüz liraya veriyor." "Pahalı," dedi kırmızı pantolonlu genç. Asıl satıcı, mantolu adamın yüzüne öfkeyle baktı; kararsız durdu bir süre, sonra kulağını onun ağzına dayadı. "Seksen liraya indi," dedi aceleyle. "Ben dilinden anlarım." Mantolu adam, satıcının aracılığıyla sessiz bir pazarlık yaptı. Altmış liraya satmış oldu gömleği sonunda. Bir saatten az bir süre içinde bitti gömlekler. Mantonun cebine on lira konuldu ve "*Goodbye*," denildi, uzatmadığı eli sıkılarak. "Çok şahane!" diye bağırdı şişman dükkâncı. "İçeri gelsene biraz." Durdu, düşündü: "Öyle ya, anlamaz." Bavullu satıcının yolunu denedi: "Sen gelmek dükkân burda," dedi ve daha fazla beklemeden onu kolundan tutup içeri çekti. Tezgâhtarla birlikte bir süre çevresinde dolaşarak ondan ne yapabileceklerini düşündüler. "Herif de manken gibi duruyor ortada. Eline kumaş topunu verip sattıramam ya!" Bir süre daha çevresinde dönüldü. "Manken," dedi şişman dükkâncı gene, başka söz bulamadığı için. Bir süre de tezgâhtarla birlikte söylendiler "Manken, manken," diye ve çok sonra akıl ettiler onu manken olarak kullanmayı. Bir süre de "Canlı manken!" diye bağırdılar sevinçle. Sonra onu vitrine doğru ittiler, orada durması için (ona başka türlü söz dinletilemiyordu ki). Tam vitrinin çıkıntısına doğru adımını attıracakları sırada, "Ayakları çok kirli, pantolonu da öyle," diyerek patronunu uyardı tezgâhtar. Onu durdurdular. Ayakkabılarının üstüne ve pantolonunun alt tarafına biraz beyaz bez sarıldı. Mantonun örtemediği kısımlarıyla müzedeki bir mumyaya benzer gibi oldu. Kollarından tutup vitrine çıkardılar. "Böyle put gibi durmasın," dedi tezgâhtar. "Güzel bir poz verelim ona." Gene düşündüler. "Kollarını açalım," dedi patron. "Vitrini doldursun." "Yorulur, kollarını oynatıp durur." Naylon iplerle tavana asmaya karar verdiler sonunda kolları. Bir kolu ileri uzattılar, bağladılar ve ipi vitrinin üstündeki bir çiviye tutturdular. Öteki kolu da, duvarda boşalttıkları bir rafa yerleştirdiler. Onların çalışmasını seyretmeğe başladı birkaç kişi. Sonra, vitrinin önünde birikenlerin sayısı çoğaldı. "Cansız bu, kukla," diyenler çıktı. Tezgâhtar, kapının önünde bağırıyordu: "Canlı manken mağazasına buyurun! Serinletici kumaş çeşitlerimizi görün. İşte, büyük fedakârlıklarla Kuzey Kutbundan getirtmiş bulunduğumuz Canlı İsveç Mankeni, bu sıcağa ancak hafif kumaşlarımızı giyerek katlanmaktadır. İşte, koca manto, onu terletmemektedir. Kumaşlarımızla bir kuş gibi havalarda uçarak sizlere en canlı ve en gerçek reklâmı yapmaktadır. 'Saran Kumaşları' yalnız mağazamızda. Mallarımızın ve mankenlerimizin taklitlerinden sakınınız. Israrla arayınız!"

Önce, onu yakından görmek isteyenler içeri girdi. Bir kadın, ağlayan çocuğunu omzuna çıkararak kalabalığı yarmağa çalışıyordu. Sonra kumaşlara da baktılar. Genç kadınlar onun mantosunu da tuttular, aynı kumaştan olup olmadığını anlamak için. Mantonun etekleri açıldı, pantolonun yırtık dizleri göründü. Tezgâhtar, müşterinin az olduğu bir sırada onun iki bacağına bir kumaş daha sardı. Patron da kloş etekleri açarak ona yardım etti. Eteklerin bu durumu ikisinin de hoşuna gitti ve yelpaze gibi açılmış uçları iğneyle oraya buraya tutturdular. Mantolu adam bütün vitrini kaplamıştı. Ondan başka hiçbir şey görünmüyordu. Bunun üzerine, omzundan, kollarından biraz kumaş sarkıttılar.

O gün öğle tatiline kadar iyi iş yapıldı. Tezgâhta yemek için oturup sefertaslarını açtıkları zaman, "Ona da bir şeyler vermeli," dedi patron. "Yığılır kalır sonra." Vitrine gitti, onu çözdü, serbest bıraktı. Altına bir tabure çektiler tezgâhın önünde. Sefertasının kapağına kuru fasulyeden ve makarnadan biraz koydular; iki küçük parça ekmeği çatal gibi kullanarak yemeğini yedi. Dükkânın arkasındaki lavabodan, musluğa elini uzatarak biraz su içti. Yere oturdu, sırtını tezgâha dayadı; ona bir sigara verdiler. Biraz saygı uyandırmış olmalı ki, patron yaktı sigarasını. Sonra omzuna vurdu ve tezgâhtara döndü, "İşimize yaradı, değil mi?" diyerek güldü. "Yoruldun mu?" dedi tezgâhtar, patrona bakarak. Karşılık vermediği için onunla konuşmak zor oluyordu. Sigarasını bitirdi, bir süre daha oturdu. Sonra yavaşça doğrularak kalktı, kapıya yöneldi. "Nereye gidiyorsun?" diye bağırdı patron. "Fena mı, para kazanıyorsun işte." Durmadı. Arkasından koştular, cebine biraz para sıkıştırdılar. Patronun, mantonun üstünde unuttuğu iğnelerle ve kollarından sarkan iplerle, beyaz bezler sarılı ayakkabılarını sürükleyerek yürüdü gitti. Omzunda kalan küçük bir kumaş parçası da sokağın köşesini dönerken yere düştü.

Dik bir yokuşun başına gelince durdu. Kaldırımın kenarına oturdu. Elinin tersiyle alnına biriken terleri sildi. Çevresine baktı: İleride, bir elektrik direğine tutturulmuş otobüs durağı levhasına takıldı gözleri. Ayağa kalktı, bir iki adım attı, gene durdu. Tezgâhtarın ayağına sardığı bezler çözülmeğe başlamıştı. Belindeki ipi çıkardı, yere koydu. Kaldırımın kenarında duran bir taşla ipi ortasından ezerek ikiye ayırdı, sargıların üstüne bağladı. Durağa doğru yürürken, mantosunun üstünden pantolonunu çekiştirdi durdu. Bir yoğurtçu geçti yanından; durağın arkasındaki eski bir evin kapısından girerken ona çarptı. Mantolu adam sendeledi, kapıya baktı; karanlık bir avluda kayboldu yoğurtçu. Sonra esmer, kara gözlüklü, dökülmüş siyah saçları yağdan birbirine yapışmış bir baş çıkmaya başladı kaldırımın içinden. Mantolu adam baktı: Birkaç basamakla inilen bir boşluk gördü yerin altında. Gözlüklü kafa büyüdü, yükseldi; bir adam oldu. Kolunda bir sürü kemer taşıyan eskimiş bir adam. Koyu renkli bir kemere uzattı elini mantolu dilenci. Mantosunun düğmelerini çözdü; fakat, kemeri geçirecek bir yer bulamadı pantolonunun belinde. Biraz yukarı çekiştirmek istedi pantolonunu; alt taraftaki sargılar, ipler izin vermedi. Ümitsizlikle kemerciye baktı; sonra da kemere baktılar birlikte. Kemerci, çıktığı deliğe yöneldi, bir süre kayboldu. Kocaman çengelli iğnelerden yapılmış bir zinciri tutarak çıktı ortaya. Pantolonunun beli mantonun iç kısmına bu iğnelerle tutturuldu. "Üstüne takarsın kemeri artık," dedi gülerek. "Daha fiyakalı olur." Öyle yaptılar. Mantosunun cebinden çıkardığı kâğıt paralardan birini uzattı. Kemerci paraya baktı, sonra aldı ve yandaki bakkala girdi. Paranın üstü, bir şişe ucuz şarap ve küçük bir kutu domates salçasıyla çıktı dışarı. Paranın üstünü verdi, şarabıyla salçasını deliğinin yanına koydu; birkaç yudum içtikten sonra mantolu adama uzattı şişeyi. Onun almadığını görünce, tekrar yerin altında kayboldu. İçerken insanı ağzını kesmesin diye kenarları düzeltilmiş boş bir konserve kutusuyla döndü. Teneke, şarapla dolduruldu mantolu adam için. Deliğe inen merdivenin duvarına oturdular, ayaklarını aşağı sarkıttılar, birlikte içtiler. Bu arada bir otobüs kaçırıldı; ikinci otobüs gelmeden de şarap bitti. Otobüse birlikte bindiler. Paraları kemerci verdi ve yokuşun üst başında, mantolu adamdan iki durak önce indi.

Arka sahanlıkta yalnız kalınca ileri yürüdü. Şoförün yanına varmak üzereyken bir fren sırasında ön koltuklardan birine oturdu istemeden. Karşı sırada oturan bir adam gülümsüyordu. Önce aldırmadı gülümseyen adama. Fakat gülümseme bitmedi. Telâşlandı, kemerini düzeltti. Gülümseme bir türlü durmuyordu. Yakasına, eteklerine, sargıların üzerindeki iplere baktı: Hayır, çözülmemişti. Uygunsuz bir durumu yoktu kılığının, biraz ferahladı. Gülümseyen adama tatlı gözlerle baktı. Kendisine bakılmadan gülümsendiğini anladı sonunda. Cebindeki küçük bir radyonun ince bir telle sol kulağına taşıdığı ve otobüste kendisinden başka kimsenin bilmediği bir müziğe gülümsüyordu adam.

Geniş bir meydanda otobüsten indi. Küçük bir boyacı, sandığını koydu yanına. "Tozunu alalım mı abi?" dedi. Ayağını özenle koydu sandığın üstüne; sargıların arasındaki kirler, beyaz bir fırçayla özenilerek temizlendi. Sonra, güvercinler için mısır aldı; kollarını iki yana açarak serpti kuşlara. Parkın girişindeki duvarın üstünde oturan kasketli bir genç, yanındakine, "Put gibi olmuş, şuna bak," dedi. "Çarmıh," diye düzeltti öteki. Güldüler.

Parkın kapısında 'Otuz iki dişe keman çaldıran' bir şişe gazoz içti. Gölgedeki banklardan birine oturdu. Bir ihtiyarın, dişleri olmadığı için, pek anlaşılmayan dertlerini dinledi. Derli toplu insanlar, dinlenmek için başka yerlere gittiklerinden kimseye garip görünmedi kılığı, kimsenin gözüne çarpmadı. Sonunda, ihtiyarın isteği üzerine, onu durağa götürdü koluna girerek. Parktan çıkarken gene peşine takıldılar. Önce çocuklar. Durağa oldukça kalabalık geldiler. "Allah belâsını versin bu pis yabancıların," dedi birisi; gömleğini pantolonunun üstüne çıkarmış, bütün yüzü bıyık içinde kara bir adam. "Bedava yaşıyorlar bu ülkede." Arabasının kapısına dayanmış, müşteri beklerken, yağlı, kıymalı bir şeyler yiyen şoför de bu düşünceye hak verdi: "Paramızın değeri de bu yüzden düşüyor abi." İhtiyar, mantolu adamın kolunu çekti, "Beni karşıya geçirin," dedi. Bir taksi geçerken onlara hafifçe dokundu, durdukları halde. Dönüp baktılar. "Ne bakıyorsun?" dedi, pencereden uzanan kafa. Geri çekildiler, onları izleyen kalabalığa çarptılar. İhtiyar, mantoyu çekiştirip duruyordu. Hızla geçen arabalar yüzünden bir türlü ulaşamadılar karşıya. Bir iki atılıştan sonra kaldırımın kenarına sığındılar. "Hepsi de esrarkeş bunların. Ezersin başına belâ." Şoförle bıyıklı birer sigara yaktılar. "Adama bak," dedi bir kadın kocasına. Baktılar. "Çocuklar kâğıttan kuyruk takmışlar arkasına." Güldüler. Çocuklarla arabaların arasına sıkışıp kalmıştı; ihtiyar adamı bulamadı. Kalabalık arttı. "Ayakları sargı içinde." "Cüzzamlı olmasın." İtişerek çekildiler. Hiçbir şeyden korkmayan çocuklar, yani çocukların hepsi, eteklerini tutarak çevirdiler onu. "Karnına çengelli iğneler takmış." "Kollarına ipler bağlı." "Sakın tımarhaneden kaçmış olmasın." "Deli bu, mantonun üstüne taktığı kemere bakın." "Manto mu?" "Kadın mı?" "Ne kadını? Kafadan manyak." "Polis çağırın." Gözlerden kurtulmak için başını kaldırdı: İleride, köprünün üstünde bir adam onun filmini çekiyordu. "Abi, bunlar filim çeviriyorlar." Bütün gözler köprüye çevrildi. Bu kısa süreden yararlandı, sırtını köprüye döndü, adımlarını hızlandırdı. Sonra koşmağa başladı.

Uzaktan hızla geçen bir trene doğru koştu; bir duvardan atlarken düştü, bir telörgü elini kanattı. Demiryoluna ulaştı sonunda. Hat boyunca ilerledi. İstasyona vardığı zaman soluk soluğa ve ter içinde yığıldı yere. Kalkarken etekleri dolaştı ayağına, düştü. Sonra, geri geri giderek uzaklaştı istasyondan. Kadınlar helâsının duvarına dayandı. Bir iki tren geçti, istasyon tenhalaştı. O zaman gişeye yürüdü. Gişedeki memur onun suratına baktı ve bu konuşmayan adama ikinci mevki bir bilet verdi. Trende, sarı tahtaların üstünde, kendisi gibi kirli, kendisi gibi yorgun, kendisi gibi çevreye ilgisiz insanlarla birlikte yolculuk etti. Yasak levhasına rağmen onlarla birlikte, onların ikram ettiği sigarayı içti. Pencereden denizin göründüğü bir istasyonda da trenden indi.

Üzerinde 'Halk Plajı' yazılı bir kapıdan girdi. Kumların üstünde bir süre dolaştıktan sonra, yün ören ihtiyar bir kadının boş bıraktığı sandalyeye oturdu. Önce, kumda top oynayan gençlerin ilgisini çekti. Birbirlerini iterek onu işaret ettiler. Kafasına bir iki top attılar. Bir toptan kaçmak isterken sandalyesiyle birlikte yere yıkıldı. Çevresine toplandılar. Çıplak bacakların duvarından ürktü, gözlerini kapadı. "Sarası var," dedi öndeki gençlerden biri. "Ayakları da sargılı. Kötü bir hastalığı olmalı," diyerek geri çekildi yassı burunlu bir genç kız. Kalabalık büyüdü, arka sıralara düşenler onu görmek için itiştiler; çevresindeki çember daraldı. Ayağa kalkmadı artık. Üçüncü sırada duran uzun bıyıklı bir genç, kalabalığı yardı. "Ne bunaltıyorsunuz hasta adamı," diyerek ön sıradakileri itti. Onların yerini hemen başkaları aldı. Kalabalık, bir bütün olarak, yere çakılmış gibi hiç kımıldamadı. Konuşmadılar da. Sadece seyrettiler onu. "Bacaklarını havaya kaldırın," diye bağırdı arkadan biri. "Suları aksın." Bu sözleri duyan bir görevli, duruma el koymanın zamanı geldiğini düşünerek, boğulmakta olan adama gerekli müdahaleyi yapmak üzere ön safa geçti. Kızgın kumlar ve manto ve kemer ve sargılar yerdeki adamı yakıyordu; kalabalık da hava almasını engelliyordu; artık, yüzünden akan terleri silmiyordu. Onun uygunsuz durumunu tespit eden görevli, mantolu adamı uyardı: "Bu kılıkta bulunamazsın burada." "Mantosunu çıkarsın!" diye bağırdı ön sıradan biri, vücudu kumlarla sıvanmış gibi kıllı bir karaltı. "Belki de içinde bir şey yoktur," dedi mahzun görünüşlü bir genç, yanındakine. "Ben buna benzer bir şey okumuştum bir yerde." "Burayı hemen terkedin," diye diretti görevli. "Halkın huzurunu ihlâl etmeğe hakkınız yok." Uzun bıyıklı genç onu savundu: "Elbiseyle oturabilir. Buna bir engel yok." "Kadın mantosu!" "Sapık herif!" diye bağıranlar oldu. "Dışarı!" diyerek kolundan tutup yerdeki adamı kaldırmaya çalıştı görevli. "Kendi gider," dedi bıyıklı genç. "Bırak adamın kolunu." Beyaz mantolu adam doğruldu, kalabalığın üstüne yürüdü; hemen açıldılar, geçebileceği kadar bir boşluk bıraktılar halkada. Gözleri yanıyordu terden; yüzü kıpkırmızı olmuştu. Yürürken sargılar çözülüyordu bacaklarından. "Denize değil!" diye bağırarak peşinden koştu görevli; bıyıklı genç tarafından yolu kesildi. Arkalarından koşan kalabalığın içinde kayboldular.

Su, bileklerini geçince mantosunun eteklerini topladı. Kalabalıktan kurtulmuş olan görevli, elbisesiyle daha ileri gidemedi. Mantonun etekleri önce suyun üstünde açıldı sonra ağırlaşıp battı. "Dur!" diye bağırdı uzun bıyıklı genç. "Boşver abi," dediler. "Fazla ileri gitmez." Deniz sığdı; bütün manto suyun içinde kaybolduğu zaman kıyıdan çok uzaklaşmıştı. Fazla ileri gitmişti. Yanılmışlardı.

Bıyıklı genç de çok geç kalmıştı. Beyaz mantolu adamın, boyunu geçen yere kadar yürüyeceğini aklına getirmemişti. Yerinden fırladı birden; fakat yetişemedi. Böyle bir olayla daha önce hiç karşılaşmamıştı. Sonra başka gönüllüler de çıktı. Aramalar bir sonuç vermedi. Uzun bıyıklı genç kıyıya çıkınca soluk soluğa kumlara oturdu, elini ağzına siper ederek yere tükürdü, "Amma da hikâye," dedi.

Unutulan

"**B**en tavanarasındayım sevgilim!" diye bağırdı delikten aşağı doğru. "Eski kitaplar bugünlerde çok para ediyor. Bir bakmak istiyorum onlara." Son sözlerimi duydu mu? "Orası çok karanlıktır; dur, sana bir fener vereyim." İyi. Durgun bir gün. Bütün hayatımca sürekli bir ilgi aradığımı söylerdi birisi bana. Gülümsediğimi gösteren bir ayna olsaydı; biraz da ışık. "Bir yerini kırarsın karanlıkta." Delikten yukarı doğru bir el feneri uzandı. Fenerli elin ucundaki ışık, rasgele, önemsiz bir köşeyi aydınlattı; bu eli okşadı. El kayboldu. Ne düşünüyor acaba? Gülümsedi: Gene mi düşünüyor?

Yıllardır bu tozlu, örümcekli karanlığa çıkmamıştı. Işığı gören bazı böcekler kaçıştılar. Korktu; fakat, yararlı olacağını düşünmek kuvvetlendirdi onu. Belki de hiç bir şey söylemeden başarmalıydım bu işi. Benden bir karşılık bekliyor. Ona yardım etmek mi bu? Bilmiyorum, bazen karıştırıyorum; özellikle, başımda uğultular olduğu zamanlar. Onun gibi düşünmeyi bilmek isterdim. Bana belli etmemeğe çalışarak izliyor beni. Çekiniyor. Acele etmeliyim öyleyse. Feneri yakın bir yere tuttu; annesiyle babasının resimleri. Aralarında eski bir ayakkabı torbası, kırık birkaç lamba. Neden hiç sevmediler birbirlerini? Ölecekler diye öylesine korkmuştum ki. Torbayı karıştırdı: Tuvaletle gittiğim ilk baloda giymiştim bunları. Her gece biriyle dışarı çıkardım, dansetmek için. Aman Allahım! Nasıl yapmışım bunu? Ellerinin tozunu elbisenin üstüne sildi. Mor ayakkabılarına baktı: Buruşmuşlar, küflenmişler. Sol ayağına giydi birini: Ölçülerim hiç değişmemiş. Utandı; gene de çıkaramadı ayağından. Topallayarak bir iki adım attı. Sonra resimlere yaklaştı, diz çöktü, yanyana getirdi onları. Dirseğiyle tozlarını sildi biraz. Beni de, kendilerini de anlamadılar. Ne kadar ağlamıştım. Aşağıda onlara bir yer bulabilir miyim? Koridorda, sandık odasında... saçmalıyorum. Onları unutmadım, onları unutmadım. Babasının yüzünde gururlu bir somurtkanlık vardı. Aynı duvara asamam onları. Evin düzenini hızla gözünün önünden geçirdi. Yanyana olmak istemezlerdi; mezarda bile. Resimlerden birini aldı; feneri yere bırakmıştı, hangi resmi aldığını bilemedi. Yüksekçe bir yere koydu onu. Biraz telâşlanmıştı; dizini bir tahtaya çarptı. Sendeledi, yere düştü; hafif bir düşüş. Kalkmaya cesaret edemedi; emekleyerek fenerin yanına gitti. Bir torba daha. Boşalttı: Eski fotoğraflar! Amacından uzaklaşıyordu. Bana baskı yaptığını düşünmemeliyim. Yüzüne karşı söylesem bile, içimden geçirmemeliyim bunu. Aceleyle resimleri yere yaydı, el fenerini dolaştırdı tozlu karartılar üzerinde. Başka bir eve çıkmış olabilirdim, bir daha hiç görmeyeceğim birine bırakmış olabilirdim bütün bunları. Resimleri karıştırdı: Ne kadar çok resim çektirmişim yarabbi! Çoğu da iyi çıkmamış. Gülümsedi: O zamanlar ne kadar uzunmuş etekler. Çirkin bir uzunluk. Duruşlar da gülünç. Kim bilir hangi filimden? Arkamı dönüp yürüyormuş gibi yapmışım da birden başımı çevirmişim. Kime bakmışım acaba? Aynı elbiseyle bir resim daha. Yanımda biri var. Resim çok tozlanmıştı. Tozlu da olsa tanıyor insan kendini. Parmağını ıslattı diliyle; tozlar önce çamur oldu, sonra... ilk kocasının gülümseyen yüzünü gördü parmağının ucunda. Aman yarabbi! bir zamanlar evliydim ben de... sonra gene evliydim. İnsan bir günde varamıyor bir yere, ne yapalım? Nereye? Tanımlayamadığım, bir ad veremediğim duygular yüzünden ne kadar üzülmüştük. Eğildi, bir avuç resim aldı yerden: Bu resim çekilmeden önce, nasıl hiç yoktan bir mesele çıkarmıştım, sonra da yürüyüp gitmiştim. Sonra ne olmuştu? Sonra... buradasın ya... bu evde. Demek sonra hiç bir şey olmadı onunla ilgili. Ne kötü, ne de iyi bir şey: demek ki hiç bir şey. Ama bunu hissetmedim; geçişler öyle sezdirmeden oldu ki... Hayır, düşüncelerin karıştı; basit anlamıyla sözlerin... Bununla ne ilgisi var? Fakat ben... ondan kaçarken, nasıl oldu da birden başımı çevirip bu resmi çektirdim? Hep böyle mi durdum resimlerde? Yüksekçe bir yere oturdu, başını ellerinin arasına alıp düşünmeğe başladı. Onun da yüzü kim bilir nasıldı? Herhalde ben suçluyum; resim çekilirken değil... belki o sırada haklıydım, muhakkak haklıydım. Çok daha önce... çok daha önce.

Bir an önce kitaplara ulaşmak istedi, geriye doğru bu sonsuz yolculuk bitsin istedi. Eski balo ayakkabısını ayağından çıkarmağa çalıştı. Sonra, arkası kapalı yumuşak terliklerini bulamadı bir türlü. Sendeleyerek el fenerine doğru yürüdü. İleriteki köşede olmalıydı kitap sandığı. Fakat orada, kitap sandığına benzemeyen karanlık çıkıntılar vardı. Feneri, bu garip yığına doğru tuttu. Korkuyla geri çekildi: Biri vardı orda, oturan biri. Feneri alıp bütün gücüyle deliğe kaçmak istedi, kımıldayamadı. Korkusuna rağmen fenerle birlikte, ona yaklaştı. Ne yapmışsa korkusuna rağmen yapmıştı hayatı boyunca. Yoksa çoktan kaybolup gitmişti. Feneri onun yüzüne tuttu: Aman Allahım! Eski sevgilisi yatıyordu yerde. Tozlanmış, örümcek bağlamış; tavanarasındaki her şey gibi. Kitap sandığına ve resim tahtalarına örümcek ağlarıyla tutturulmuş eski bir heykel gibi. Sağ kolu bir masanın kenarına dayalı; parmakları kalem tutar gibi aşağı kıvrılmış, boşlukta. Dizleri titredi, dişleri birbirine çarptı, ayağının altından kayıp gitti döşeme; kayarken de ayağına çarpan resim masası devrildi. Kol gene boşlukta kaldı: Örümcek ağlarıyla tavana tutturulmuştu. Bu eliyle ne yapmak istedi? Bir şeyler mi yazmağa çalıştı? Ne yazık, hiç bir zaman bilemeyeceğim. Sol el yerdeydi, bir tabanca tutuyordu. Ah! Kendini mi öldürdü yoksa? Olamaz! Bir şey yapsaydı ben bilirdim; her şeyi söylerdi bana. Öyle konuşmuştuk. Beni bırakmazdı yalnız başıma.

Sonra hatırladı: Bir gün tavanarasına çıkmıştı eski sevgilisi, şiddetli bir kavgadan sonra. İkisinin de, artık dayanamıyorum, dediği bir gün. Ayrıntıları bulmağa çalıştı: Belki de büyük bir tartışma olmamıştı. Biraz kavgalıydılar galiba. Gülümsedi: Bu 'biraz' sözüne ne kadar kızardı. Onu tavanarasında bırakıp sokağa fırlamıştı: Öleceğini hissediyordu. Peki ama neden? Bilmiyordu; duygunun şiddeti kalmıştı aklında sadece. Sonra 'onu' görmüştü sokakta; bütün mutsuzluğuna, kendini zayıf hissetmesine, ölmek istemesine rağmen 'onun' gözlerindeki ilgiyi, insanı alıp götüren başkalığı farketmişti nedense. O gün eve yalnız dönmüştü tabii. Ne kadar daha çok gün eve yalnız döndüm ondan sonra da. Şimdi karşımda konuşsaydı, 'Ne kadar daha çok' olur muydu? deseydi. Titreyen dizlerinin üstüne çöktü, el fenerini tuttu onun yüzüne: Gözleri açıktı, canlıydı. Bakamadı, başını karanlığa çevirdi. Sonra baktı gene; onu, ölüm kalım meselelerinde yalnız bırakmayan gücünden yararlandı gene. Hiç bozulmamış; geç kalmasaydım böyle olmazdı belki. Üzüldü. Fakat hiç değişmemiş; son gördüğüm gibi, gözleri bile açık. Yalnız, gözlerin bu canlılığında bir başkalık var: her şeyi bildiği halde duygulanamayan bir ifade. Görünüşüme bakma, içim öldü artık diye korkuturdu beni. İnanmazdım. Öyle şeyler bulup söylerdi ki öldüğü halde. Belki beni izliyor gene. Yerini değiştirdi. Benimle ilgili değilsin diyerek üzerdim onu. Hayır, bakmıyor bana. Belki de düşünüyor. Birden konuşmağa başlardı. Bütün bunları ne zaman düşünüyorsun? diye sorardım ona. Ne zaman düşündüğünü bir türlü göremiyorum. Hayır, gerçekten ölmedi; çünkü ben yaşayamazdım ölseydi. Bunu biliyordu. Bu kadar yakınımda olduğunu bilmiyordum ama, sen bir yerde var olursan yaşayabilirim ancak demiştim. Nasıl olursan ol, var olduğunu bilmek bana yeter demiştim. Bunu kavgadan çok önce söylemiştim ama, çatışmamızın hiç bir şeyi değiştirmeyeceğini biliyordu. Sonra, onu bir süre görmek istemediğim halde, onun orada olduğunu bildiğim halde, tavanarasına bir türlü çıkamadığım halde onu düşündüğümü, onsuz yaşayamayacağımı biliyordu. Sonra neden aramadım? Bir türlü fırsat olmadı; her an onu düşündüğüm halde hep bir engel çıktı. Aşağıda yeni sesler, yeni gürültüler duyduğu için inmedi bir süre herhalde. Oysa biliyordu: Aramızda, hiç bir yeni varlığın önemi yoktu; konuşmuştuk bütün bunları. Ben de onun inmesini beklemiş olmalıyım. Beni üzmek için inmediğini düşündüm önceleri. Sonra... bir türlü olmadı işte... çıkamadım: Gelenler, gidenler, geçim sıkıntısı, yemek, bulaşık, evin temizliği, 'onun' bakımı (çocuk gibiydi, kendisine bakmasını bilmiyordu), babamla annemin ölümü, bir şeyler yapma telâşı, önümde hep yapılması gereken işlerin yığılması. Orada, tavanarasında olduğunu unuttum sonunda. (Onu unutmadım tabii.) Ne bileyim, daha mutsuz insanlar vardı; onlarla uğraştım. Tavanarasında bu kadar kalacağını da düşünemedim herhalde. Bir yolunu bulup gitmiştir diye düşündüm. Belki evde olmadığım bir sırada... evet, muhakkak böyle düşündüm. Başka nasıl düşünebilirdim? Yaşamam için, onun her an var olması gerekliydi. Başka türlü hissetseydim, ölmüştüm şimdi. Ayrıca, kaç kere tavanarasına çıkmayı içimden geçirdim. Hele kendini öldürdüğünü duysaydım, muhakkak çıkardım. Dargın olduğumuza filân bakmazdım.

Duydum mu yoksa? Bir keresinde yukarıda bir gürültü olmuştu galiba; rüzgâr bir kapıyı çarptı sanmıştım. Fakat nasıl olur? Onun tavanarasına çıkmasından günlerce sonra duymuştum bu sesi. Ve ben günlerce bir köşeye büzülüp kalmıştım. Hiç bir yere çıkmamıştım. Ateş etmişti demek. Yoksa kalbine... Titreyerek eğildi: Kalbine bakmalıyım. Elbisesinin sol yanı çürümüştü; elinin hafif bir dokunuşuyla dağıldı. İçinden bir sürü hamam böceği çıkarak ortalığa yayıldı. Onun bakımıyla ilgilenmedim, elbiselerini hiç gözden geçirmedim; belki de dikmediğim bir sökükten yemeğe başladılar hamam böcekleri onu. Deliği büyüttüler sonunda. Eliyle elbisenin altını yokladı. Neyse, iç çamaşırlarından öteye geçememişler. Derisi, olduğu gibi duruyor. Teni çok sıcak sayılmaz ama, kalbi yerindedir herhalde. Korkarım göğsünün sol yanına dokundu: İşte orada, biliyorum. Başka türlü yaşayamazdım çünkü. (Çünkü'yü cümlenin başında söylemeliydim; şimdi kızacak. Evet, her an onun gözlerini düşünerek yaşadım, şimdi acaba ne der diye düşündüm.) Yalnız bu kadarı çürümüş. İyi. Şimdi onu nasıl inandırabilirim bütün bu süreyi onunla birlikte yaşadığıma? Onu unutmuş gibi yaşarken onu düşündüğüme? Anlamaz, görünüşe kapılır, anlamaz. Başkasına rasladığım için, bu yeni ilişkinin her şeyi unutturduğunu düşünür. Oysa her şeyi hatırlıyorum; tavanarasına çıktığı gün bu elbiseyi giydiğini bile. El fenerini ölünün üzerinde dolaştırdı: Örümcek ağlarının gerisinde sisli bir görünüşü var. Yalnız, ağların arasından elimi, onun kalbine götürdüğüm yer biraz karanlık. Rüya gibi bir resim. Birlikte hiç resim çektirmemiştik. Bir sürü şey gibi bunu da yapamadık nedense; bir türlü olmadı. Bir koşuşma, durmadan bir şeylerle uğraşma... Neden koşuyorduk, acelemiz neydi? Tavanarasına çıktığı güne kadar, bir şeyin arkasından hep başka bir şey yaptık; hiç durmadık, hiç tekrarlamadık. Sonra, köşemde kaldım günlerce; ne yedim, ne düşündüm. Sigara içtim durmadan. Evi, yaşanmaz bir duruma getirdim sonunda. Bir savaş sonu kargaşalığı sardı her yanı. Düzen içinde yaşamayı bir bakıma sevdiğim halde, dayanılmaz bir pislik ve pasaklılık içinde çırpındım. Belki de böylece kendimi cezalandırmış oldum. Sokağa fırlamak, 'ona' gitmek için, öldürücü bir ümitsizliğe düşmek istedim. Kim bilir? Belki de, kendim için böyle kötü şeyler düşünmemi istersin diye söylüyorum bunları. Fakat senin öleceğini, kendini öldüreceğini hiç düşünmedim. Uzak bir yerde, hiç olmazsa görünüşte sakin bir yaşantı içinde olacağını hayal ettim senin.

Işığın altından kaçmağa çabalayan bir hamam böceği takıldı gözüne, kendine geldi. El feneriyle izledi böceği: Çirkin yaratık, yukarı çıkmağa çalışıyordu ağlara takılarak. Böceğin ayakları, elbiseyi parçalar diye korktu. Yıllar geçmişti, küçük bir dokunuşa dayanamazdı, kim bilir? İşte, boynundan yukarı doğru çıkıyor, yanağında biraz sendeledi: Sakalı biraz uzamış da ondan; zaten her gün tıraş olmayı sevmezdi. Yanaktan yukarı çıkan böcek, şakağa doğru gözden kayboldu. El fenerini oraya tutsam mı? Hayır. Korktu; fakat yarı karanlıkta kurşunun deliğini gördü. Titreyerek geri çekildiği sırada, aynı delikten çıktı hamam böceği: Bacaklarının arasında küçük, pürüzlü bir parça taşıyordu. Dehşete kapılarak feneri deliğin içine tuttu; ışınlar, kafatasının iç duvarlarında yansıdı. Eyvah! Böcekler beynini yemişlerdi, en yu-

muşak tarafını. Belki de hamam böceği son parçayı taşıyor-
du. Kendini tutamadı: "Seni çok mu yalnız bıraktılar sevgi-
lim?" dedi. Aşağıdan, başka bir deliğin içinden sevgilisinin
sesini duydu:

"Bir şey mi söyledin canım?"

Elini telâşla kitap sandığına soktu, "Hiç," diye karşılık
verdi aceleyle. "Kendi kendime konuşuyordum."

Korkuyu beklerken

Dün gece eve dönerken köpekler arkamdan havladı. Bizim mahallenin köpekleri. Bir ikisi de peşime takıldı; adımlarımı sıklaştırdım. Daha önce onların böyle bir davranışıyla karşılaşmamıştım; korktum. Her zaman beni miskin gözlerle süzerlerdi; fakat aramızda bir gerginlik olduğunu da sezmiyor değildim. Yalnız ne var ki, uzun sürmüştü bu gerginlik; alışmıştım. Arkamdan yürümeğe başladıkları zaman, havlayan köpek ısırmaz gibi, bana zayıf ve düşünülmesi utandırıcı gelen ata sözlerinden birini hatırlamak zorunda kaldım. Köpekler yüzünden kendime karşı küçüldüm. Belki de bir rastlantıydı ama, tam bu sırada, birisi hakkında kötü şeyler düşünüyordum, onu içinden çıkamayacağı zor durumlara düşürerek dişlerimi gıcırdatıyordum. Hayır, köpekler bu gıcırtıyı duymuş olamazlardı. Belki de sessiz bir gıcırtıydı, manevî bir gıcırtıydı bu. Artık eski şakacılığımı da kaybetmiş olduğum için, şimdi hissettiğim istihzayı da duymuş olamazdım. Fakat, köpeklerle aramızdaki gerginliğin de böyle bir sırada patlak vermesi iyiye yorumlanamazdı.

Bütün bunlar, benim sokağa yakın olmuştu; evlerin kalabalık olduğu son sokakta havlamışlardı bana. Köpekler evimin kapısına kadar gelemezler diye düşünüyordum; benim sokakta üç ev vardı, yani üç çöp tenekesi vardı. Hayır, orada barınamazlardı. Bu sokakta ancak ben barınabilirdim. Benim de sebeplerim vardı. Köpeklerin böyle sebepleri olamazdı, onlar düşünemezlerdi. Ben, kendime göre durumu açıklayabiliyordum. Başkalarına anlatılması güç de olsa, bu açıklama düzenim, öyle her insanın kolayca ulaşabileceği cinsten değildi. Ayrıca köpek meselesinde olduğu gibi, bazı durumlarda kökten sarsılıyordu bu düzen. Bu nedenle, köpeklere gereğinden çok kızdım; bu kızgınlığımın büyük bir kısmı da havlamalar bittikten sonraki döneme rasladı. Tahmin ettiğim gibi, benim sokağa girmeye cesaret edemediler; o pis zayıf köpek, arkamdan bir iki adım geliyormuş gibi yaptı, boynunu uzatarak son defa havladı; sonra hep birlikte dönüp gittiler. Üç evli sokağımı düşüncelerle geçtim, birden kapımın önünde buldum kendimi. Demek ki düşünmüşüm dedim. Çünkü, düşününce hep böyle olurdu. Anahtarlarımı çıkarıp hazırlamaya fırsat bulamadan kapımı görürdüm birdenbire. Sonra, salondaki sallanır koltuğuma ulaşıncaya kadar, düşünecek bir şeyler çıkardı: Hırsız kilidini açmalı, asıl kilidi iki kere çevirmeli, vazonun içinden oda anahtarlarını çıkarmalı. Köpekler meselesi hareketlerimi yavaşlattı; vazonun önünde biraz fazla durdum. Korkuyorsan, neden bu kadar uzakta yaşıyorsun şehirden? Neden üç evli sokağın en ucundaki evde oturuyorsun? Son kaldırım taşından bile elli beş adım ötede ne işin var? Garip kaderime gülümsedim; aynaya bakarak tabii. Tatlı bir gülümseme. Eski neşemi kaybetmediğimi göstermek için. Sonra durgunlaştım. Neden? Unuttum. Dur, hayır; unutmadım. Yalnız kaldıkça, yalnız kalmaktan korktukça... Aynadan uzaklaştım; fakat, biliyordum, böyle bir düşünceydi. Köpekler sinirimi bozdu, şimdi kendime gelirim. Buldum: Yalnız kalmaktan korktukça yalnızlığım artıyor. Bu sefer gerçekten gülümsedim. İster görün, ister görmeyin; gülümsedim işte. Her şeyimi kaybetmedim daha; çıkmayan candan ümit kesilmez, havlayan köpek ısırmaz. Hay Allah kahretsin!

Sonra, vazonun dışında eşyayı, çevremi gördüm; demek, düşünmem bitmişti. (İnsanın, sürekli yaşadığını hissetmesi için, bazı değişmez ölçülere başvurması iyi oluyordu.) Sonra, birden o zarfı gördüm. Koridorda bulunan tanıdık eşyanın dışında tek yabancı şey olduğu için, onu hemen gördüm: Rafın üstünde duruyordu. İçine oda kapılarının anahtarları konulduğu için vazonun yeri orasıydı, taşı bittiği için bir aydır kullanamadığım çakmak da bıraktığım yerdeydi; tuvalete giderken yanıma aldığım bir kitap, kırık olduğu için salona alınmayan heykel, binikiyüz liralık hesabımın olduğu bankadan yılbaşı hediyesi sigara tablası (onun içine sigaramı yalnız, ayakkabılarımı giyerken koyardım)... hepsi yerli yerindeydi. Demek ki, üstü yazılı olmayan bu zarf yeniydi. (Bu 'demek ki'ler beni her zaman rahatlatırdı.) Fakat ben oraya zarf koymazdım. Çünkü zarfım yoktu evde. Çünkü kimseye mektup yazmadım. Çünkü kimse bana mektup yazmazdı. Korktum. Çünkü, 'demek ki' diyemiyeceğim bir yerlere gelmiştim. İçime bir ağrı saplandı. Ne olurdu bir 'demek ki' daha diyebilseydim. Zarfı, olduğu yere bıraktım. Çevremde bir 'demek ki' aramağa başladım ümitsizce. Yavaşça salona doğru çekildim. Fakat salonun kapısı kilitliydi. İçime aynı ağrı gene saplandı. Ben kilitlerim ya. Her gün kilitlerim canım, işe giderken. Öyle ya. Geri döndüm. Ümitlendim. Belki zarfın da böyle basit bir izahı vardır. Nasıl? Vazoyu ters çevirdim; ellerim titriyordu. Üstünde '4' yazan anahtarı aldım; henüz her şey bitmemişti. Anahtarı deliğin kenarına çarpmadan ve bir kerede soktum; iki kere çevirdim. Hem de doğru çevirdim, ters tarafa çevirmedim. Kapı açıldı; tokmağını çevirmeden açıldı. Her zaman öyle olur. Kilidi iki kere çevirince kendiliğinden açılır. Kapının dili bozuktur, ucu tam yerine oturmaz. Demek ki eşya henüz özelliklerini koruyor. Ya zarf? Eski eşya demek istedim. Aman Allahım! Ya eşya bir gün delirirse? Her şeye rağmen salonun kapısına henüz güveniyordum.

Ayağıma bir şey takıldı. Demek ki düşünmem gene uzun sürdü. Korktum; salon kapısının sağladığı kolaylığa hemen kapılmamalıydım. Eğildim: Bir don! Buldum: Hizmetçi temizliğe gelmişti. Nasıl unutmuştum? Koridora ip gerilmesini sevmediğimi bilirdi. Çamaşırlar arasında kaybolmaktan korkardım. Öyle ya! Hırsız kilidini de bir kere çevirmiştim. Hatırladım. Ona bir türlü öğretemedim doğru dürüst kilitlemesini. (Kaç kere söyledim şunu iki defa çevireceksin diye.) Öyle ya, hizmetçi kilitlemesiydi bu; artık hafızam zayıflıyordu, eşyanın diline dikkat etmiyordum. Eğilip donu yerden aldım. Zarfı hizmetçi bıraktı! Saçlarımın dibinden dizlerime kadar bütün tenimi tatlı bir ürperti kapladı. (Yorgun ayaklarım henüz tepki gösterecek durumda değildi.) Neden mektup bıraksın peki? Okuma yazma bilmez ki. Kötü düşünceler de hemen aklıma geliyordu. Postacı bıraktı (hizmetçiye verdi –hizmetçi de rafın üstüne koydu– hemen görmem için). Yazısız, pulsuz, damgasız bir zarfı mı? Bu mantığım da hep kendime karşı işlerdi. Biri bıraktı; evde benden başka insan yaşamadığına göre, üstünü yazmayı gereksiz buldu. Kibar biri değilmiş. Bana kim, ne yazabilir? Geri döndüm, zarfa doğru yürüdüm; aynı yerde duruyordu. Parmaklarımın ucuyla tutarak kaldırdım onu; hafif bir zarf. Hizmetçi kadın bana mektup yazdıracaktı, eve erken döneceğimi sandı. Peki, neden kapattı? Açtım. Bu işi önemsemeden yaptığıma göre, o sırada başka şeyler düşündüm bir an için, demek ki. İkiye katlanmış bir kâğıt çıkardım zarfın içinden. Hemen okumadım. Beni bu kadar heyecanlandırmış olan bir şeyi, koridorda, ayak üstünde harcamağa gönlüm razı olmadı. Salona girdim, bütün ışıkları yaktım, sallanır koltuğuma oturdum. Sigara paketini unutmuştum ceketimin cebinde. Yarabbim! Her şeyi birden hiç akıl edemeyecek miydim?

Sigarayı, acele etmeden yaktım, bir iki nefes çektim. Gerçek heyecanım geçmişti; kendimi ancak düşünerek heyecanlandırabilirdim artık. Yazıya baktım: Anladığım bir dilden değildi. Bunu pek beğenmedim. Sanki hiç bir dilden değil diye mırıldandım, ne söylediğime aldırmadan. Belki yakınımda oturan bir yabancıya gönderilmişti. Garip kelimeler, diye düşündüm galiba. Evet, ilk görüşümde de garip bulmuştum galiba bu mektubu:

Morde ratesden,
Esur tinda serg! Teslarom portog tis ugor anleter, ferto tagan ugotahenc metoy-doscent zist. Norgunk!
UBOR-METENGA

Biraz bildiğim ya da kulağıma yabancı gelmeyen dillerden hiç birine benzetemedim. Hizmetçinin küçük kızı karalamıştı diye belli belirsiz bir düşünceye kapılır gibi oldum. Bu işlek yazıyla mı? Virgüller, ünlemler, noktalarla mı? Bir pazar günü ona bazı harfleri öğretmiştim, o kadar. Kuzey dillerinden biri. Ya da çok güneydeki ülkelerden birinin dili. Yakında oturan bir yabancı var mıydı? Yürürken başını, kurumuş yapraklardan kaldırarak biraz çevrene baksaydın bilirdin. Bu sokakta duran siyah bir otomobil... bir elçilik arabası filân yok muydu? Olsa da bilemezdim. Yabancıları da sevmezdim ayrıca. Yabancı ülke temsilcilerini hiç. Bunlar bana, vatandaşlarımı kandırmak için gönderilmiş gibi gelirdi. Casus filân demek istemiyorum. Yabancı ülkelerde yaşama hasreti içinde kıvranan vatandaşlarımı azdırmak için gönderilmişlerdi sanki bunlar. Bakın, derlerdi; biz koyu ve ciddi elbiselerin giyildiği, sokaklarında büyük arabalarla gezilen ve salonlarında değerli içkilerin sunulduğu ziyafetler verilen bir ülkenin insanlarıyız. Özentili vatandaşlarım da içlerini çekerlerdi: Ah, ne kadar öylesiniz! İşte ben bile, bunları bilmenin ezikliği içinde, yolda bana bir şey soran bir yabancıya yardım etmek için çırpınırdım; ona, uzun uzun bir şeyler tarif ederdim. Eve dönünce de, yabancıyla konuşurken yaptığım yanlışlıkları hatırlayarak kendi kendimi yerdim. Hayır! Bu mektubu, güney ya da kuzeyde bulunan bu garip ülkenin elçiliğine götürmeyecektim. Yabancılara yardıma paydos! diye dişlerimi gıcırdattım. Havlayan köpek ısırmaz. Hay Allah kahretsin! Fakat artık korkmuyordum: ne köpeklerden, ne de zarftan. Mektubu ya da ona benzeyen şeyi bir daha okudum: *"Norgunk!"* size, bütün yabancılar ve onların bütün temsilcileri diye söylendim gülümseyerek. Bir sigara yaktım keyifle. Bütün köpeklerin ve yabancıların canı cehenneme! Ben buraya, korkularımı gizlemeye geldim. Yarın bekçiye bu köpekleri şikâyet etmeliyim. Beni ele vermeye çalışıyorlar. Bütün 'morde ratesden' yabancıları da buradan uzaklaştırmalı; aklımızı karıştırıyorlar.

Koltukta biraz uyuklamışım. Hatırlayamadığım rüyalar gördüm galiba. Rüya görmüş olmalıyım ki; köpeklerden, mektuptan uzaklaşmış olmalıyım ki, uyanınca hepsini birden hatırladım ve iki ağrı birden saplandı içime. Yanımdaki sehpaya uzandım, kâğıdı aldım, satırlara baktım. Yabancılar, diye düşündüm. Bir sigara yakamadım; kibritim kalmamıştı. Bozuk çakmak, vazo, anahtar, zarf! Günler geçtikçe, sadece kötü hatıralar artıyor. Işıkları söndürmeden yatak odasına doğru sürüklendim.

Bugün biraz gariplik hissettim içimde. Otobüste biletçiye para verirken neredeyse gülümseyecektim. Neden mi? Bilmiyorum. Mektuptan olmalıydı; o sırada bunu düşünemedim. Yazıhanemde düşündüm. Biletçiden farklı olduğumu hissettim herhalde, diye düşündüm, önümdeki kâğıtlara bakarak. Bir yabancı. Ne olduğunu bilmediğim bir mektubun sağladığı üstünlük. Ülkemize gösterdiğiniz ilginin küçük bir karşılığı olarak sizi üçüncü dereceden 'portog' nişanıyla... Artık otobüse binmemelisiniz. Kendinize yakışır bir düzen, bir 'zist' içinde yaşamalısınız. Hayal gücüm kuvvetleniyordu. Bu mektubun ne olduğunu öğrenmeliyim, cahil bir gurur içinde yüzmemeliyim. Aydın bir kişi gibi nedenlerini bilerek öğünmeliyim kendimle. Yalnız yaşayan insanların, kendi içlerinde başlayıp biten eğlenceleri vardır. Üstelik, ben bu mektubu kendime göndermedim. Otobüs biletçisinden farklıyım. Bunu birine tercüme ettirmeli. Tanıdıklarımı düşündüm. Canım sıkıldı: Çünkü her zaman olduğu gibi, bütün tanıdıklarımı hatırlayamadım gene. Hafızam zayıflıyordu. Hizmetçi kadının geldiğini de unutmuştum. Köpeklere kadar gitmedim ya da gitmemiş gibi yaptım. Cep defterimi çıkardım. Üç yıl öncesinin takvimiydi; bankanın verdiklerini beğenmemiştim. Yabancı bir firmanın defteriydi bu. İşte yabancılara düşkünlüğümün sevmediğim bir örneği daha. Adres kısmını karıştırdım. Bazı isimleri artık silmeliydim; hayır, yeni bir deftere geçirmeliydim. Bütün hayatım ayıklamakla geçti, gene de bitiremedim süprüntüleri atmayı. Bankanın çirkin defterini buldum. Allahtan kimse görmüyordu yaptıklarımı. İşimde de bunun için yalnızdım; herkese, istediğim yanımı gösteriyordum böylece.

İkinci sayfayı temize çekerken aradığım adamı buldum. Yazma işini bıraktım. Esaslı bir adam olsaydım bırakmazdım. Her davranışımın yarısında, başka bir heyecana kaptırıyordum kendimi. Heyecan mı? Bak bunu unutmuştum, diye mırıldandım. (Yalnız olunca insan daha rahat davranır: mırıldanır.) Klasik, yani ölü dillerle uğraşan bir üniversite öğretim üyesiydi bu arkadaşım. Öğretim üyesi. İnsanın, kartvizitine yazabileceği bir altlık, adını alttan besleyen bir destek. Bana da bir zamanlar, gel şu üniversiteye gir demişti; asistan olursun. Hayır, ben zengin olacaktım; kendi başıma yaratamadığım heyecan havasını, parayla satın alacaktım. Şimdi onun arabası var, katı var; bir insanın daha başka neyi olabilir? Ben, otobüse biniyorum; yüksek düşüncelerimi anlayamayacak kimselerle birlikte yolculuk ediyorum, yüzlerine bakıyorum: Hayır, anlamıyorlar. Üniversitedeki arkadaşım çok yorulunca, atlıyor arabasına; istediği yerde başını dinliyor. Ben sadece bir kere, otobüsle yapılan toplu bir geziye katıldım: Rezalet! Onun ayrıca tezleri var, yazıları ve kimsenin bilmediği ölü dilleri var; istesem de ona yetişemem. Kafamda yetişirim tabii. Sen kendini teselli et. Öğretim üyesi kim bilir ne esaslı şeyler düşünüyor şimdi? Kuzeyde ya da güneyde konuşulan ya da konuşulmayan bütün dilleri anlıyor. Ona 'norgunk' desem, belki de hemen karşılık verir; 'teslarom' der, gülerek. Rezalet! Telefona davrandım. Acaba iyi bir şey olacak mı? Hayır, dedim kendime. İyi şeyler birdenbire olur; bu kadar bekletmez insanı. Sürüncemede kalan heyecanlardan ancak kötü şeyler çıkar. Ya da hiç bir şey çıkmaz. Hem ölü dilleri var, hem arabası. (Kafama takılan bir şey, orada çok uzun süre kaldığı için, düşüncelerimin sayısı azdı. Bu ölü diller ve araba beni en az bir ay oyalardı meselâ.)

Önce santral çıktı karşıma tabii, iki kere sordu kimi aradığımı tabii. Sonra bütün sesler ve gürültüler bir süre kesildi tabii. (Bütün bu 'tabii' şeylerle bu kadar uğraşmasaydı kafam... araba ve ölü diller.) Önce bir başkası çıktı telefona ve benim kendisini aramadığıma şaştı; biraz hayal kırıklığına uğrattım onu, üzüldüm. Herhalde benden intikam almak için, "Şimdi derste; biraz sonra arayın," dedi. Kafam takılmıştı bir kere; elbette arayacaktım. Ey, tanımadığım sayın öğretim üyesi! Böyle nasıl zaman kaybettiğimi bir bilsen. Telefonu kapattım. Bu arada, arkadaşımın ne zaman dersten çıkacağını sormayı unuttum. Hayır, beni öğretim üyesi yapmazlardı. Yapsalar bile, böyle bir sorumluluğu üzerime alamazdım.

Sıra bana gelince bütün işler neden böyle uzuyordu? İşte sıram gelmişti: Kimseye gönderilmesi mümkün olmayan bir mektup masamın üstüne konulmuştu. Ve ölü diller uzmanı arkadaşım bir türlü dersten çıkmıyordu. Bu arada ben de bir işle uğraşamıyordum. (İki işi birden düşünemiyordum. Bu yüzden çok kaybım oldu. Yoksa, araba filân almam işten bile değildi.) Sonunda buldum onu; altıncı arayışımda. (Her şey üst üste olsun. Sonunda ölüm gelse bile.) Nasılsın, ne var ne yok? dedik birbirimize, geleneklere uymuş olmak için. Hayrola, ne var? dedi. (Gelenek dışı bir soruydu bu; onu çoktandır aramamıştım.) Çok beklemiş olduğum için ve artık sabrım tükendiği için, durumu çok beceriksizce anlattım ona; ilgisini çekemedim. Öylesine bir olaymış gibi aldı; beklerim gel, bir şeyler yaparız herhalde, dedi. Ne zaman vaktin var? dedi. Her zaman. Ona bu sözü söylemedim tabii. Her zaman vakti olanlara saygı duyulmaz. "Yarın," dedim, "Hemen," diyeceğime ve bu sözümden, daha söylerken pişmanlık duydum. İki şeyi birden düşünemediğim halde, o sırada (her sırada olduğu gibi), mektubu ve ölü dilci arkadaşımın yüzünü ve onun dersten nasıl çıktığını ve çevresini ve kelimeye vurulması çok güç olan birçok şeyi birden gözümün önünden geçiriyordum; kafamda birçok film üst üste oynuyordu. Ben bu işin içinden çıkamayacaktım. Öğretim üyesi dostumu bir saat bekleyememiştim; yarına kadar ne yapacağım Allahım? dedim.

Bir iki arkadaşa uğradım. Mektuptan söz edemediğim için, onun ağırlığını içimde taşıdım. Sonra, evin yolunda buldum kendimi. Köpeklerin yanından biraz tedirginlikle geçtim. Nedense, başlarını bile çevirip bakmadılar bana; belki de kedilerle, çöp tenekeleriyle meşgul oldukları için. Belki de dün gece bir yanlışlık oldu. Gergin oldukları bir sırada geçtim oradan. Belki, kimi görselerdi havlayacaklardı. Gene koridorda buldum birden kendimi. Rafın üstünde yeni bir zarf vardı. Üstü yazılı. Bilmem ne ülkesi kültür heyeti kitaplığından; yeni binalarında hizmetime girdiklerini bildiriyorlardı. Yabancı dil bilmediğim halde neden böyle yerlere üye oluyordum? Alay ettim onlarla: Bütün üyeliklerimden vazgeçiyorum, UBOR-METENGA kitaplığına yazılıyorum. Acele soyundum. (Yabancı dil bilmezliğimden utanmıştım.) Tuvalete giderken kitaplarımın önünden geçtim ve sanki daha önce hiç düşünmemişim gibi, tam oradan geçerken aklıma gelmiş gibi, Latince öğreten sarı ciltli kitabı çekiverdim raftan. Yazık ki telâffuzdan başlıyordu. Yılmadım. Dört başı mamur bir Latince öğrenmeye karar verdim: Sesliler, sessizler, hepsi. Yatakta devam ettim. Ne var ki, bu kitap İngilizlere Latince öğretiyordu; bazı yerlerini anlayamadım bu yüzden. Üşenmeden, yataktan kalktım; İngilizce dilbilgisi kitabını ve sözlüğünü aldım. İngilizce telâffuzun ortalarında uyukladım; alışverişler, bakkallar, sinema kuyrukları girdi araya. (İngilizce telâffuz oldukça kolay gidiyordu; Latince meselesini kısa bir süre için ertelemiştim.) Uyumaya hak kazandığıma karar verdim sonunda.

Sabah uyanınca sevinçliydim. Uyku, zamanımın dörtte birini, dakikaları saymadan geçirmemi sağlıyordu. Sonra hemen mahzunlaştım. Üniversiteye girecektim. Şimdi hatırlayamadığım bazı düşüncelere kapıldığım için kendimi birden büyük bir yapının önünde buldum ve kısa bir süre içinde üniversitenin koridorlarında kayboldum. Geçtiğim koridoru hemen unuttuğum için, aynı koridorlara, başka kapılardan girdim. Sonunda, gururu bir yana bırakıp, yolumu sormaya karar verdim. Bazılarına, çok hızlı yürüdükleri için yetişemedim. Arkalarından koşarak Ölü Diller Bölümünü soramazdım ya. Bazı tarifler de belirsizdi: Koridorun sonu ne demekti? Bir koridor bitmeden başka bir koridor başlıyordu. Mesele çıkarma dedim kendime. Bir iki yanlış kapı açtıktan ve başlarını kaldırarak gülümseyen insanlar gördükten sonra buldum. (Ben mi yanlıştım? Hayır, kapılar karışıktı.)

Oda kalabalıktı. Öpüştük. Bir öğretim üyesiyle öpüştüğüm için, ötekilere sevinçle baktım. (Herkesin küçük tarafları olur. Ayrıca, kendime güvenmek istiyordum o anda.) Kitap siparişleri ve öğleden sonraki kurulda görüşülecek konularla ilgili konuşmaları biraz sabırsızlıkla dinledim. Vakit geçsin diye ben de bir iki görüş ileri sürdüm. (Belki bana bir tuhaf bakarlar diye, o sırada başımı kaldırmadım.) Sonunda yalnız kaldık. Çantamı çıkardım. (Çanta taşımam; fakat, kâğıt buruşur diye onu Latince kitabın içine koymuştum. Neden Latince kitabın içine? Belki yolda göz gezdiririm diye. Kitabı, arkadaşım görür diye çekindiğimden çantaya yerleştirmek zorunda kalmıştım. Ayrıntılara boğulduğumu biliyordum.) Ne yaptığımızı sorduk birbirimize. Onun ne yaptığı belliydi. Ben de yalnızlık, hürriyet filân dedim. Bu arada, nasıl oldu bilmiyorum arabamı nereye bıraktığımı sordu. Yani, öylesine sordu; içinde bir kötülük yoktu. Fakat bu araba, insanlarla aramda ortak bir konuşma dili yaratılmasına engel oluyordu. Aceleyle mektubu çıkardım; arabasız olmamın telâşı içinde Latince kitap da göründü bu arada. Allahtan dikkat etmedi. Yüzü ciddileşti kâğıda bakarken; okuduğu şeyi anlamadığını sezdim. Biri sana şaka yapmış olmasın, dedi. Birden tatlı bir ürperme hissettim; sonra da üzüldüm. Hemen yenilgiyi kabul etmedim, direndim. Anlamadığım bir kelime söyledi: Bu kelimeyle uğraşan biri varmış üniversitede. Mektubu bana bırak da bir soralım, dedi. Doğu ülkelerine hiç gitmiş miydim? Ya da ülkemizde tanışmış olduğum Doğulular var mıydı? Hayır. (Ben kuzey ve güney üzerine bir şeyler söylemek istedim, vazgeçtim.) Aralarında gizli bir dil konuşan bazı mezheplerden söz etti. Bunların her ülkede, özellikle esnaf içinde temsilcileri olduğunu duymuştu. Hayır, böyle bir ilişkim yok. Yalnız yaşadığın için seni seçtiler, dedi gülerek. (Bu şakayı beğenmedim.) Kâğıt sende kalsın dedim. (Sorumluluk da sende kalsın.) Bir işimi bahane ederek hemen kalktım. Üniversitenin dış kapısından çıkarken Latince dilbilgisi kitabını orada unuttuğumu hatırladım. Ya dönünce mektubu geri verirse bana? Neden hep korktuğum işler başıma geliyordu? Allah kahretsin, koridorda gene kayboldum. Çıkarken, sanki oraya bir daha hiç gelmeyecekmişim gibi sağıma soluma dikkat etmemiştim. (Böyle yapmazsam hiç bir yeri tekrar bulamam.) Kitabı uzatırken, Latince mi çalışıyorsun? diye sordu tabii. (Bu sorularla karşılaşmak istemeyenler, dalgın ve dikkatsiz olmamalı.) Yalnızlık, gece, boş zaman gibi fiilsiz cümleler mırıldandım. Tekrar biraz oturmak zorunda kaldım. (Allahtan, söz kadın meselesine gelmeden kürsü başkanı çağırdı onu.) Telâştan, üniversitenin başka bir kapısından çıktım: Otobüs durağına en uzak olan kapısından.

İki gündür rahatım. Mektubu, arkadaşıma havale ettim; bir dava dosyası gibi. Meseleyi biliyor, bana soracak bir şey yok. Sorumluluk onun üzerinde; benim, bir çeşit avukatım oldu. Düşünmüyordum bile. Akşam eve dönünce yapacak bir işim yoktu da ondan aklıma geldi. Ayrıca ihtiyatlı olmalı; insan, kafasındaki meseleyi durmadan düşünmeli ki sonuçla birdenbire karşılaşmasın. Yalnızlığa dayanmanın en önemli şartı, her şeye karşı hazırlıklı bulunmaktır. Gene de telefon birdenbire çaldı ve ben şaşırdım. Beklediğim bir haber yoktu. Yanlış numara çevirmiş olmalılar. Kimler? Münasebetsizler. Öğretim üyesi arkadaşımın sesini duyunca şaşırdım. Üstelik, hemen konuya girdi nedense. Anlaşılan hazırlıklı değildim her şeye rağmen. Bu kadar erken duruşma olur mu? Ertele canım. (Bunları içimden söyledim elbette. Dışımdan çok soğukkanlı göründüm. Telefonda çok kolay: Yüzünü görmezler.) "Mektubu çözdük," dedi gülerek. "Tahmin ettiğim gibi, gizli mezheplerden biri." Gizli mi? Dünyada gizli ne kaldı ki? Ha-ha. Onlar kendilerini gizli sayıyorlar. "Ne diyor bu mektup peki?" "Sayın..." "Dur, kalem kâğıt alayım." (Durumu beğenmiyordum. Çözemeyebilirdi. Bir de üniversitedekilerin yetersizliğinden söz ederler.) "Sayın beyefendi ya da efendim, üstadım, ustam, bayım gibi bir şey." "Canım, önemli değil." "Bu mezhep değer verir de; neyse geçelim. Yazıyor musun?" "Evet." "Size ihtar ediyoruz! Dikkatinizi çekiyoruz da diyebilirsin." Ne kadar bilimselsin yarabbi! "Mektubu ya da mektubumuzu aldığınız andan itibaren – biliyorsun bu mezheplerin dilinde iyelik zamiri yoktur." "İyelik zamiri mi? O da ne demek?" "Canım mektubumuz'daki 'umuz' gibi. Buna iyelik takısı da diyenler var." Anlaşılan türkçe dilbilgisi de çalışmak gerekecek. "Evet, ne diyorduk?" Unutturdun bana. "Mektubu aldığınız andan itibaren evinizden hiç çıkmamanızı size kesinlikle bildiririz. Dikkat! ya da sizi uyarırız! dikkatinizi çekeriz! de diyebilirsin.. İmza yerine ÜSTÜN-YOL ya da değerli tarikat filân." Hiç de 'filân' değil. Mektubu sana göndermediklerine göre, rahatsın elbette. Güldü. "İşte böyle; dünyada ne sapıklar var görüyorsun." Görüyorum. Ben de güldüm. "Ne dersin? Bu adamlar ciddi midir?" "Bilmem." "Ne demek bilmem?" "Yani onlar kendilerini ciddiye alıyorlardır, demek istedim." "Bilgi var mı bu mezhep hakkında, bilgi? Mektup filân yazıyorlar mıymış ona buna?" "Belgelerde böyle bir şeye rastlamadık ama, olabilir." Güldü. "Korktun mu yoksa?" "Ha-ha. Yok canım. Korksam, bu dağ başında oturur muydum?" Gerçekten dağ başında mıydım? "İstersen polise haber ver." Ciddi mi söylüyor acaba? "Yok canım, karakoldaki polise anlatmak biraz güç olur. İçişleri bakanının bile anlayacağı biraz şüpheli. Belki o da iyelik zamirini bilmiyordur." Gülüştük. "Kusura bakma, çıkmak zorundayım. Karımla sinemaya gideceğiz de. Kapıda bekliyor şimdi." Daha önce telefon edemez miydin? "Çok sağol. Sana zahmet oldu." "Yok canım, benim için eğlence oldu." Benim için de. "Güle güle."

Oturup düşündüm aptal gibi. Çağımızda böyle bir saçmalık olabilir miydi? 'Mektubu aldığın andan itibaren', diyor. Zaten bu emri yerine getiremedik. Bana bir süre tanımışlardır herhalde. İşi ciddiye almakta olduğumu sezdim; kendime kızdım. Olur mu böyle şey canım? Dağ başında mıyız? Öyle olduğunu telefonda söyledin ya. 'Onlar' için iyi bir raslantı doğrusu. Ya raslantı değilse? Zaten evden çıktığım yok, iyi olur. (Gülümsedim.) Bu durumunu biliyorlar, seni denemek istiyorlar. Hırsla ayağa kalktım. Benim bu saçmalığı ciddiye alacağımı da bilemezler ya. Kendi kendime konuştuğumu nasıl öğrendiler? İnsanın iç dünyası üzerine bilgileri varmış. İyi adam seçtiniz! Birden öfkelendim, korkum geçti. Korku mu? Hayır, korkmuyordum. Belki, hazırlıklı değildim sadece. Ayağa kalktım, bütün evi dolaştım. Gizli köşeleri yokladım, bahçeye açılan kapının kilidini inceledim. (Her zaman yapardım bunları. Ayrıca, eve geleceklerini söylememişlerdi; demek ki bu davranışımın, onlardan korkmamla bir ilgisi yoktu.) 'Onlar' mı? Belki de çok kalabalık değillerdi. Belki de, ne bileyim, bir kişi kalmıştı bu mezhepten. Tek kaldığı için sapıtan biri. Çünkü anlıyor musunuz (kimler?) tehdit mektubu filân yazmazlarmış böyle; bütün yönleri biliniyor, mektup da çözüldü nitekim. Durumu beğenmiyordum. Daha doğrusu, kendimi beğenmiyordum. – Son günlerde sinirlerim gergindi, bir doktora bile gitmeyi düşünüyordum. (Başka meseleler yüzünden.) Uygun bir zaman seçti. (Bir kişi olduğunu düşünmek iyi geliyordu bana. İyelik zamirleri olmadığı gibi, belki çoğul takıları da yoktur.) Bir kitapla oyalanmayı denedim; uzun aramalardan sonra türkçe dilbilgisi kitabını buldum. (İnsanlar beni ne kolay etkiliyor.) Zamirler bölümünü okudum, hiç bir şey anlamadım. (Bir de Latince öğrenecektim.) Yazarak çalışmaya karar verdim. Bir süre kendimi bu işe kaptırdım: Ben, sen, bizim, onda, benden. Benim kalemim yerine, sadece kalemim... Göz kapaklarım ağırlaşıyordu. Sevindim.

Kolay bir iki gün geçirdim: Geceleri başkalarına yemeğe gittim. Arada hiç boşluk bırakmadım: İşlerim için koşuştum, onları biraz düzelttim; yanıma bir kitap alarak otobüste, yazıhanede öğle tatilinde, otobüs beklerken okudum (pek bir şey anlamadım); eve geç döndüm ve yatakta Latince-İngilizce-Türkçe (dilbilgisi) çalıştım; sabahları ortalığı topladım; sinemaya gittim, reklâm filmlerini bile seyrettim; arada gene kitap okudum (hayatım bir düzene giriyordu); yüksek ağaçlı yollarda yürüdüm (bir tanıdık beni görmüş, "Düşünceli gördüm seni, nereye gidiyordun?" dedi. Ben mi düşünceliydim?); bir gün eve dönerken yoldaki çingenelerden adını bilmediğim bir demet çiçek bile aldım.

Hemen teslim olmadım yani; fakat güzel şeylerin bir gün biteceğini biliyordum (çiçekler taze değilmiş, bir günde soldu). Bütün hayat bunlarla doldurulamazdı; bir gün düşünmek zorunda kalacaktım. 'Norgunk!' demişlerdi bana, beni uyarmışlardı (ya da dikkatinizi çekeriz gibi bir şey söylemişlerdi). Hayır, ölü diller uzmanı benimle alay etmişti. Yazıhanede birden sol tarafıma saplandı bu düşünce; çılgın gibi üniversiteyi aradım. Başkası çıktı telefona, yok dedi. Dersten ne zaman çıkar diye sormayı akıl ettim bu sefer. "Derste değil, burada yok," dedi. "Ne zaman gelir?" "Yurt dışına gitti." Yurt dışına mı? Olmaz. "Neden?" "Bilgisini görgüsünü arttırmaya gitti." Ne demek bu? (Hiç bir şey bilmiyordum; ne kelime, ne dilbilgisi, hiç bir şey.) Bana söylemedi. "İnceleme yapacak yani." "Hangi konuda?" Gene anlamadığım bir kelime söyledi. Ne olduğunu sormadım. "Ne kadar kalacak?" "En az altı ay, en çok iki yıl." Kurulmuş bir makine gibi konuşuyordu. (Kütüphane fareleri.) Üniversiteye saygım kalmamıştı. Gene de makineye teşekkür ettim.

Mektup da onda kalmıştı. Kalsın; ben bilmiyorum anlamını. Üniversiteye göndermiştim; kendisi Avrupa'ya gitmiş, yanında götürmüş. Ne yapalım? Artık kimse çözemez mektubu. İki yıl beklemeli. İki yıl ertelememiz gerekiyor. Öğretim üyesi arkadaşım telefonda bir şeyler söyledi ama unuttum. Unutamaz mıyım? Aslında kafam her zamankinden daha karışık değil mi? (Çok hızlı düşünüyordum. Son okuduğum kitapların etkisinden olacak.) Rahatladım ve birden yorgun hissettim kendimi. Yazıhanemden çıktım, koridorda durdum; hanın kapıcısına seslendim. (Ne yaptığımın farkında değildim.) Ben yakında bir yolculuğa çıkıyorum! Efendim? Anlamadım. (Merdivenden yukarı bakacağına, buraya gelirsen anlarsın.) Bir yolculuğa çıkmam ihtimali var! (İhtimal, sadece bir ihtimal.) Sen yazıhaneye göz kulak ol. (Onda anahtar vardı. Ortalığı temizlemek için. Temizlemezdi.) Ararlarsa beni, yakında dönecek dersin. (Yakında. Kısa bir süre sonra.) Olur. Uzaklaştı. (Aptal herif! Yukarı çıksana.) Gel bakalım al şunu: Bu senin, bu da yazıhane kirası. Peki sağol. (Teşekkür etmesini bile bilmez.) Belki de gitmem, belli olmaz. Peki. (İki kelimeyle cümle yapmasını bilmez. Her zaman böyle öfkelenebilsem. Nerede.)

Yazıhaneme döndüm ve son yaptıklarımdan hemen pişmanlık duydum; bu yüzden bir saat kendimi yedim. Oysa, mektup Avrupa'ya gitmişti, ben de bu durumu 'onlara' açıklamıştım. (Gene kalabalıklaştılar; bir kişi olarak düşünemez oldum 'onları'.) Neyse, ben gidecekmiş gibi hazırlanayım (nereye?): gitmezsem sevinirim. Yazıhaneyi düzelttim, evrakı ortadan kaldırdım, dosyaları yerleştirdim, ortalığı süpürdüm (bu aptal herif süpürgeyi eline almaz ben gidince – kapıcıyı düşünmek içimi ferahlatıyordu. Onu da göremeyeceğim artık. Hayır, göreceğim.), sigara tablalarını çöp sepetine boşalttım, sepeti kapının önüne koydum, perdeleri kapattım, yazıhanenin tozunu aldım, halıyı ayağımla düzelttim, takvimde o günün üstüne bir çarpı işareti koydum. Her şeyi düzenli bıraktım ayrılırken.

Dün sabah biraz yorgun uyandım, gece erken yattığım halde. Bugün canım işe gitmek istemiyor, diye düşündüm. Bir kere de iş gününde tembellik etsem ne olur? Bir deneme olur. Gizli mezhep işi biraz gülünç geliyordu bana; daha doğrusu, ben kendime gülünç geliyordum. Her gün bu meseleyi tepeme asılmış olarak hissedeceğime, bir gün evde oturur beklerim. Yarına ertelemekle ne olacak sanki? Ne olacaksa bugün olsun.

Bütün gün kılımı kıpırdatmadım. Akşama doğru biraz bahçeye çıktım; bir sandalyenin üstünde, kitap okumağa çalıştım. Bir haftadır okumak için uğraştığım ve her birinde en çok dokuzuncu sayfaya gelebildiğim onsekiz kitaptan biriydi elimdeki. Kuru yaprakları ezerek ön kapıya doğru yaklaşan bir gölge gördüm birdenbire. Hemen fırladım; sonra durdum, aptal dedim kendime. Ön kapıya geldiğim zaman postacı uzaklaşıyordu. Kapının altında bir mektup buldum; pullu, yazılı, damgalı bir mektup. Rahatladım. Gene de biraz telâşlıydım herhalde; hiç âdetim olmadığı halde, zarfı parçaladım açarken.

Ölü diller uzmanı göndermiş: mektup ve çevirisi. Sol tarafıma o şey gene saplandı. Birden, bütün kavramlarımı kaybettim: Mektubu ve çeviriyi okudum, okudum. Bütünüyle kurtulmak istedim bu dertten. Daha birkaç gün öncesine kadar küçük ve endişeli olan yaşantımı özlemle andım. Demek ki dünya, kötü piyangolarla dolu, dedim. (Bu sözümün bayağılığını görecek durumda değildim.) Yakmalı bu mektupları, yakmalı! Ölü diller uzmanını ve bu konuda görüştüğüm herkesi öldürmeli! Hayalimde daha önce çok insan öldürmüş olduğum için bu son ölümler beni fazla sarsmadı. Nedense, bu arada gizli mezhebin üyelerini de öldürmeyi düşünmüyordum. Bu düşüncelerimi öğrenmelerinden bile korkuyordum. Telâşla mutfağa gittim. Yere bir tava filân da koymayı akıl etmeye fırsat bulamadan bir kibrit çakıp yaktım hepsini. (Kâğıtları demek istiyorum.) Alev sadece bir kere söndü. (Hemen yaktım gene.) Fakat taşlar karardı; küller, yanık parçalar her yana dağıldı. Deli gibi süpürdüm yerleri. Küller, kararmış kâğıtlar süpürgenin tellerine yapıştı; süpürgeyi yıkarken de lavabonun deliği tıkandı. Bütünüyle bozguna uğramış durumdaydım. Sonra yerleri sildim bir süre, sabunlu bezlerle. Gene de bir leke, çok hafif de olsa bir dalga, bir gölge kaldı taşların üstünde. O kadar uğraştım çıkaramadım. Tam adamını buldunuz diye söyleniyordum. Daha basit bir mesele bile ortaya atsaydınız, gene içinden çıkamazdım. Bütün meselelerimi sıfıra indirdiniz. Yere baktım: Bu lekeyi ya da dalgayı ya da gölgeyi taşın üstünden silebilmek uğruna herkesi öldürmeğe, bütün dünyayı yok etmeğe hazırdım. Ondan sonra bütün işlerimi yoluna koyardım; bütün küçük dertlerimi, daha önce aptalca bir dar görüşlülük yüzünden gözümde büyüttüğüm zavallı sıkıntılarımı toz ederdim. Bunları hep yüksek sesle söyledim. İşte ne mal olduğum ortaya çıkmıştı. İşte savaşmadan yenilmiştim. Fakat zararı yoktu: Bütün korkaklar gibi hem ölüyordum, hem diriliyordum. Onyüzbin canlı olmuştum. (Ya da bana öyle geliyordu.) Gülümsedim. Neden? (Ne düşüncelerimin, ne de gülümsemelerimin hızına yetişemiyordum artık.) Evet, şundan gülümsemiştim: Artık yalnız kalacağıma göre, kimse artık benim yüksek sesle ya da içimden düşündüğümü bilemeyeceğine göre, bundan sonra her şey bana nasıl geliyorsa öyleydi. Yüksek sesle de düşünürdüm; istediğim kadar korkar, istediğim kadar ölürdüm. Evet, büyük şehirlerde doğdu, yirmi sekiz yaşına kadar çeşitli üniversitelerde (yalan) eğitim gördü, çeşitli işlere girdi, aldığı bir mektubu yaktı ve bunun üzerine öldü. Hayır, iyi bir eğitim görmedi, fakat bazı eserler okudu, her şeyi daha iyi anlamak için Latince öğrenmek üzere masaya yaklaşarak kitabı... hayır, tam bu sırada, mutfaktaki lekenin aklına gelmesi üzerine... hayır, Latince öğrenemeyeceğini anlayınca, durumun çıkmaza girdiğini görünce masadan kalktı ve öldü. Hayır, leke yüzünden ölmedi... Bir söylentiye göre, sol tarafına saplanan bir ağrı yüzünden hayata gözlerini yumdu. Hayır, bazı eserler okumadı, sadece bazı yazarların adlarını öğrendi, ağrıdan sonra hayata tekrar gözlerini açtığı zaman kendini bahçede buldu (doğru), okuyamadığı kitapların çeşitli sayfalarını inceledi, bir süre bahçede dolaştı, bir süre kendinden nefret etti, bu arada çeşitli düşüncelere kapıldı. (Allah bilir nelere?) Bahçe kapısında (beş dakika), otların arasında (oniki dakika) ve duvarın yanında (ne kadar?) bulundu. 'Allah Kahretsin' adlı denemesini yazmak üzere hazırlıklara giriştiği bir sırada ömrü yetmedi, vasiyeti üzerine mutfaktaki lekeli taşın (gerçekten Allah kahretsin) altına gömüldü (düşey olarak). Evet, bugün yeter bana bu kadar ölmek, diye düşündüm gizli bir sevinçle. Ben size gösteririm.

İki gündür bahçeye bile çıkmıyorum. Sadece, iki saatte bir, perdenin aralığından bahçeyi seyretme izni veriyorum kendime. Bana, çıkma dediler; fakat öl demediler. Merak ediyorum: Hiç çıkmadan nasıl yaşar insan bir evde? Bunları düşünürken aynaya bakıyordum; güldüm onlara aynadan. Evden çıkmazsam ölürüm, gerçekten ölürüm. Siz kaybettiniz, anlıyor musunuz? (Pek anladıklarını sanmıyordum. Cahil herifler! Örümcek kafalılar!) Burada çürüyeceğim işte.

Dayanamazsın. O zaman da çok yerinde bir sebeple çıkarım evden. Anlıyor musunuz? (Anlamıyorlardı.) Ben kazandım! Ölürüm be, ölürüm! Manevî filân değil, resmen ölürüm eşek herifler! (Terbiyemin biraz bozulduğunu itiraf etmeliyim. Demek ki kibarlığım da göstermelikmiş.) Bir yandan da, onları güç duruma düşürmekte olduğumu sezmiyor değildim. Onlar başka bir sonuç bekliyorlardı herhalde. (Ne bekliyorlardı?) Burada çürürüm, kimse bilmez. Tedbirlerimi aldım: Hanın kapıcısını ayarladım. Kimse aramaz beni. (Tanıdıklarımın çoğu, evimin nerede olduğunu bilmezdi. Ben giderdim onlara.) Hayatımı iyi incelemediniz. Yanlış hesap! (Bu düşüncelerin verdiği güçle bir gün daha geçirdim neyse.)

Sonunda dayanamadım, hiç olmazsa bahçeye çıkmalıyım dedim. Bahçe de evin bütünlüğü içinde sayılırdı. (Sayılır mıydı?) Biraz şüpheci olmuştum. Descartes da herhalde çok yalnız kalmıştı. (Evde bu herifin kitabı olmadığı için, bu düşüncemin gerçeklik derecesini araştıramadım. Herif? Descartes? Söyledim ya, terbiyem bozulmuştu.) Başıma bu işlerin gelmesinde oldukça önemli bir payı olan adres defterini karıştırdım. Avukat arkadaşımı yazıhanesinde yakaladım. (Telefonda.) Evin bütünlüğü meselesini sordum. "Efendim?" dedi, "Evini mi satıyorsun?" Saçmalama, ev benim değil ki. "Sınırla ilgili bir mesele mi?" (Gizli mezhep hukukunu biliyor musun? Onu soracaktım.) "Hayır canım." "Evet, mütemmim cüz." "O da ne demek?" Anlattı. Anlamadım. (Benim meselem gene de basitti galiba.) "Teşekkür ederim, ben gene ararım." Gizli mezhep, bizim hukuku nereden bilecek? Bak bunu bilemez işte.

Bahçeye çıktım. Güneşli bir gündü. (Galiba daha önceki günler de güneşliydi.) Güneşe baktım bir süre. Önemli. Güneş mi? Hayır, güneşin gözlerimi acıtmaması. Hafif bulut var da ondan. Yaa? Öğlene kadar ön bahçede oturdum. (Altı kişi geçti – hepsi erkek. Birinden şüphelendim. Benim önümden geçerken biraz yavaşladı sanıyorum.) Sonra postacı geldi. (Gene ölsem mi?) Bir makbuz verdi. Telefon borcu. Olur mu? Daha yeni ödedim. Postacıyla tartıştım. Beni biraz tanıdığı için 'Makbuzu ben düzenlemedim ki' demedi, kibarlığından. Hırsla içeri girdim. Mezhebi filân bir an için unutup telefona sarıldım. Bir sürü ses. 'Bir dakika efendim,' dedi. Sonunda, bir dakika demesine fırsat vermeden, bir sese içimi döktüm. Olamaz efendim. Nasıl olamaz? Kısa kesti: Lütfen elinizdeki ihbarname ile gelin de bir bakalım. (Elimdeki makbuz değil miydi? Baktım: İşbu ihbarname makbuz değildir. Değilmiş.) Gelemem. Neden? Birden ayıldım. Gelemem işte. İşim var. (Ne işi?) Özür dilerim efendim. (İnşallah ölürsün.) Yanlışlıklarınızı ben mi düzelteceğim? Telefonunuzu kesmek zorunda bırakmazsınız herhalde bizi? (Anladım, makbuzda da –ihbarname– yazıyor zaten.) Telefonu kapattım. Bana yalnız ihbarname gönderiliyordu. (Bütün telefon makbuzları yazıhanedeydi. Allah belanızı versin.)

Üç gün sonra telefon kesildi. Avukatı arayacaktım gene. Hiç ses gelmedi. O gün yiyeceğim de bitiyordu. Akşama, ancak çay içebilecektim. (Onlar da güç durumdadır sanıyorum.) Birden, yararlı işler (kendime yararlı tabii) yapmak istedim. Ölümü ya da 'onları' hareket halinde beklemeliydim. Henüz hazırlık dönemindeydik; kendimi bırakmamalıydım. Fakat, ancak iki bardak çay yapabilirdim kendime. Mutfağa girdim. Bütün rafları, dolapları aradım: Biraz mercimek, nohut, fasulye, yarım paket makarna, bir paketin içinde iki üç kaşık yemeklik yağ (acımıştı), yarım paket kibrit, bir kavanoza yakın şeker ve tuzluğun içinde nemlenmiş tuz kalmıştı. Bunlarla ne yapabilirdim? (Yağı attım.) Büyük bir fırtınaya tutulmuştum. Evet, yabancılarla dolu, bana yabancı olanlarla dolu, uçsuz bucaksız bir denizin ortasında yalnız başıma kalmıştım. Düşündüm. Avcuma aldığım nohutlara bakarak hayatımı, ne işe yaradığını bilmediğim zavallı yaşantımı düşündüm. Nohut ve makarna gibi, bir araya getirilemeyen parçalardan oluşan günlerime acıdım. Sonra birden aklıma geldi: Aşure! Teyzemin anlattığı dinî masallardaki Nuh Peygamber de bitmekte olan erzakla aşure yapmıştı. Ya da onun durumuna uygun bir aşure efsanesi yaratılmıştı ki, benim durumuma da uygundu; ben de (ucuz olsa bile) bir efsane yaşıyordum. Hemen, büyük bir tencere aradım. (Önce nohutu, fasulyeyi ve buğdayı haşlardı annem. Buğday mı? Buğday yoktu; içlerinde en önemli olanı. Acaba ekmekten de buğday yapılamaz mıydı? Saçmalama. Zaten ekmek de yoktu.) Kaynatma sırasında çok tencere kirlettim (babam gibi). Hiç ilgisi olmadığı halde, buğdayın yerini tutar diye makarnayı da kaynattım. Şeker vardı; bu önemliydi. Sonra, hepsini birlikte tekrar uzun uzun kaynattım.

Elimde kalan erzak ve aklımda kalan bilgiyle yaptığım aşureyi tabaklara boşaltıp soğumasını beklemek üzere bahçeye çıktığım zaman hava kararmıştı. Portatif radyomu da yanıma almıştım; bir keman konçertosunun sonuna yetiştim. (Gökyüzü de son kızıllığındaydı.) Şimdi çay saati dedi spiker. (Hafif melodiler.) Aman kaçmasın çay saati dedim kendi kendime. (Başka kime diyebilirdim?) Kutudaki son çayın yarısıyla güzel bir çay pişirdim kendime. (Pek güzel olmadı tabii.) Çay saatinin bitmesine on dakika kala, radyo ile birlikte içtik çayı. (Aşure daha donmamıştı; garip renkli bir sıvı olmuştu.) Akşam serinliğinde çay içimi ısıttı; müzikle birlik oldular ve düşünceye dayanmayan bir hüzün verdiler bana. Köpekler havlamaya başlayıncaya kadar bahçede kaldım.

Aşure pek fena olmamıştı. (Nerde annemin aşuresi?) İçindeki taneler pişmişti ve tatlıydı, başka bir özelliği yoktu. Beni bir iki gün idare eder diye düşündüm, boş buzdolabına kâseleri yerleştirirken. (Onlara bütün imkânları tanıyordum, oyuna başvurmuyordum.) Sallanır koltuğumda uyuklarken bir yandan da elimdeki zamanla ne yapacağımı düşündüm. (En önemli dertlerimden biriydi zaman meselesi ve belki de 'onlar' en çok, bu işin içinden çıkamayacağımı hesaplamışlardı.) Kendime yararlı bir iş yapmalıydım. (Latince?) Başlayıp da yarım bıraktığım bir sürü teşebbüs, evin her tarafına dağılmıştı. (Sanki kafam da onlarla birlikte çekmecelere, dolaplara, sandık odasının eşyaları arasına dağılmıştı. Kafamı toplayamıyordum bu yüzden.) Her şeyi düzene koymaya, hayır daha önce ayıklamaya, hayır en önce nerede ne varsa bulup çıkarmaya, hayır hayır hepsinden önce evi dolaşıp, hafızamı yoklayıp nerede ne olduğunun tam listesini çıkarmaya karar verdim. (Her zaman böyle, tersine işlerdi kafam.) Tamir edilecek bir sürü şey vardı, yarım bıraktığım karton abajuru bitirmeliydim, çerçevelenecek resimler elbise dolabının üstünde duruyordu, resim albümü için kendi kendine yapışan köşe parçaları almıştım (nereye koymuştum?), konularına göre dizilecekti kitaplar sözüm ona, ya mektuplar? (Benimle kolay başa çıkamayacaklardı, oldukça işim vardı – şimdiye kadar ne yazık ki 'onları' güç duruma sokmak için sadece kendime kötülük etmeyi akıl edebilmiştim.) Bütün evi düşündüm: Her tarafı gözden geçirmeliydim. Bir köşeden başlayarak yavaş yavaş... Bir planını çizmeliydim evin. Çevreme baktım. (Gözü kapalı çizebilirdim planı. Her tarafı o kadar iyi biliyordum ki. Yumruklarımı sıktım.) Oturup çizerken, gene de bir iki çıkıntıda, bazı köşelerin yerinde yanılmalar oldu (küçük yanılmalar). Sonra, salonun, girişe göre solunda kalan köşeden incelemeye başlama kararını aldım. Her şeyi tek tek gözden geçirecektim, gerekliyi gereksizden kesinlikle ayıracaktım. Daha başlangıçta hevesimin kırılmaması için kolay bir köşe seçmiştim. Plan üzerinde bu köşeyi işaretledim ve araştırma sınırını çizdim; ertesi sabah işe başlayacaktım. Birden başımın döndüğünü hissettim: Sabahtan beri hiç bir şey yememiştim. Mutfağa

gittim. (Mutfakla banyonun birleşmesini planda yanlış gös-
termişim – dönüp düzelttim.) Bir aşure yedim sonra. (Başka
ne yiyebilirdim?) Ertesi gün için planım vardı, aşurem vardı,
dayanabilirdim. Beklemediğim bir anda uykum geldi.

Sonra, iki gün yalnız aşure yedim. Ayıklama işi de iyi git-
medi. (Oysa ilk köşe, tam anlamıyla 'gözden geçirilmişti'.)
Herhalde iyi beslenmiyordum; tek tip yemek, insanın iç dü-
zenini bozarmış. (Bu kadar çabuk değil, bu kadar çabuk de-
ğil.) Sonra, çalışmalarımı kısa bir süre için ertelemeye ka-
rar vererek, ortaya saçtıklarımın hepsini aceleyle eski yerle-
rine tıktım. Nedense, çıktıkları yerlere sığmadılar. Sanki eş-
ya, kâğıt filân dışarıya çıkınca şişmişti. Bazı resimlerin ke-
narları kırıldı, kâğıtlardan yırtılanlar oldu. (İki çekmece ara-
sına sıkışanlar.) Üstelik, bir sürü toz bıraktılar geriye. (To-
zu hiç sevmem.) Üçüncü günün sabahı da aşurem bitti. Çay,
zaten bir çay saati sırasında içilmişti. Bütün günü hiç bir şey
yemeden geçirdim. (Biraz su içtim, başım döndü.) Gündüz
uyku da tutmadı.

Dördüncü günün sabahı (aşure pişirme günü başlangıç
alınmak üzere) bitkin uyandım. Pek kendimi bilecek du-
rumda değildim, önüme gelen bir iki şeyi giydim, ön bah-
çeye çıktım. Güneşin beni ısıtmasını, biraz canlandırması-
nı istiyordum. Onlar ya da ben, yenilgiye uğruyorduk. Ki-
min kaybettiği pek belli değildi. Çatışma açıkça olmuyor-
du. Gözlerim yanıyordu; güneşe, güneş ışınlarının çevrem-
deki yansımalarına bakamıyordum. Sarhoş gibiydim. Bir iki
cisim geçti önümden: İnsan, hayvan ya da araç. Açlık ve giz-
li mezheple ilgili hiç bir şey bilmeyen hareketli cisimler. İki
sigaram kalmıştı, birini yaktım. Başım gene döndü: Bu se-
fer anlamlı bir biçimde döndü. İnsan, hayat, acılar filân di-
yecek kadar keyiflendirdi beni iki nefes duman. Sonra, tütü-
nün acılığını duydum ağzımda. Bir cisim daha geçti gürül-
tüyle. Ya da geçmiş olması gerekiyordu. Bahçe kapısının gı-

cırdadığını duyunca, geçmediğini anladım. (Kapıyı yağlamadığım iyi olmuştu.)

Affedersiniz efendim. Buyrun dedim. (Benim için her şey bir. Buyrun.) Durdu. Gençten biri, bir çocuk. Konuşmadı. Bir araçla gelmiş olmalı. Bahçe kapısına yaklaşan cisim, insandan daha hızlıydı çünkü.

Sepetli bir motosiklet gördüm. Şaşıracak hâlim yoktu. Bu sepetli motosikletlerin, yalnız benim aile albümümde, uzak bir akrabanın tanımadığım kızının çocukluğunu gösteren resimlerinde olduğunu sanıyordum. Bu fotoğrafların dışında, sepetli motosiklet görmemiştim ben. (Böyle siyahını hiç.)

Yeni açtık efendim.

Gözlerimi kırpıştırdım: Nasıl açtınız? Beni saygıyla süzüyordu; basit insanların saygısıyla. Saçma ve akıl dışı her türlü sözüme katlanabileceğini, gözlerinden okuyordum. Çok katlı, dedi, her şey var efendim. Bir kâğıt uzattı: Yeni basılmış, mürekkebi elime bulaştı. Zevksiz bir çerçeve içinde kalın, siyah satırlar. Bana anlat, dedim. (Çerçeveyi ben hazırlayabilirdim onlara. Daha başarılı olurdu.) Manav, dedi. Yeni mi açtınız? dedim. Anladığımı anladı. Bir süredir biriktirdiği ve anlayışsızlığım yüzünden ortaya seremediği sözleri yığdı üstüme: Evlere servis yapıyoruz, hesap aybaşında, her şey taze, bir çok mağazanın... Sigaranız var mı? dedim. Benimki bitiyor da. Küçük bir defter uzattı. Oraya yazılıyormuş her şey. Bir de onda var. Ona da yazılıyor. 'Sigara' yazdım. Ellerim titriyordu. 'Yumurta' da yazdım. Bir çok şey yazdım. Miktarları? 1/2 kg. 4 tane. Okula yeni başlayan bir çocuk gibiydim. Pirinç. Uçarak gitti; önce geri geri gitti, sonra bana arkasını döndü. Hafif hareketlerle motosiklete bindi gitti. İnsan denilen yaratık çok kıvrak bir şey diye düşündüm ağır ağır. Seyretmek ve farkına varmak daha güzel.

Yemek meselesi ve gerekli bazı maddeleri aldırma meselesi yoluna girmişti. Kâğıtları düzene koyma işine başlamıştım. Kâğıtları ve her şeyi. Salonun 3/4'üne gelmiştim. (Plandan ölçtüm.) Her küçük parça üzerinde uzun uzun düşünmüştüm. (Gizli mezheple ilgili yakın bir zorluk olmadığı için biraz rahat düşünebiliyordum.) Yahu ben kendimi çok ihmal etmiştim, her şeyi bir sonraki güne bırakmıştım. Çizmeğe başladığım bazı resimleri bile yarım bırakmıştım. Kâğıdın ortasında birdenbire sona eriyordu resimlerin çoğu. Hiç olmazsa bunları bitirmeliydim. (Nasıl bitireceğimi bilemediğim için ya da iyi gitmediği için yarım kalmış olan resimleri attım.) Kâğıtlara sıra gelince çok insafsız davrandım: Bir kâğıt üzerinde, kendime iki kere düşünme hakkını tanımadım. Bazı belgeleri, makbuzları atarken tam emin değildim: Bu yok etmelerin sonunda başıma kötü şeyler gelebilir miydi? Sonra kızdım ve tartışma konusu olan kâğıtları daha küçük parçalara ayırdım öfkemden. Gizli mezhepten daha kötü ne gelebilirdi başıma? (Gene de kesin bir sonuca varamıyordum o zamanlar: Başıma gerçekten bir şey gelmiş miydi?) Önemsiz mektupları, ne olduğu anlaşılmayan hesapların yapıldığı kâğıtları, pusulaları (bunların en ilginç olanının üzerinde şöyle yazıyordu: 'Ben geldim'. İmza yoktu. Tekrar gelir misin acaba bu günlerde?), önemli mektupların sadece zarflarını, bana yazılmamış olan ve elime nereden geçtiğini bilemediğim yabancı dilden mektupları, bazı ders notlarını, eski cep defterlerini (bunlar, yazımın çok acemice olduğu dönemlerin takvimleriydi) yırttım attım. Gene de bir sürü kâğıt, defter ve not kaldı. (Artık bunları da atamazdım.) Sonra, fotoğrafları albümlere yerleştirmeğe başladım (Tarih sırasında bazı yanlışlıklar oldu herhalde.) Yüzüm, günden güne hiç değişmediği halde (bunu, her sabah aynada yaptığım gözlemlerle biliyordum), resimler arasında vahim farklar vardı. Bu değişikliği, yüzümde izleyemediğim için üzüldüm; hiç bir şeyin gelişimini (ya da çöküşünü) izlemek mümkün olmuyordu. Fotoğraflarımda, hep bir şey düşünüyor gibiydim. (Günlük tutmalıyım; hiç olmazsa düşüncelerimin gelişimini ya da çöküşünü izlemeliyim.) Birdenbire kendimi bu evde bulmuştum sanki. Daha önce ne olmuştu? Sanki, kime yazıldığı bile belli olmayan bu mektubu almadan önce yaşamamıştım, şimdi zaten yaşamıyordum. Bütün hafızamı, hayal gücümü zorluyordum; geçmişe ait bir şeyler hatırlamak, bir şeyler görmek istiyordum. Olmuyordu. Aslında düşününce, canım şu zamanda şöyle olmuştu, annemin yüzü beyazdı ve yatay çizgiliydi, okula başladığım gün ne kadar korkmuştum diyebiliyordum. Fakat, mesele bu değildi; mesele, bir şeyleri, sıcak bir çorbanın kokusunu duyar gibi hissedebilmekti. Bense bunu hiç becerememiştim. Ne tabiatı, ne insanları, ne de olup bitenleri hiç sevmemiştim; kendimi bile, kendi yaptıklarımı bile.

Fotoğrafları yapıştırma işini bıraktım. Sonra ne yaptım? Evet, gökyüzüne bakmıştım, yuvarlak ve parlak ve ışıklı bir daireden başka bir şeye benzemeyen aya bakmıştım ve ne kadar güzel, tıpkı öğretildiği gibi güzel, anlatıldığı gibi güzel demiştim; sonra, başımı aşağı doğru hareket ettirerek, denizde ayın ışıltılı çizgilerini aramıştım. Ne acıklı bir maceraydı bu. Belki de değildi; belki de, bunun acıklı bir macera olduğunu da bir yerden öğrenmiştim, bir yerde okumuştum. Hafızam zayıfladığı için, neyi nerede okuduğumu unuttuğum için, bana ait bir takım duygular olduğunu sanıyordum. Acaba, içine düştüğüm durum, daha önce nerede acıklı olmuştu? Mısır'da mı? Eski Yunan'da mı? Kendimi, romantik dönemin Fransızları, İngilizleri ya da Almanlarıyla mı karıştırıyordum? Ben bir şeyin taklidiydim; fakat, aslımı bile doğru dürüst öğrenememiştim. Belki de bana ne olduğunu sonuna kadar okumamıştım. Yarabbim ne korkunçtu! Belki de birilerinden duymuştum, onlar da başka birilerinden duymuştu, başka birileri de... Ülkeme ve insanlarına kızmağa başladım: Kimsenin doğru dürüst okuduğu yoktu. Doğru dürüst hissetmesini bile beceremiyorlardı. Bu yüzden insan, duyduğu şeyleri söyleyen insanların kültürüne güvenemiyordu. Belki bu zavallılığın, bu yarım yamalaklığın, bu gülünç durumun bile bir aslı, gerçek bir biçimi vardı. Albümü elimden bıraktım. Her şeye yeniden başlamak da mümkün değildi. İstesem de mümkün değildi. Nerede kaldığımı unuttuğuma göre, baştan başlamak için de birtakım yetenekler gerekliydi; daha talihli doğmuş olmak gerekliydi meselâ. Yeni bir dil öğrenebilmek için, hiç dil bilmemek gerekliydi. Bu mezhepten gelen mektup meselesinin uzun süreceğinden emin olsam, belki uzun süreli işlere girişebilirdim. Düşünme! dedim kendi kendime, düşünme. Düşünmeyi bile bilmiyorsun. Önündeki işe devam et: Birbirine benzemeyen fotoğraflarını yapıştır yan yana, bir işi de sonuna kadar götür. Ölmezsin ya.

Belki de ölürdüm. Belki de ölmemek için, hiç bir işin sonuna kadar gitmiyordum. Böyle küçük çalışmaların üstüste eklenmesiyle doluyordu zaman. Ben de kelimeleri birbirine yapıştırarak yaratıyordum zamanı. (Bunu nerede okumuştum acaba? Ne yapayım? Aklıma gelenlerin içinde hangilerini okumadığımı bulmak için her şeyi okumaya girişemezdim ya.) Peki, nerede kalmıştım? Yarım bıraktığım işlerin neresinde kalmıştım? Bunu da bilemez miydim? Bir liste yapmalıydım bunun için de. Aman yarabbi! Yapmam gereken ne kadar çok iş vardı! İyi ki şu mektubu almıştım. Yapacak bu kadar çok işimin olması birden sevindirdi beni: Yapmasam da önemli değildi; yapacak işlerim vardı ya. Acaba, yarım bıraktığım kitapların kaçıncı sayfasında kaldığımı hatırlayabilecek miydim? Acaba, bir zamanlar şu ay meselesi yüzünden sevmediğimi düşündüğüm tabiatı, sever gibi olmuş muydum hiç? Acaba ağaçtan, ottan ya da uçamayan böceklerden filân bir yerden sevmeğe başlamış mıydım? Bir yerden sevmeye devam edebilir miydim? Çünkü sevmek, yarıda kalan bir kitaba devam etmek gibi kolay bir iş değildi. Ya hiç sevmemişsem bugüne kadar? Bir kitaba yeniden başlamak gibi, sevmeye yeniden başlamak pek kolay sayılmazdı herhalde. Hatırlar gibi oluyordum. Bazen, daha önce hiç görmediğim ve kitaplarda resmine de raslamadığım garip bir böcekle karşılaşırdım; hem de bahçede, otlar arasında filân değil, meselâ misafir odasında olurdu bu karşılaşma. (Annem bu odayı hep kapalı tuttuğu için, olur olmaz misafirleri bile buraya almadığı için, demek ki bu karanlık ve soğuk oda, garip bir böceğin oraya ulaşmasına yetecek kadar insansız kalıyordu.) Evet, başka türlü bir böcekti bu: Kendisine benzeyen böcekler, meselâ genellikle yeşil olursa, bu sarı olurdu. Çok şaşırdım. Bu böceği dünyada ilk defa ben gördüm. Olamaz mıydı? (Babam da, çok bayağı meselelerde, buna benzer görüşler ileri sürerdi: Meselâ diş fırçasını yıkadıktan sonra lavabonun kenarına vurarak sularını silkmeyi ilk önce o akıl etmiş. Bu yüzden misafirler, benim için, maşallah tıpkı babasına benziyor dedikleri zaman çok sinirleniyordum.) Bir keresinde de fırtınalı bir yağmurdan sonra gökkuşağının denizde bir köprü ayağı gibi yükseldiğini görmüştüm. (Ayrıca, karşı kıyı da tek renkli sulu boya bir resim gibi duruyordu.) Fakat bunlar çok seyrek başıma gelirdi. Okuduğum şeylere ya da tabiatı sevenlerden duyduğuma göre, günlük yaşantının akışı içinde sevmek gerekiyordu tabiatı. Son günlerdeki yaşantım içinde bu akışı sağlamak da oldukça zordu. Tabiattan, payıma düşen çok az şey kalmıştı. Ömrümü eşya ile geçiriyordum. Eşyayı da sevmiyordum galiba. Daha doğrusu, eşyayı insanlarla bir tutuyordum, ikisiyle de aramda, yalnız benim bildiğim ve başkalarına açıklanması güç meseleler vardı. (Genellikle, bana karşı çıkıldığını sanıyordum. Bir uzlaşmayı mümkün görmüyordum.)

Gizli mezhep de belki bütün bunları uygun bulmadığı için ve benim hiç bir zaman bu şartlar altında düzelemeyeceğimi sezerek (bu bakımdan ben de katılıyordum onlara) bana sürekli bir ceza vermişti. Aslında, bütün düşmanca tavırlarım ve kötü düşüncelerim yüzünden nereden geleceğini bilmemekle birlikte bir ceza bekliyordum. İnsanlar için ve eşya için ve tabiat için iyi şeyler düşünmüyordum; dünyaya kendimden bir şey veremiyordum. Kendimi kendime saklıyordum; kendiliğimden bir davranışta bulunmuyordum. Bu duruma daha fazla dayanamazlardı. Belki, yürürlükteki kanunlarla bana bir şey yapamazlardı; fakat, dünyanın düzeni çok yönlüydü, karmaşıktı. Sonunda bir gizli mezhep çıkıyordu işte. Milyarlarca insan bir arada yaşadığı için, binlerce ve binlerce ihtimal vardı. Benim gibi, Allahın cehenneminde (ya da cehennemin dibinde) yaşayan biri için bile tedbirler alınabiliyordu işte. Yeteneklerimi, sevgisizlik yüzünden boşuna harcamıştım: Resim yapmayı becerebildiğim halde, resmini yaptığım şeyi bir türlü sevemediğim için, resimler biçimsiz olmuştu, yarım kalmıştı. Tabiatı sevdiğimi göstermek için, medeniyetten kaçan insanların görünüşüne bürünebilmek için, bu Allahın belâsı ıssız yerde bahçeli bir ev tutmuştum; fakat bahçeyi otlar sarmıştı. Hiç bir ağaç çiçek filân yetiştirememiştim buraya geldiğimden beri. İki kiraz ağacı da kurumuştu bu arada. Bir saksı bile koymamıştım; ne eve, ne de bahçeye. Gösterişten ibarettim. Bir gün trenle bir gecekondu mahallesinin önünden geçerken, bahçelerin çokluğunu, insanların ağaçlar ve çiçekler yetiştirdiğini şöyle bir görmüştüm; pencerelerin denizlikleri, saksıların ağırlığından eğilmişti. Dünya, benim gibi insanlarla dolu mahallelerden meydana gelseydi, bir beton çölüne dönerdi. İnsanlığın ve insansızlığın yüz karasıydım. Kendime acımak istedim. Mutlak bir ümitsizliğe düşmek istedim. Belki tam düştükten sonra çıkmak kolay olurdu. Fakat, bütün bu düşündüklerimin, kelimelerden ibaret olduğunu biliyordum. Pencereye yaklaştım, başımı yukarı kaldırarak gökyüzüne baktım. Ay oradaydı. Bildiğim ay. Hayır, ben adam olmazdım. Gerçek bir acı duyduğumdan bile kuşkum vardı.

Bununla birlikte, bütün gece bunları ve buna benzer şeyleri düşündüm; hiç uyumadım. Radyoyu açtım; bütün melodilerin güzel yerlerini, radyo bittikten sonra ıslıkla çalmağa çalıştım; olmadı. Kendime kötü birini örnek almıştım herhalde; sürekli olarak onun hayatını yaşamak, hayattan bir sonuç çıkarmak (nasıl?) ve gece yarısı ıslıkla melodiler çalarak birilerine (kimlere?) benzemek istedim. Hep kötü olaylar, can sıkıcı yaşantılar tekrarlanıyordu; güzellikler, bir kere görünüp kayboluyordu. Rembrandt gibi resim yapılamıyordu. Rembrandt ne demek? Gecekondusuna küçük bir elma fidanı diken bir hamal kadar bile olunamıyordu. Demek ki her yaşantımda, bakalım nasıl oluyor diye ilgisiz gözlerle kendimi seyretmiştim. Beni sevdiğini düşündüğüm bir kadınla ilk defa yatarken bile, iyi oluyor, iyi oluyor diye hissetmeğe çalışmıştım. Sonra, son iki yıldır yaptığım gibi parayla bir kadın bulmuştum. Telefon edince gelirdi. Nedense utangaç ve yaptığından sıkılan bir kadındı bu. Samimi davranırdı bu yüzden. Bir keresinde de onun, soyunurken resmini yapmıştım. İstememişti. Kadınların böyle direnmelerine aldırmazdım. Bana arkasını dönmüştü resmi yapılırken. Belden aşağısı çıplaktı. Müstehcen bir resim olmuştu. Fakat pek fena sayılmazdı. Kadının bir omzu çıplaktı. Onu kızdırmak için resmi, yatak odasının duvarına iğnelemiştim. Her gelişinde resmi görünce utanır, kızarır, başka tarafa bakmağa çalışırdı. (Yatak odasına gidip resme baktım bir daha. Yazık, şimdi telefonum da yoktu.) Heyecanlarımı hep gelecekteki günler için saklamıştım; babam öldüğü zaman yeteri kadar üzülmemiştim, mezarın başında küçük ayrıntılara takılmıştım. Bir ağacı, kuşu filân seyrederken değil, düşünürken sevmiştim. Hayır belki de kendimi yaşanacak güzel günler için saklamamıştım: belki de sadece duygularımda her zaman biraz geç kalıyordum. Babam öldükten iki yıl sonra bir akşam üzeri, biraz üzülür gibi olmuştum. Bazı kitapların da yıllar geçtikten sonra anlamlarını sezmeğe başladım. Babam ölmüştü. Eski kitapları da okuyamazdım artık. Bu konularda kendime fazla etki edemedim. Kötü bir öfke kaldı geriye; bahçedeki otların düzenlenmesine yararı olmayacak acı bir öfke. Bir kenara ittiler beni; işimiz acele, seni bekleyemeyiz dediler. (Oysa yıllarca beklemişlerdi beni; acele ettikleri söylenemezdi.) Bu kötü hayatı sanki doğmadan önce de yaşamıştım; kendime yakıştırdığım yaşantıları doğmadan önce de okumuştum. Kötülüklerimin bile kendime, öz varlığıma ait olduğuna inanmıyordum. Belki yüzyıllardır, yüzbinlerce insan böyle kasvetli bir tabiatın ortasında, gizli mezheplerden tehdit mektupları alıyordu. Geçmişimi pek iyi bilemiyordum, bu insanları belli belirsiz hayal edebiliyordum; fakat, bir noktayı çok iyi biliyordum: Onlar bu olayı da değerlendirmesini bilmişler, gerçekten korkmuş, gerçekten acı çekmişlerdi; gerçekten çaresiz ve yalnız kalmışlardı. Ben ucuz bir romandım. Hayır, kötü bir edebiyatın bile bir gerçekliği vardı: Can sıkıcı taklitçilikleri bile benden gerçekti. Ben yoktum; hatta ben yokum, olmadım diyemeyecek bir yerdeydim; kelimeler bile yanyana gelerek beni tanımlamak istemezlerdi. Ne olurdu benim de kelimelerim olsaydı; bana ait bir cümle, bir düşünce olsaydı. Binlerce yıldır söylenen milyonlarca sözden hiç olmazsa biri, beni içine alsaydı! Çok insan için söylendi ama, sana da uygulanabilir denilseydi. (Bu sözleri başkalarıyla paylaşmaya razıydım. Başka çarem yoktu.) Kendime gerçekten acıyabilseydim, gerçekten ümitsiz olsaydım. (Olumlu durumları aklıma getirmeye cesaretim yoktu.) Sonra yavaş yavaş, adım adım doğrulurdum.

Sabah oluyordu, pencerenin dışındaki karanlık azalıyordu. Sokağa çıksam dedim. Belki eski böceklerimden birini görürüm ya da gökyüzünü öyle bir kızıllık kaplar ki, bulutlar bana acıyıp öyle gölgeler salarlar ki, ben bile güzel bulurum tabiatı; göğsümden yukarı doğru bir şeyler hissederim. Belki bir duvarın dibinde küçük bir yeşilliği, kurumuş bir diken yığınını, başka bir ışık altında görünce severim. (Bir keresinde böyle bir olay başımdan geçmişti de.)

Sokak kapısını yavaşça açtım, evde bulunan birini uyandırmaktan çekinir gibi sessiz adımlarla dışarı çıktım. (Beni görmediler herhalde. Kimler?) Yolumu görebiliyordum. Bir süre hiç gözümü kırpmadan gökyüzüne baktım; karanlığın uzaklaşmasını, renklerin ağarmasını izlemek istiyordum. Fakat bunu beceremedim galiba; arada başka şeyler de düşünmüş olmalıyım ki havanın birden aydınlandığını gördüm. Boş sokakta, yavaş olmasına çalıştığım bir yürüyüşle dolaştım. (Belki de sokağımda dolaşmak, dışarı çıkmak sayılmazdı.) Sonra gizli mezheple ilgili düşüncelerimin biraz hafiflediğini sezdim; bunu kaçırmak istemedim. Köpeklerin orada burada, çöp tenekelerinin dibinde uyuduğu sokağa ulaştım. Evlere, bahçe parmaklıklarına baktım: Her yerde, bir fotoğrafın sessizliği vardı. Ana caddeye çıkan sokağa saparken birden vazgeçtim; benim sokağım gibi, evleri bir yerde biten ve çok uzaklarda, bir tepenin yamacında yeniden başlayan bir başka sokağa saptım. Burada tabiat uyanıyordu sanki, donukluk yoktu. Sonra başım döndü. (Gerçekten döndü.) Otların, ağaçların, tarlaların başladığı bir yerde, bir taşın üstüne oturmak zorunda kaldım. Gözlerimi kapadım.

Bir motor gürültüsüyle kendime geldim. Hayır, uyumamıştım, bayılmamıştım. Geriye doğru düşündüm: Taşa oturduktan sonra geçen bütün zamanı hatırladım, bir rüya hatırlamadım. Hayır, kendimden geçmemiştim. Gözlerimi açtım: Bir kamyon duruyordu çok yakınımda. Şöför mahallinden, şoförün yanından, yuvarlak bir yüz uzandı bana doğru: Hasta mısın bey? Kamyonun arkasına baktım: Ameleler gördüm, yüzleri bana doğru. Beni seyrediyorlar. Başımı salladım. (Ne de olsa bir ilgiydi.) Evin yakın mı? Seni götürelim bey. Konuşmak gerekiyordu: Siz nereye... Bir kâğıt uzattı camdan. Bir adres: Benim sokağım. Ne işiniz var orada? Kâğıda baktım gene: Benim evin yanında. Biz yıkıcıyız bey. Amelelerin elindeki kazma küreği gördüm, yerimden doğruldum.

Yeni bir bina yapılacak oraya. Eskisini yıkacağız. Nasıl olur? Bir sigara uzattı. (Bu sigara da acı gelir ağzıma.) Aldım. Yeni izin çıkıyor buralarda dört kata. Evde oturanlar? Taşınmış beyim, öyle söylediler. Nasıl olur? (Olabilir.) Sigara yeniden başımı döndürdü: Evin önünde kamyon fren yapınca az kalsın başımı ön cama çarpıyordum. Teşekkür ederim. Evin önünde kaldım.

Dört gündür çalışıyorlar. Ne de olsa insan, hareket ediyor: Onları seyrediyorum. Yandaki evi parça parça ediyorlar. Kasap gibi: Etleri (cam, kapı, kiremit gibi işe yarayan parçalar) bir kenara güzelce ayırıyorlar; kemikleri (tuğla, sıva harç gibi) kamyona doldurup ileride bir yere döküyorlar. Bu benzetmeyi baş yıkıcıya söyledim (kendisi bulunmadığı zaman yerine yardımcı yıkıcı bakıyordu); güldü, "Nereden akıl ettin bey?" dedi. (Tabii, ben aydın bir kişiyim; böyle küçük buluşlarla ayakta duruyorum.)

Ortalık toza bulanıyordu, iki bahçeyi ayıran çalılıklar tozdan sararıyordu; fakat, bir hareket vardı, insan vardı. O sıralarda bunu önemsemiyordum tabii. Benim bütün gün onları seyretmeme biraz şaşıyorlardı. Bir işim yok muydu? Yıllık iznimi almıştım. Bir yerlere gidip gezemez miydim? Kaç yıldır beklediğim bir fırsattı bu: Evimi düzene koymak istiyordum. Biraz da onlara karşı utandığım için, bahçede çalışmağa başladım; bazı otları söktüm. Ayrık otu denilen bir ot vardı ki, anlatıldığına göre toprağın bütün gücünü alıyordu. İnsan toprağa elini uzatınca, ilk bakışta bu otun hainliğini anlayamıyordu. Oysa, yere yapışık saplar uzayıp gidiyordu; çok ayaklı bir sürüngen gibi, köklerini toprağa saplayarak yürüyordu. Onları izlemenin sonu yoktu; fakat, öteki bitkiler soluk alacaktı bu kökleri sökersem. Sonra, (baş yıkıcının söylediğine göre) otlar bu kadar yükselmemeliydi; bir kere güzel değildi, ayrıca toprak bu kadar yüksek bir çimeni besleyemezdi. (İnsanlar neler biliyordu!) Bir baş yıkıcı kadar olamıyordum. Bana bir gün de küçük bir saksı getirdi: İçinde ufak tefek, silik bir yeşillik vardı. Korkarak uzattım elimi. Korkma ısırmaz, dedi. (Onun bulduğu söz ne kadar gerçekti değil mi? Benim kasap-et benzetmemin zavallı gülünçlüğü yanında, yerine oturmuş bir mizah eseriydi.) Yok ondan değil; ya bakamazsam? Sorumluluk bu. Ben bu yüzden evlenmedim; çocuklarıma bakamam diye korktum. Güldü. (Baş yıkıcıda bu taraf eksikti: Benim gibi, kendisiyle alay etmesini bilmiyordu. Ne yapsın? Ben de kendim bulamamıştım bunu; yabancıların yazdıkları kitaplardan öğrenmiştim.)

Yıkım işi bitmişti. Bir gün baş yıkıcı da gelmedi, onun yerini baş kazıcı aldı. Baş kazıcının da bir kamyonu vardı. Bu işi pek sevmedim. Artık bir arsa haline gelen komşu evin tabanını, dünyanın merkezine doğru kazmağa başladılar. Sağda solda bir iki kırıntı kalmıştı yıkıcılar döneminden. Dünyada hiç bir şeyin tam sona ermediğini anladım o zaman. Kenarı kırık, alafranga bir helâ taşı unutulmuştu; bahçe duvarının yanına koymuşlardı onu. Bu taşın üstüne oturuyor ve baş kazıcıyla sohbet ediyordum; ameleler bana gülüyordu. Bahçedeki ayrık otlarını temizlemiştim. Gene de baş kazıcı bir sürü gizli ayrık otu buldu; çünkü toprakla ilgiliydi, topraktan gelmişti. Bunun için kazıcılıktan öteye geçmek istemiyordu. Ameleler de öyleydi. Bu işi iyi yapıyorlardı. Yüksek otları da baş kazıcıyla birlikte kestik. Ben de ona, baş yıkıcının bana hediye ettiği saksıyı verdim. (Bu bitkiden kurtulmak istiyordum.) Saksıyı, helâ taşının içine yerleştirdik. Kazı çukuru da büyüyordu bu arada. Durumu beğenmiyordum. Bir benzetme daha yaptım: Bu çukur, çekilmiş bir azıdişinin geride bıraktığı oyuğa benziyordu. (Bir zamanlar ben de azıdişimi çektirmiş olduğum için bu benzetmenin gerçekliğine güveniyordum; fakat, kazıcılar alınmasın diye ve ilişkilerimiz bozulmasın diye onlara sözünü etmedim bunun.) Temel işleri hemen başlayacaktı; bu nedenle, toprağı desteklemeyi gerekli bulmuyordu baş kazıcı. (Toprağı tanıyordu, onun dilinden anlıyordu. Ben bütün bunları yeni öğreniyordum ve hemen unutuyordum.) Motosikletli bakkal-manav-kasap-vs. her gün uğruyor ve kazıyı inceliyordu. O da köyden gelmişti, toprakla ilgiliydi. Ben endişeliydim, param bitiyordu; siparişleri azaltıyordum.

Sonra, iki gün alışveriş etmedim hiç. Son paramı da vermiştim; defterlerimizi (veresiye defterleri demek istiyorum) karşılaştırmıştık. Hesapları incelerken dürüst ve ciddiydi: Yazılan bütün maddeleri bana hatırlatmak istiyordu. Ben aldırmıyordum. (Bu yüzden, işi ciddiye almakla birlikte, beni ciddiye almıyordu sanıyorum.) Ödenen kısımlar için, defterin o sayfalarına, çapraz kırmızı çizgiler çekiyorduk. (En çok bu kısmı hoşuma gidiyordu hesabın.) Ayrılırken, bana bir süre uğramamasını, bir yolculuğa çıkacağımı söyledim ona. (Yoksa her gün gelecekti, durumu bilmiyordu.) Birkaç gün evden çıkmadım. Kazıcılar görmesin diye pencerenin önüne yaklaşmadım. Kâğıtlarımla uğraştım bir süre; onları dosyalara koydum, tasnif ettim, tarih sırasına göre dizdim. (Her şeyde, öncelik sonralık meselesine çok önem veriyordum.) Salondaki karışıklığı gidermiş sayılırdım. Sonra bir gün yabancı dilden bir kitabı okurken, daha doğrusu okumağa ça-

lışırken, daha doğrusu yabancı dil çalışmanın gerekli oldu-
ğunu düşünürken, yandaki arsadan hiç gürültü gelmediğini
farkettim birden. İçim burkuldu. Kazıcılar da gitmiş miydi
yoksa? Pencereye yaklaştım ve bütün ihtiyatı bırakarak dışa-
rı baktım: Bir amele, eşyasını topluyordu, başka kimse yok-
tu. Pencereyi açtım. İnşaat ne oldu? Ruhsat işinde bir zorluk
çıkmış, bir süre duracakmış. Bahçeye çıktım, çekilmiş dişin
oyuğuna baktım; evet, tıpkı öyleydi. Eyvallah bey dedi. Bey
ya. Çukura baktım: Acaba, azı dişimde olduğu gibi, etin yap-
tığı gibi, toprak da bu çukurun üstüne kapanır mıydı zaman-
la? Evet, kötü olmuştu: Bir çukurun yanında, gizli bir mez-
hebin tehdidi altında ve beş parasız kalmıştım. Bütün kötü-
lükler yeniden aklıma geldi. Kazının yanına gittim. Helâ ta-
şının içindeki saksı bitkisi kurumuştu. Yaşasaydı acaba na-
sıl olacaktı? Çiçek açacak mıydı? Benden sorumluluk gitmiş-
ti. Saksıyı çukurun içine attım. Eve, yalnızlığıma döndüm.

Otuz altı saattir gene açım. Ölümü bekliyorum. Bu arada
vaktimi boş geçirmemek için, okuyorum, yabancı dil çalışı-
yorum; hiç bir şey anlamıyorum. Fakat eskiden de –karnı-
mın tok olduğu zaman da– anlamıyordum. Uzun bir mev-
sim yaşıyorum; ılık bir yaz ya da sıcak bir sonbahar, onun
gibi bir şey. Evden çıkmayacağım, bahçeye de çıkmayaca-
ğım. Zaten otlar işi yarım kaldı. Görmek istemiyorum yapa-
madıklarımı, yarım bıraktıklarımı artık. Uyumaya çalışıyo-
rum. (Bahçeye bir tohum ekmiş olsaydım, belki de onu yer-
dim şimdi.)
    Bu sabah, açlığımın ellidördüncü saatinde, uyku ile uya-
nıklık arasındaydım. Bazı ümitlerim vardı, uyku serseminin
ümitleri. Motosikletli bakkal gelecekti, bir ay veresiye... Fa-
kat ben, bir iki aydan önce dönmem demiştim ona... Deme-
se miydim? İnsan kendi kendine yabancı dil çalışamıyor-
du, mektupla mı öğrenseydim? yazışarak mı ders alsaydım?

bir canlılık... kapı çalındı. Uykumda çalındı, açmadım. (İnsan, çişini de yapar uykusunda, su da içer; uyanınca bakar ki öyle yapmamış. Rüyalara aldanacak durumda değildim.) Bir daha çalındı kapı, gözlerimi açtım; gözlerim açıkken de çalındı. Kalktım. Bir adam birkaç adam. Gözlerimi kırpıştırdım. Kalabalık. Adımı söylediler. Bahçe kapısının önünde bir otomobil. Birkaç adam da orada. 'Tebrik ederim,' dedi bir adam, en iyi giyineni. Koyu renk bir elbise giymişti, yeşil kıravatı vardı. Bıyıklı, tıraş olmuş. Beğenmedim. 'Teşekkür ederim,' dedim. Elimi sıktı. Düşer gibi oldum, tuttular. Biraz rahatsızım da. (Açım be!) Bozuntuya vermedim. Bozuntuya vermediler. Geçmiş olsun. Güle güle. Anlamadınız galiba. Öyle oldu. Ben dedi, bankanın müdürüyüm. Bunlar da... Kapının yanındaki merdiven çıkıntısına oturdum. Telefon etmiştik... Bir yanlışlık yüzünden kestiler telefonumu, benim borcum yoktu. Beyefendi anlamadılar, dedi gençten biri. (Ben ihtiyarladım artık, böyle düşündüğüme göre.) Bu genci beğendim: Yün gömlek giymişti, spor ceketinin altına. Onu dinlemeye karar verdim. Beyefendi, bankadaki hesabınıza büyük bir ikramiye çıktı. Efendim? Sevinmeliyim, beklemediğim bir olay bu. Gülümsemeğe çalıştım; fakat, sadece yüzümü çarpıtabildim galiba. Verecek misiniz? Neyi? Parayı. Bankaya kadar zahmet etmez misiniz? Edemem, işim var. (Biraz garip davrandığımı seziyordum.) Şey, dedim; biraz hastayım da. Spor ceketli gence talimat verildi. (İnşallah, sen olursun banka müdürü 'evlâdım'.) Sizce bir mahzuru yoksa, resim çekecekler. Ne zaman? Ben, kazandığınızı size haber verirken. Geç kaldınız, daha önce söylememiş miydiniz? Güldüler. Şakacıymışım. Elini uzattı, ikimiz de objektife çevirdik başımızı. Öyle değil. Bakmayın. Peki. Bana yeni söylüyormuş gibi yaptı sevimsiz ve yeşil kıravatlı banka müdürü; ben yeni duymuşum gibiyi pek iyi yapamadım. Zarar yok. Bir resim daha çektiler. Bir sigara rica ettim. 'Sevincimden bir sigara tellendirirken'in de resmini çektiler. Bizim şubenin vitrinine koyacağım bu resmi, meşhur olacaksınız. Para sahibi olmak daha iyi dedim, gülüştük. Sigara başımı döndürdü, müsaade ederseniz ben biraz oturayım. Müsaade ettiler. Buyrun bahçede oturalım. Bir iki sandalye çıkarıldı dışarı. (Ya ben çıkardım ya da üçüncü sınıf adamlardan biri. Hatırlamıyorum.) Bir cızırtı duyuyordum kulağımın dibinde ya da bir vızıltı. Ben arılardan korkarım. Elimle bu sesi kovuyormuş gibi yaptım. Çok şakacıymışım, filmimiz çekiliyormuş, cızırtı ondanmış. Sinemalarda da mı? dedim. Sinemalarda da, dediler. (Beni anlamıyorlardı. Zarar yok. Zaten beni, daha kimler anlamadı.) Pek sevmezdim de bu reklâm işini. Bu kazananların filân resimlerini, gülümsemelerini tatsız bulurdum. Spor ceketli geldi. (Yeşil kıravatlıya karşı çok saygılıydı.) Hiç olmazsa, paraları ilk verişinizde çekin resmimi, olmaz mı? Bunu, evin içinde yapalım dediler. Daha ciddi olurmuş. (Bahçenin durumu da pek iç açıcı değildi zaten.) Büyük lambalarının fişini prize sokarken kontak oldu. (Biraz uğraştılar. Ben elektrik işlerine elimi sürmeyi pek sevmem.) Paraları aldım sonunda, sayarmış gibi yaptım. (Gerçekten de saymadım. Onlar gidince aklıma geldi. Tamammış.) Biraz gülümseyin, biraz da bankamızı övün. Efendim, bankanızı hep severdim, paramı oraya yatırmak beni memnun ederdi, paramı iyi bir yere yatırdım. (Aç olmasaydım daha iyi sözler bulurdum. Aslında kalabalık önünde konuşmaktan sıkılırdım. Allahtan onlar yardım ettiler; benim yerime güzel sözler buldular.) Size kahve pişirmek isterdim ama, kahvem yok ne yazık ki. (Doğruydu.) Eh, paranızı yine veriyorsunuz bize, değil mi? Vermek mi? Neden? Hepsini yanınızda tutacak değilsiniz ya? Doğru. Birazı kalsın bende, olur mu? Tabii. Biraz fazla alıkoydum kendime; bu kadar parayı ne yapacak? diye düşünmüşlerdir. Olsun. Rahatsız ettik, teşekkür ederiz. Asıl ben... Hatırladım: Giderken bizim bakkala da haber verir misiniz? (Olmadı.) Hayır borcum yok. Çok şakacıydım. Kibarlık gösterdiler gene de. (Adamlar senin uşağın mı?) Hangi bakkal? Bilmem. Büyük bir bakkalmış. Bu sefer gerçekten bir tuhaf baktılar. Ben de spor ceketliye anlattım derdimi: Manav, kasap filân hepsi bir arada. Güle güle harcayın. Kapıya kadar geçirdim onları. Bir de ayrılış resmi çektirdik birlikte. (Yıllardır, bu kadar resmim birden çekilmemişti; hem de hiç tanımadığım insanlarla.) Resimlerden ben de isterim. Göndeririz. Oldu. Elimi salladım.

O günden sonra motosikletli bakkal yardımcısından başka kimse gelmez oldu. İnşaat çukuru, bazı küçük toprak çökmeleriyle biraz genişledi. Ben de kendimi yemeğe verdim (ilk günlerde). Evin her tarafını yiyecekle doldurdum. Masaların sehpaların üstleri yiyecek artığı tabaklarla kaplıydı; yatak odamda meyve kabukları ve çekirdekleri dolaşıyordu. Sürekli yemek, nedense okuma isteğimi körükledi. Uzun süredir aklıma takılan bir düşünceyi gerçekleştirdim: Mektupla yabancı dil dersleri almaya başladım. Bakkalın çırağı mektuplarımı götürüyordu. Bu yüzden, bana bir tuhaf baktığını sanıyordum. Çevremde benim hakkımda dedikodular çıktığını, gözlerinden okuyordum. Kimseyi görmediğim için, genellikle bu duruma önem vermiyordum; fakat her sabah onunla karşılaşınca, neden hiç evden çıkmadığımı açıklamak gerektiğini hissediyordum. Gazetede resmim çıkmıştı. (Tabii, birinci sayfada değil.) Sinemalarda filmim de oynuyordu herhalde. (Ben, ilk gençlik yıllarımda başka türlü geçmek isterdim gazetelere.) Resmim oldukça büyüktü. Gülümsediğim sanılabilirdi. Adım yazılı olmakla birlikte, hayatımdan söz edilmiyordu. Bir 'haber' olsaydım daha çok sevinirdim. Neyse. Mektup-öğretmenin verdiği derslere ciddi olarak çalışıyor, ödevlerimi yapıyordum. Pek de fena notlar almıyordum; fakat sınıftaki durumumu bilemediğim için, kaçıncı olduğumu, çalışkanlık derecemi filan kestiremiyordum. Bir gün de, gazetenin birinde gördüğüm halk üniversitesine yazıldım. (Her zaman üniversiteye gitmek isterdim. Şimdi üniversite bana geliyordu. Hoşlandım bundan.) Dersleri çok zor bulmadım. Sonunda bir diploma da verilecekti. Sıcak sonbahar bitmişti, birden serin bir sonbahar gelmişti. Bu şehirde yazın ve kışın varlığı pek iyi anlaşılmıyordu. Tabiata biraz daha dikkat etmeğe karar verdim. (Bu sefer, sarı yapraklar kaybolmadan onları uzun uzun seyrettim. Her zaman kaçırırdım da. İnsanlar ne buluyordu bu sarı yapraklarda? Yağlıboya tablolarda gene neyse, fakat yerde? Bilmem ki.)

Mektup üniversitesini pekiyi dereceyle bitirdim. Mektup kursunda üçüncü sınıfa geçtim. Üniversiteden postayla bir de diploma gönderdiler. (Mutfakta duruyor, dolabın altına iğneledim. En çok, fotoğrafımın üstündeki soğuk damga hoşuma gitti.) Durum fena değildi, hafif bir uyuşukluk içindeydim. Her gün trençkotumu giyip bahçede yarım saat dolaşıyordum. Özellikle bitkilere, gökyüzüne filân çok bakıyordum. Bir gün nasıl oldu hatırlamıyorum, evin duvarlarına da biraz fazla baktım galiba. (Mektup üniversitesinin inşaat dersleriyle komşudaki yıkım ve kazı işleri yüzünden duvarlar ilgimi çekmiş olacak.) Yerden yarım metre yükselen taş duvarı inceliyordum. Buna 'su basman' deniyordu. Şimdi hatırlayamadığım birtakım görevleri vardı. Birden, temelden yukarı doğru giden bir çatlak gördüm: İnce bir ağaç dalı gibi kıvrılan zayıf bir çatlak. (Tabiatla ilgili benzetmeleri sevmeğe başlamıştım. Halk üniversitesinde tabiat bilgisinden tam not almıştım. Hayır canım tabiat bilgisi değildi; 'loji' ile biten bir adı olmalıydı.) Birden dehşete kapıldım: Ev üstüme yıkılacaktı. Kazıyı yarım bırakmışlardı, toprağa destek yapmamışlardı. Devlet dairelerindeki karışıklığa kurban gidiyordum. İzin vermeyecekleri bir inşaata neden başlatmışlardı? Bir ceviz kabuğu gibi, ikiye ay-

rılacaktı ev. (Bu benzetmelerden de bıkmıştım; fakat, iki-
ye ayrılan ceviz kabuğunun görüntüsü, gözümün önünden
gitmiyordu.) Şikâyet etmeliydim, bir yerlere başvurmalıy-
dım, hakkımı aramalıydım. Bir yere gidemeyeceğimi bilme-
nin dehşetiyle koltuğuma saplanıp kalmıştım. (Ne zaman
eve girdim? Ne zaman koltuğa oturdum? Ne zaman düşün-
meğe başladım? Düşünmek mi? Durmadan düşünmekten
başka ne yapıyordum ki?) O kadar çok düşündüm ki, o ka-
dar çok şeyi bir arada düşündüm ki, sonunda, Bizanslılar-
dan kalma bir kiliseyi gezerken gördüğüm bir duvar çatla-
ğına yapıştırılmış cam parçası geldi aklıma. Çatlağın ilerle-
yip ilerlemediğine bakıyoruz demişlerdi. Fakat cam orta-
dan çatladığı halde, kimse telâşa kapılmıyordu, hatırımda
kaldığına göre. Kiliseyi gezenleri, haydi bakalım yıkılıyor,
diye dışarı çıkarmıyorlardı. Bahçeye çıkıp bir cam parçası
aradım, bulamadım; komşu çukurun içine baktım, çevre-
sini dolaştım, yoktu. Evi, mutfağı aradım; hayır, küçük bir
parça cam bile yoktu. Hemen bulmalıydım camı. Lavabo-
nun önündeki camın küçük bir parçasını kırmak istedim;
cam, ikiye ayrıldı ortasından. Neyse sonunda ondan küçük
bir cam parçası çıkarmayı başardım. (Kalan cam işe yara-
maz duruma geldi.) Allahtan evde alçı vardı. Kilisede gör-
müş olduğum gibi, sıvayı biraz temizleyerek çatlağın iki
yanına camı yerleştirmek için birer yuva açtım. (Demek ki
o kadar dikkatsiz değildim.) Alçıyı sürmeyi de becerdim.
(Halk üniversitesinde, bununla ilgili bir ders görmüştüm
galiba. Birden aklıma geldi: Ben hangi fakülteyi ya da bölü-
mü bitirmiştim? Galiba bütün fakülteleri bitirmiştim. İyi.)
İyi dayanıklılıklar sayın ve sevgili cam, dedim. Mektup İn-
gilizcesi çalışmaya gittim.

Ertesi sabah şafakla birlikte uyandım. (Tabiat Sevgisi der-
si olarak biraz, kızıllaşan gökyüzüne, biraz da kül rengi bu-
lutlara baktım. Herkesin sabahları beden hareketleri yapma-

sı gibi ben de on beş dakika, tabiat sevgisi gösterme hareketleri yapabilirdim. İyi.) Hay Allah! cam çatlamıştı; hem de bir gecede. Kollarımı kavuşturarak sancısı tutmuş hastalar gibi dolaşmaya başladım çatlağın çevresinde. Bir yere, birisine haber vermeliydim.

Sepetli motosikletin gürültüsünü duyuncaya kadar arka bahçede bekledim. Fakat bakkalın çırağına ne söyleyebilirdim? (Zaten yeter derecede şüpheleniyordu benden.) Ekmeği ve gazeteyi alırken söze bir yerden başlamak istiyordum. Gazeteye bakıyormuş gibi yaptım. (Son zamanlarda gazeteyi, okumadan mutfaktaki bir dolabın içine atıyordum aslında.) Biliyor musunuz? dedi, bugün yazıma gelecekler. Eyvah! Ne yazacaklar? Muhtar seçimleri varmış, seçmenleri yazıyorlar. (İyi. Evde bulunurum o halde. Ha-ha.) Alçak herifler! Ne yüzle oy isteyecekler? İnşaatların bu ruhsat işlerini böyle karıştırdıktan sonra, çökmekte olan temel çukurlarını hiç gözden geçirmedikten sonra... Dur, ben onlara gösteririm. Muhtar adayı da geliyor mu? Yok; bu, memurun işi. Gururla başını kaldırdı: Bizim patron, muhtar olacak galiba. Beter olsun!

Geldikleri zaman –Allah kahretsin!– unutmuştum onları bekleyeceğimi. (Hafızam artık yarım gün bile idare etmiyordu. Bir doktora göstermeliydim onu.) Ayrıca talihsizdim, helâdaydım, hemen kalkamazdım; gene de pantolonumu yarım yamalak çekip koştum. (O durumda, fazla hızlı koşulamıyordu.) Arabayı, uzaklaşırken görebildim ancak. (Bakkal-manav ve daha bilmem ne, araba tutmuştu onlara.) Düğmelerimi ilikleyip kemerimi bağlarken sokakta arkalarından koşmağa çalıştım. Yetişemedim. Yetişebilir miydim? Kaldırıma oturdum soluk soluğa; ağlamağa başladım. Yani öyle bağırarak değil, hafif gözyaşlarıyla. (Hiç bir işi gürültülü yapamazdım.) Sonra sepetli motosiklet göründü, bana geliyordu; hemen gözyaşlarımı sildim, anlattım ona. Üzülmeyin, dedi.

Ben söylerim, yazarlar. Bir kâğıt uzattı. Adımı, yaşımı, baba-
mı, annemi filân yazdım; her şeyi yazmadım. Anlamazlardı;
beni bir yere kapatırlardı sonra.

Cam parçasını attım, yerine yenisini koyma cesaretini
gösteremedim. Başıma gelenleri ilk gününden başlayarak
yeniden düşündüm uzun süre. Kaç gün geçmişti? Aptallar
gibi, bir kenara yazmamıştım gene. Geç kalmıştım. Burada
paslanıp gidiyordum; hafızam paslanmaya başlamıştı bile.
Yalnızlık, hafızayı zayıflatıyordu. Elbette! Kimseyle konuş-
muyordum ki. Sonunda, bakkal çırağıyla konuştuklarımın
dışında her şeyi unutacaktım. Konuşmalıydım, bağırmalı-
dım, öğrenmeliydim. Mektupla doktora yapmalıydım; mek-
tupla doçent, mektupla profesör olmalıydım. Resim bilgimi,
genel kültürümü mektupla ilerletmeliydim. Mektupla bir
üniversiteye öğretim üyesi olmalıydım; belki bir süre sonra
da mektupla üniversitede ders vermeye başlamalıydım. Her
şeyden önce konuşmalıydım. Ayağa kalktım. Hemen başla-
malıydım, bir şeyler söylemeliydim. Konuşmayı unutmak
üzereydim. Kendimi anlatmalıydım. Kendimi göstermeliy-
dim. Bir yerlere başvurmalıydım.

Ben! diye bağırdım bütün gücümle. Sonra adımı tekrar-
ladım birkaç kere. Ben, burada gizli bir mezhebin kurbanı
olarak bir saksı çiçeği gibi kuruyup gidiyorum. Ben, çiçek-
lere bakmasını bilmediğim gibi, kendime bakmasını da bil-
miyorum. Ben, yalnızlığı istemekle suçlanıp yalnızlığa mah-
kûm edildim. Bu karara bütün gücümle muhalefet ediyo-
rum. Ben yalnızlığa dayanamıyorum, ben insanların arasın-
da olmak istiyorum. İnsanların düşmanlara da ihtiyacı var-
dır. (Dostlarının değerini bilmek için.) İşte tek başıma yı-
kılmış durumdayım: Ne yemek pişirmesini, ne de okumasi-
nı becerebildim; ne İngilizce'yi, ne de tabiatı sevmesini öğ-
renebildim. (Sabahları onbeş dakikalık tabiatsevgi gösteri-
sinden sonra, yarım saat de konuşma talimi yapmalıydım.)

Yeni bilgiler öğrenmek bir yana, eski bildiklerimi unutmağa başladım. Düşüncelerimin doğruluğunu ölçmekten yoksun kaldım artık. Kimsenin gözünde, anlattıklarımın yansımasını göremiyorum, artık? Her şeyi unutuyorum, noktalamayı bile? Ünlem işaretinin nerede kullanılacağını bilmiyorum? Üstelik ne ıstırap çekmeyi ne de gerçekten korkuyu öğrenebildim (ya da öğrenemedim). Hangi sözü kullanacağımı bilmiyorum. Yalnızlığımın yalnız bana zararı dokundu. (İşte, bir cümlede iki kere 'yalnız' kelimesi kullandım.) Yenildiğimi kabul ediyorum? Gizli mezhep kuvvetlerinin geri çekilmesini istiyorum. Burada konserve yemekten ve kitap okuyamamaktan bıktım. Söz veriyorum: Bana eski durumum bağışlanırsa, evi saksılarla dolduracağım ve böceklerin evi istilâ etmesi pahasına, yerlerin ıslanması pahasına onlara bakacağım. Tabiatı seveceğim, insanları seveceğim, yurduma yararlı olmağa çalışacağım, hiç bir düzene karşı çıkmayacağım. Herkese güleryüz göstereceğim, evleneceğim, çocuk yetiştireceğim, onların altını değiştireceğim, gece uyutmak için sabırla masal anlatacağım, dedikoduları dinleyeceğim, ilgi göstereceğim, ilgi!

Sözlerimle kendimi heyecanlandırmayı başarmıştım, gözlerim dolmuştu. Kendi üzerimde çok etkili olmuştum. (Başkaları üzerinde etkili olma imkânım yoktu.) Kendi hakkımda dokunaklı bir konuşma yapmıştım. Gerçeğe yakın bir heyecanla ve bitkin bir durumda, sallanır koltuğuma çöktüm... fakat durum değişmedi (bir süre beklediğim halde). Bir mucize olmadı. Her şey yerli yerinde kaldı. Ben de eşyanın ve manevî güçlere sahip olması gereken insanların bu kayıtsızlığı karşısında isyan ettim, çileden çıktım. (Gene bir şey olmadı.) Bunun üzerine, onlardan intikam almak için, kendimi içkiye verme kararını aldım. Yerimden kalkacak gücüm olmadığı halde, bütün evi dolaştım; ne kadar içki varsa topladım, sallanır koltuğumun yanına dizdim. Ve içkiye, bana en dokunacak biçimde, yani yemeksiz ve mezesiz başladım ve alçak herifler! öylece devam ettim işte. (Gene kimse kılını kıpırdatmadı, başıma gelenleri değiştirme zahmetine katlanmadı.)

İçtikçe kendime acımağa başladım. Son zamanlarda kendime doğru dürüst acımaz olmuştum. Bana kötü geldiğini bile bile içtim. Bir şey yemediğim için, her zamanki gibi kusmadım. (Bir iki kere kusacak gibi oldum, banyoya gittim; fakat bir şey çıkmadı içimden.) Devam ettim içmeğe, kendimi mahvetmeğe. Dumanlı gözlerle, eriyip gidişimi seyrettim. Bütün düzenleri yıkacaktım, onlara gösterecektim. Artık ne kapıları kilitleyecek, ne de anahtarları vazonun içine atacaktım; ayakkabılarımı giymeden paltomu giyecektim, serserinin biri olacaktım. Kimseye yaranamadığıma göre, ilkelerimden vazgeçecektim; kahvaltıdan sonra bulaşıkları yıkamayacaktım. En önemlisi de şuydu: Varlığımı sürdürecektim; konuşmayı, düşünmeyi unutmayacaktım, çok çalışacaktım. Sallanarak ayağa kalktım ve aynı gün içinde ikinci defa konuşma talimi yaptım; çünkü kim olduğumu, neler bildiğimi, neler yaptığımı ve yapamadığımı unutmaya doğrusu hiç niyetim yoktu. Korkuyla beklemek, korkuyu beklemek gereksizdi; çünkü dünyanın yarıçapını ve İstanbul'un fethini biliyordum. Üç çeşit yönetim biçimi vardır, anlıyor musunuz: Mutlakiyet, meşrutiyet, cumhuriyet. Bunun dışında hiç bir şey yoktur, varsa da bunlardan birine girer. Dünya basık bir yuvarlaktır ve yer çekimi diye bir kuvvet vardır, anladınız mı? (Bağırıyordum.) Ben, liseyi bitirdikten sonra üniversiteye girmek isterdim; babam ölmeseydi, birden kendimi yorgun hissetmeseydim. Annem de çok isterdi okuyup adam olmamı, para kazanmamı; bu yüzden serbest bir meslek seçtim ve başarıya ulaşamadım. (Önemi yok, önemi yok.) Memur da olsaydım, başarıya ulaşamayacaktım; zaten memur olmak, başarıya ulaşamamak demektir. Bana öyle söylemişlerdi. Memurun kamuyla bir ilgisi vardır, çünkü ona kamu kesimi denir; ben serbest kesimdeyim. Çok kazanmak istiyordum; fakat bu dünyada biliyorsunuz ancak işini bilenler kazanır. Ben de işimi bilmek istiyordum. Bu yüzden çok okuyordum. Birçok şeyi biliyordum. Şimdi bildiklerimi unutmamak için büyük bir savaş veriyorum.

Balzac ile Stendhal, büyük romancılarıydı Fransa'nın; kırk iki milyon insanın yaşadığı bu ülkenin bunlar romantik yazarlarıydı. Roman da ikiye ayrılır: Romantik, realist. Balzac realistti diyenlere inanmamak gerekir; asıl realist Zola idi, havagazından zehirlenerek öldü. Balzac da onbin fincan kahveden zehirlendi; borçluydu, benim gibi o da serbest kesimde başarı kazanamamıştı. Kafka da kamu kesiminde başarısız kalmıştı. Balzac'ın her taşındığı evde iki kapı vardı, alacaklılardan kaçmak için. (Bunu çok iyi anlıyorum.) Eski Yunan da iyiydi. Aristo filân vardı, (başka kim vardı?) evet Platon da vardı, onun da bir devlet nazariyesi vardı, bir de *Devlet* adlı kitabı vardı. (Mektup üniversitesine girmem çok iyi olmuştu. Bir de diploma töreninde bulunabilseydim!?) Felsefe birçok kısma ayrılırsa da aslında bunlar spritüalizm ve materyalizm olmak üzere iki çeşittir. Birincisinde madde yoktur, ikincisinde vardır. En büyük filozof Kant'tır ve hiç evlenmemiştir. Daha başka büyük filozoflar da vardır: Hegel, Spinoza ve Descartes. Bu sonuncusu her şeyden şüphe ederdi. İki Bacon vardır; Francis Bacon, Fransız değil İngilizdir. Bacon olmasaydı (Hangi Bacon?) bilimlerin gelişmesi geri kalırdı. Kendimden de söz etmeliyim. Ben daha çok spritüalistleri sever gibiyimdir; fakat bazı romantik görünüşlü insanlara kızıp materyalizmi ve onun bir kolu olan diyalektik materyalizmi savunduğum olmuştur: Tez, antitez, sentez. Ha-ha. Marx, aynı zamanda bir filozoftur. (Bu konu şimdilik yeter.)

Ben, oldukça hor görülmekle birlikte, bir vatandaşım. Vatandaşın hakları şunlardır: Bir: İstediği gibi gezer, yani seyahat hürriyeti vardır. Ben, bugüne kadar bir yere gidemedim, pek fırsat olmadı, para kazanmakla uğraşıyordum, fakat borçlardan bir türlü kurtulamadım. Seçmek de hürriyettir, insan istediğini seçer; fakat o seçtiği kimse, seçimi kazanmayabilir, çünkü demokrasi vardır. Az kaldı unutuyordum: Demokrasi, plutokrasi, aristokrasi (başka bir krasi var mıydı?) Mahalle muhtarlarının görevleri şunlardır: Seçim kütüklerini düzenlemek, Bakanlar Kurulu da üç kuvvetten biridir: Yürütme kuvveti. Ayrıca, yasama kuvveti ile yargı kuvveti vardır. Buenos Aires, Arjantin'in başkentidir. Ben en çok Londra'ya gitmek isterdim. İngiltere, demokrasinin beşiğidir. Bir keresinde, bir uçak şirketinde çalışırken bedava bir bilet ayarlamıştım, fakat döviz alacak parayı denkleştiremedim. (Daha konuş, daha konuş, iyi oluyor, hafızan bileniyor.) Üç çeşit hafıza vardır: Göz hafızası, kulak hafızası, el hafızası. Bunlardan en iyisi el hafızası, yani yazarak öğrenmektir. (Ara sıra biraz da yazmalı. Dur bakalım, bir kerede yirmi filozof, onbeş romancı, on devlet adamı, yirmi şair yazabilecek miyim? Sonra yazarsın, şimdi kendinden bahset.) Küçükken kabakulak oldum. Su çiçeği de geçirdim. Tifo olmadım. (Olmadıklarını bırak.) Tayyareci olmak istedim dört yaşındayken, babam Temyiz mahkemesinde kâtipti, annem ev kadınıydı, seçim ve sayım listelerine öyle yazdırırdık, annemin tahsili özeldi, yani yoktu, öğrenim üçe ayrılır: (bırak şimdi). Evet, neden canım, üçe ayrılır tabiî: İlköğrenim, ortaöğrenim, yükseköğrenim. Ben ortaöğrenimi bitirdim, yani liseyi, Kâzım Cemal lisesini bitirdim, Kâzım Cemal ilk milli eğitim bakanlarından biriydi. Lisede son sınıfta bir dersten bekledim, başka kaybım olmadı, iki kızla konuştum, biriyle iki kere yemeğe çıktım, elini öptüm onun, (özel hayatına girme, olsun ne var bunda? odada kimse yok ki). Çocuğun doğumu kromozomla ilgili, şey sperma da vardı, kalıtım teorisi Mendel'indir. Beni babama çok benzetirlerdi. Ona benzediğim için adam olamadım, serseri oldum, artık eve çamurlu ayakkabılarımla gireceğim, hiç terlik giymeyeceğim evde, hep ayakkabıyla dolaşacağım, hiç bir dediğinizi yapmayacağım, çünkü yoruldum, çünkü her şeyi birbirine karıştırdım, çünkü bu dünyada gizli mezhep bile sonunda gelip beni buldu; fakat sevebileceğim bir kadın, bol para, insan yakınlığı beni hiç bulmadı. Ben de üç yıl dört ay önce acılaştım, huysuzlaştım, hiç bir şeyi beğenmez oldum; para kazanamayacağımı, insanları sevemeyeceğimi anlayınca uzaklara gittim, kimse beni bulamasın diye. Onlar da beni ciddiye aldılar, gelmediler; sadece gizli mezhebi gönderdiler. Mezhepler, resmî dinden ayrılmış ve din kitaplarınca, papazlarca, hocalarca filân uygun görülmeyen... hayır onlar tarikatlardır; mezheplerin yalnız gizlileri kötüdür, bugün din ve dünya işleri ayrılmıştır, fakat kanun var diye suçlar ortadan kalkmamıştır. Her suçun bir cezası vardır ve insanlara karşı işlenen suçların çok cezası vardır; iki aydan başlar, dokuz aya kadar, on aya kadar, bir yıla kadar, ebediyete kadar...

Bir süre sonra yoruldum galiba, bu sözlerin bir kısmını içimden söyledim. Sonunda sızıp kaldım. (Belki son sözleri de rüyamda söyledim.) Uyandığım zaman kendimi aynı yerde buldum. (Bu kadar gürültü çıkardıktan sonra, hiç olmazsa yerim değişir diye ümit ediyordum.) Kalktım, biraz tabiatı seyrettim (aynı güneş, aynı kızıllık), yüksek sesle konuştum (kendimi tekrarladım); olmadı. Başım ağrıyordu. Kendime bir çekidüzen vermeliydim; öyle ya, bir doktora gitmeliydim. Bakkal çırağı gelince ona, telefonumu açtırmasını söyledim; bu işi yapması için, cüzdanımdan büyük bir kâğıt para çıkarıp verdim. Telefonun açılmasına kadar geçen zamanı da boş geçirmedim. (Geriye doğru düşününce de kısa bir süre içinde, o kadar az iş yapmamış olduğumu, vaktimi boşa geçirmediğimi anladım. Herkes benim kadar olsaydı.) Gizli mezhep hakkında incelemeler yaptım. (Bir yerde, bu konuda bazı kitap adlarına rastlamıştım; bakkal çırağına bu kitapları da aldırdım. Verdiğim bahşişler onun da yüzünü güldürmeğe başlamıştı. İnsan kısmı paraya dayanamıyordu.) Önce tarikatlara baktım: Bunlar, can sıkıcı yollar bulmuşlardı, bütün dertleri Allaha varmaktı. Ruh temizliği, nefsin kötülüklerinden kurtulmak, birliğe varmak Allahla bir olmak, O'nun yüzünü şurda burda görmek için belirsiz amaçları, elle tutulması güç metotlarla gerçekleştirmek için gereksiz yorgunluklara katlanmışlardı. Hepsinin de birbiriyle ilgisi vardı, işin aslı da anlaşılmıyordu. Yüzyıllardır bu kadar insan, saçlarını kesip kesmemek ya da belirli günlerde su içmemek için mi bir araya gelmişti? Sonra, kötülük nerdeydi, kötülük? Görünüşte hep sevgi, ahlâk, güzellik sözleri vardı ama, bir yerde kötülük olmalıydı; gizlilikten bir kötülük doğmalıydı. Sonra, bunların neden araları açılmıştı peki? (Allaha giden yolda kaç basamak olduğu konusunda mı?) Tarikatlardan hemen ümidimi kestim. Mezhepler de dinin şubeleriydi; demokrasinin üçe ayrılması gibi. Peki, bana gönderilen mektupta neden UBOR-METENGA deniyordu? Neden mezhep deyimi kullanılmıyordu? Gizli olduğuna göre, zaten kitaplarda bulamazsın, dedim kendime. Ölü diller uzmanı arkadaşım bulmuştu ya. Yoksa, bu gizli mezhep sözü bir aldatmaca mıydı? İlk günlerde de düşündüğüm gibi Ubor Metenga, bir insan mıydı? Belki de bu insanın adıydı. Belki de bütün kötü insanlar yalnız kalıyordu (benim gibi). Bu zavallı Ubor Metenga da yalnızlığının, yalnız bırakılmışlığının acısını benden çıkarmak istemişti. Belki de işsiz kalmış bir Hint göçmeniydi; sınır dışı edileceği sırada, siyasi polisin kendisini bir trene bindirerek şüpheli bir şahıs olduğu için ülkesine geri yolladığı sırada, bir fırsatını bulup bu mektubu yazmıştı. Mektup elime nasıl geçmişti? Kendisi gibi kara bir çingene çocuğu görmüştü tren istasyonunda, kömür toplayan. Son parasını ona uzatmıştı: Uzaklarda, benim gibi yalnız ve ümitsiz birine bırak bu mektubu oğlum; benim gibi birisi olsun, çünkü bizim gibiler birbirlerine ancak kötülük edebilirler. (Bu çözüm hoşuma gitmişti. Kitabı kapayıp bir süre düşündüm: İyi bulmuştum, belki ben hikâyeci bile olabilirdim.) Fakat kitaplardan birinde, büyü kısmına bir göz atınca ümidim kırıldı: Kötü insanlar da bir araya geliyordu. Sonra, biraz daha okudum; bütün mezheplerin, dinlerin öteki dünya ile yetinmediğini, yalnız Allaha varmak düşüncesiyle tatmin olmadıklarını sezer gibi oldum. Başkalarına üstün olduklarını hissetmek, onlardan farklı yerlere vardıklarını elle tutulur bir biçimde görebilmek için kurbanlar seçtiklerini gördüm. En zavallı insanlardan kurbanlar buluyorlardı; ne dünyanın ne de ahretin farkında olmayan ve bir ekmek parası için ezilmişliklerini satan insanlardan yararlanıyorlardı, onları kötü ruhlar sayarak cezalandırıyorlardı. Neden kurban edildiklerini bilmeyenleri, kötülüğün yeryüzündeki temsilcileri olarak görüyorlardı. Irmak kıyılarında, karanlık mağaraların serinliğinde parçalıyorlardı onları. Sakatlar, deliler ve ne yaptıklarını bilmeyenler, fakir ailelerine birkaç kuruş sağlamak için, kötülük sembolü olarak yerlerde sürükleniyordu. İyiliğin hissedilmesi için bilerek ya da bilmeyerek kötülük ediliyordu. Tıpkı bana yapıldığı gibi. Öldürülecekleri daha baştan bilinen zayıflar, kısa süre için krallar gibi ağırlanıyordu; sanki bilmiyormuşçasına saygı gösteriliyordu onlara. Beni de bir süre insandan saymışlardı; bunda benim bir suçum yoktu, onlar öyle söylemişlerdi, bana adammışım gibi davranan onlardı. (Şimdi anlıyorum her şeyi.) Birden, uzak yüzyıllarda, kara ya da beyaz derili bir sürü çarpık insanın, ölüme götürülürken duyduğu acıyı içimde hissettim. Onlara da aslında çok iyi davranılmıştı; fakat hiç olmazsa (bana yapıldığı gibi) yaşamalarına bir süre izin verilmişti; kurban edilmelerine yetecek kuvveti kazanmaları sağlanmıştı. Yalnız İsa adlı biri, durumunun biraz farkındaydı; İsa da işi edebiyata dökmüştü. Onun, kısa bir süre için hikâyeler ve mucize adı verilen masallar yazmasına izin verilmişti; ölüme cesaretle gidebilsin, şöyle de şöyle oldu, diye kendini oyalayabilsin diye. (Benim durumum, isteğime bağlı değildi.)

Sonunda buldum; evet gizli mezhebi ya da Ubor Metenga'yı buldum. Tabii aynı adla geçmiyordu kitapta; çünkü gizli mezhepti, her yerde kılık ve ad değiştirmişti polisten kurtulabilmek için. Güney Amerika'da bir yerlerdeydi, galiba başka bir adı vardı; fakat sanıyorum Ubor Metenga'ya yakın bir adı vardı. Kitaplar kısaydı; kitaplar, oradan buradan yapılan derlemelerden ibaretti. Zaten gizli mezhebin gizliliği, yazanların işini güçleştiriyordu herhalde. Çok korkunç bir mezhepti bu, bir iki satırın içinde de dehşeti seziliyordu. Çünkü alıştığımız düşünme yollarının, çünkü bildiğimiz mantığın, çünkü su içmek gibi benimsediğimiz yaşama kurallarının dışındaydı; kanun dışı, aşağılık ve korkunç bir mezhepti bu. Başkası olamazdı, buydu. Çünkü cezalandırırken ihmali, kazayı, bilmezliği, düşüncesizliği, bilerek işlenen suçlardan daha ağır sayıyordu. Aklın suçlarını daha hafif cezalara çarptırıyordu; akılsızlığın suçlarına düşmandı. Bu mezhep, Ubor Metenga'dan başkası olamazdı ve benden başka kurban seçemezdi. Kurban olmamak için, her an uyanık bulunmak gerekiyordu; ayağına çarparak düşen bir taşın işlediği suçtan da sen sorumluydun. Benden iyi kurban bulunamazdı. Onlar haklıydı; çünkü aklın işlediği suçlar azdı, çünkü toplumu düzeltmek isteyenlerin karşısına çıkan ve bir çığ gibi büyüyen ihmal suçlarından kurtulmak gerekiyordu. Akıl, her şeyi bilerek yapıyordu; bugün kötülük yaparsa veya bir yanlışlığa düşerse, yarın iyi bir şey yapabilirdi. Akıldan ümit kesilmezdi. Raslantılara ve kör kuvvetlere gelince, onlar hep kötülük saçacaktı, ezecekti, kıracaktı, ortadan kaldıracaktı; çünkü bilmiyordu. Akıl, çıkarını düşündüğü için, yararlanmak istediği için, büsbütün yok etmezdi. Fakat ben suçsuzdum; beni, bu toplumun hukuk anlayışı çileden çıkarmıştı. Bilerek işlenen suçlardan korkuyordum sadece; oysa beni her gün suçlu duruma düşürmek için binlerce tuzak kuruluyordu. Bununla başa çıkamazdım. Aslında, okuduklarımdan sezdiğime göre (hiç bir şey açıkça ifade edilmiyordu bu satırlar içinde), insanın bilmeden suç işlediğine de inanılmıyordu; raslantının, kör kuvvetlerin filân, kendini aldatmak olduğu kabul ediliyordu. Sonunda dayanamadım bunlara; bir köşeye büzüldüm kaldım.

O köşede ne kadar kaldığımı hatırlamıyorum. Uyuyup uyumadığımı da bilmiyorum. Uyku ile uyanıklık arasındaki fark azalmıştı herhalde. Düşündüğümü hatırlıyorum. Ne düşündüğümü bilmiyorum. Uykuda düşündüm galiba. Kendi başımın çaresine bakamayacağımı düşündüm sonunda. Bunu hatırlıyorum, en son düşüncemi. Aklıma bir baktırmalıyım, dedim; kendimi uzmanların eline bırakmalıyım. Ben her şeyi birbirine karıştırdım; onlar daha iyi bilirler. Beni hiç olmazsa, benim gibi olan insanlarla bir araya koyarlar. Çevremdeki bağırışların, delice konuşmaların ne önemi var? Bir şey anlayamıyorum ki kelimelerden, cümlelerden. Karışık düşünmeyi bıraktım; basit bir iki söz üzerinde yoğunlaşmayı denedim. Telefon, dedim telefon. Açılsın ve bir doktor, dedim, bana gelsin. Telefona bak, dedim. Sık sık yokla. Bir rehber aldır. Ne rehberi? Telefon rehberi. Kime aldırayım? Bakkala, bakkala. Sana çok iyiliği dokundu. Rehber aldır. Rehber aldır. Telefona bak. Neden? Açılmış mı diye. Peki. Telefona bak. Az düşün. Sağlam düşün. Telefon. Bakkal. Rehber. Doktor. Doktoru ara.

Telefon açıldı sonunda. Birden ses geldi açınca, düdük sesi. Tam açıldığı anı yakalayamadım gene. Hiç bir zaman, olmamak ile olmak arasındaki kesin geçişi görememişimdir. (Güneşin tam doğduğu, yaprağın tam açtığı zaman; benim, bir şeyi ilk düşündüğüm an.) Doktor, olur hemen gelirim, dedi. Ve çabuk geldi. (Özel arabası vardı.) Bu işlerin ustası olduğu için, tanışırken ve konuşmaya başlarken güçlük çıkarmadı. Ona içimi döktüm. Artık kendimi savunacak gücümün kalmadığını söyledim. Bir akılsızlar evine yatırılamaz mıydım? Başka türlü bu evden dışarı çıkacağım yoktu. (Bu doğruydu.) Açıklamak istemediğim bazı nedenlerle, evimden ayrılmak aşağı yukarı imkânsız bir duruma gelmiştir. Beni ancak bir doktorun, belirli bir hastalık teşhisiyle buradan alıp götürmesi mümkün olacaktır, efendim. Diyelim ki, tehdit edildiğimi, beni evde oturmak zorunda bıraktıklarını sanıyorum. (Kendime deli süsü veriyordum; başka çarem yoktu.) 'Fobi' ya da 'mani' ile biten birtakım kelimeler saydı bana. Yok canım, ben durumumu biliyorum doktor. Ona, okuduğum kitapları gösterdim. Beni cahil sanmasını istemiyordum. Kimsenin bilmediği büyü kitaplarını bile okuyorum, bakın. Gözlüklerini taktı. Benim bir 'vaka' olduğumu söyledi. Bunu da biliyordum. Mesele, kitaplarda gördüğünüz kadar basit değil; bu bir tıp olayıdır, bir tedavi meselesidir. Bu işlerde amatörlük tehlikelidir. (Bunu da biliyordum.) Fakat doktor bey, bu duvarların (bahçe duvarları, demek istiyorum) bütün imkânlarını, sınırlarını denedim; biliyorsunuz, duvarların ötesi ancak düşünülebilir, hayal edilebilir. Bunu kendi imkânlarımla yapamam, beni oraya götürmelisiniz. Düşündü. Ben durumunuzu çok ilerlemiş bulmuyorum, henüz bunu gerektirecek bir şey (o, şey demedi tabiî) görmüyorum. Çok rica ediyorum, sonra çok geç kalınmış olacak. Bilmem ama, nasıl söylesem (düşündü) toplumun içinde durumunuzun sarsılabileceğini hiç düşünmediniz mi? (Düşünmedim.) Bu sırada nasıl düşünebilirim efendim? Her zaman düşünmeli, geriye dönme ihtimalini her zaman hesaba katmalı. Hastaneden çıktıktan sonra... Bilmem anlatabiliyor muyum? (Anlatabiliyordu.) Bence insan açık vermemeli; çevre kötüdür biliyorsunuz. (Biliyordum.) Yapacak bir şey yok demek? Biraz daha düşünün, beni istediğiniz zaman arayın. Giderken de güçlük çıkarmadı, belki zamanı değerli olduğu için ayrılış törenini uzatmadı. Gitti. (Anlıyordum doktor da onlardandı. Anlıyordum; düşünmemekle birlikte anlıyordum.)

Hiç bir çıkış yolu kalmamıştı. Evde yapacak hiç bir işim kalmamıştı. (Yapabileceklerimi de ben istemiyordum. İstediklerimi yapamayacak olduktan sonra.) Param vardı, yiyeceğim vardı, kitabım, evim her şeyim vardı; fakat isteğim yoktu. Gizli mezhebe, yorgun bir öfke duyuyordum; onlara karşı çıkmak istiyordum, gücüm olmadığı halde. Kendimi yormadan onlara göstermeliydim. Açlık grevi yapmağa karar verdim. Nasıl olsa ölecektim. Beni kurtarmaya kimse gelmezdi. Cesedimi, günlerce şu koltukta ölü olarak oturduğumu düşündüm; burnumu tıkadım. Fakat, bir düzen kurmadan, plan yaparak uğraşmadan ölmeyi sağlamak kolayıma geldi; havagazının bile kokusu vardı. Açlık grevinde uzun bir direniş vardı; intihar gibi kısa ve romantik bir tepki değildi.

Bakkala iki üç gündür (kaç gün olduğunu tam bilemiyorum) kapıyı açmıyorum gene. Bu münasebetsiz herif gene kimbilir nereye gitti? desin bakalım. Param yokken seni çağıramıyordum, şimdi de kovuyorum! Haydi bakalım! Ben aydın bir kişiyim, cahil herif! Sen ne anlarsın! Öfkeyle dolaştım evin içinde. (Aslında öfkem de zayıflıyordu.)

Bugün kapıyı açtım. Bana gaz getir, dedim. (Ne ekmek, ne yumurta. Gaz! anlıyor musun?) Evi yakmağa karar vermiştim. (Kendimi yakma konusunda henüz bir kararım yoktu.) Sallanıyordum, sakalım uzamıştı, münasebetsiz bir kılığım vardı. Evi yakmağa ne zaman karar verdim? Kafam bulanık, bilmiyorum. Sonu ne olabilir? Evet, yanmış bir evde otur-mama izin vermezler. (Bunu düşünmüş müydüm?) Her şe-ye karşı olduğumu gösteren bir hareket, ateşli bir tepki. Ha... ha. (Gülemiyordum.) Bir şişe gaz getirdi aptal. Bir şişe neye karar ki. Ne iş için istediğinizi söylemediniz de. (İnsan biraz şüphelenir benden, salak herif! Kimse kimseyle ilgilenmiyor ki.) Elbisenizi temizleyecekseniz, tüp içinde çok iyi macun-lar var, lekenin etrafında halka da yapmıyor. (Sersem! Ayrı-ca o dediğini kıravatımda denemiştim bir kere. Hiç de dedi-ğin gibi olmuyor. Dolandırıcılar!) Bahçedeki otları filân ya-kacağım, ne bileyim işte? Onlar bu mevsimde kurudur; bir kibrit çakmak yeter. (Bir türlü öğrenemedik şu tabiatı. Bu yüzden ölüp gidiyoruz işte.) Yüzüne öyle bir baktım ki, pe-ki efendim dedi ve gitti. Bir teneke gazla döndü. Bu kadar da dememiştim. Neyse, daha iyi. Önce, tenekeyi eşyanın üstü-ne olduğu gibi boşaltmayı düşündüm. Hayır, belki tutuşmaz. Mutfaktaki bütün gazete kâğıtlarını çıkardım, oraya buraya sermeğe başladım. Artık düzenli olmanın yararı yoktu, her işi gelişigüzel yapıyordum: Gaz tenekesini çok kötü bir bi-çimde açtım, gazın bir kısmı üstüme döküldü. Sonra, gazete kâğıtlarının üstünde gittikçe büyüyen lekeler meydana geti-rerek her yeri ıslattım. (Nedense, kitapların üstüne gaz dök-mek içimden gelmedi.) İşte gizli mezhep, sana son oyunum! Gizli mezhep ya, diye söyleniyordum. Her yerde gizli mez-hep gaz ve gazete. Gazetelerdeki gaz, gizli mezhebi bir kib-ritle tutuşturacak. Gazeteler gizli mezheple tutuşacak, bütün gazeteler gizli mezhebin ateşiyle yanacak, gazlı gizli mezhe-bin gazeteleri cızzz diye... efendim? Bütün haberler, sayın-ların fotoğrafları, gazetemize özel demeç verenler, okuyucu mektupları, çok zengin oldukları için dört sütunda beş ke-re ölen merhumlar, sınırı geçerek ilerleyen askerler, güzellik kraliçelerinin uzun bacakları, artık yeter başmakaleleri, dev-rilen kamyonlar, kaçarken yakalandılar, pazar gününden itibaren sütunlarımızdalar, bir esrar şebekesi yakalandılar, bir gizli mezhebin mensupları... Anlamadım! Bir gizli mezhebin mensupları, ayin yaparken yakalandı. Demek başka gizli mezhepler de var. Dün gece şehir dışında bir evde ayin yapan yabancı uyruklu ondört kişi komşuların ihbarı üzerine yakalanmıştır. Soruşturma sırasında, kendilerine Ubor Metenga adını – arkası yedinci sayfa sekizinci sütunda. Sayfayı karartan gaz lekesine bakıyordum. Yedinci sayfa yoktu, yırtmıştım, bir yere atmıştım, bulamadım. Gazetelerin ortasına oturdum. Üzüldüm mü sevindim mi hatırlamıyorum. Yalnız, öylece kaldığımı, gaz kokusunun genzimi yaktığını hatırlıyorum. Kâğıtlara tekmeler attığımı ve bir şeyler mırıldandığımı hatırlıyorum. Sonra, her şeyi olduğu gibi bıraktım. Sonra, gaz kokan elbisemi değiştirdim ve kendimi sokağa attım. Sonra yürüdüm, yürüdüm, yürüdüm.

Sonra başımın dönmesinden açlığımı hatırladım. Sonra, bir meyhaneye girdim. Sonra yavaş yavaş yedim yemeği. Sonra, biraz yedikten sonra, yavaş yavaş içmeğe başladım. Sonra, bütün tedbirlerime rağmen kustum. Sonra, gene ayılmadım. Kaldırıma oturdum. Nedir bu başımıza gelenler? dedim. Biz sözüyle ne demek istediğimi bilmiyordum. Herhalde, kendimi çok yalnız hissettiğim için 'biz' dedim. Sonra, ayılınca bunu hatırladım. Biz eve dönmeyelim artık, dedim. Bir otele gittim yattım. Sonra, iki gün eve uğramadım. Hayal kırıklığına uğramıştım: Gizli mezhep de beklediğim gibi çıkmamıştı. Ertesi gün, içmeğe devam ettim. İyice sarhoş oldum, mahzunlaştım; fakat sıkıntım geçti. Sokaklarda boynu bükük dolaştım. Meyhanelerde bazı insanlarla tanıştım. Mahzun ve bulanık düşüncelere daldım. Çıkmayacaktık şu evden, dedim. O haberi hiç görmemiş gibi yapacaktık. İşte bu ülkedeki korkunç olayların, fırtınalı serüvenlerin kaderi: Her şey sonunda gevşiyor ve zavallı bir zabıta haberi olup çıkıyor. Nerde eski romantiklik? dedim. Nerde eski şövalyeler? Hiç çıkmamalıydın, hep evde kalmalıydın. Programını da yapmıştın, düzenini de kurmuştun. Otursaydın oturduğun yerde. Çalışmalarını sürdürseydin. Belki bir iki şey verirdin insanlarına; ülkene yararın dokunurdu. Bu gizli mezhep de çok boş çıkmıştı, yabancı kökenli olduğu halde ülkenin şartlarına uymuştu. Oysa aydınlara, benim gibi ne yapacağını bilmeyenlere bir ışık tutabilirdi, onları sarsıp yerinden kaldırabilirdi. Benim de bir ülküm olurdu. Tehdit zoruyla filân, ben de ülkücü olurdum. İşte gene, nereye gideceğimi bilmez bir durumda sokaklarda sürtüyorum. Evde korkuyla beklerken ya da korkuyu beklerken geçen zamanın ne de olsa bir önemi vardı, bir geleceği vardı. Üstelik bu arada, tehdit mektubunu almadan önceki zamanlarım da değer kazanmıştı. Bende bir özellik bulmuşlardı ki beni seçmişlerdi. İşte, neler olduklarını şimdi kesin olarak söyleyemeyeceğim bu özelliklerimi de bu yaşanmamış zamanlarda kazanmıştım. Şimdi artık her şeyi kaybetmiştim. Bir yanlışlık olmuştu belki. Bu ülkede her şey çığrından çıkıyordu; her şey çözülüp, gevşeyip, dağılıp gidiyordu. Bir keresinde de bir kızı sever gibi olmuştum; bu kız bana söylemişti, her şey gibi aşk da soluklaşır demişti. Kendi de soluk benizli, zayıf bir şeydi. Dediği gibi olmuştu. Aşk da soluklaşmıştı. Artık ne sevgi kalmıştı, ne ülkü, ne de itici gizli mezhep. Hepsi tutuklanmıştı. Eve kapanmalıydı insan, bir daha hiç çıkmamalıydı, gerçekten çıkmamalıydı. Çok yoruldum, diye söylendim, bir ağacın gövdesine yaslanıp; dolaşacak, evden çıkacak gücüm kalmadı. Evlensem iyi olacak.

Ertesi gün, tanıdıkları dolaşmaya başladım. Hepsinin bir listesini yapmıştım. Bu gizli mezhep, beni ne de olsa düzenli davranışlara alıştırmıştı. Her ziyaretten sonra, listede, ait olduğu yere kırmızı tükenmez kalemle bir ok işareti koyuyordum. Nerelerdesin? diyenler çıktı ama, esaslı bir şekilde merak eden pek yoktu. Yazıhaneme de bir mektup bile gelmemişti; bir iki reklam kâğıdı atmışlardı kapının altından, o kadar. Kapıcı da tahmin ettiğim gibi, hiç toz almamıştı. Ben biraz söylenince, anlaşılmaz bir homurtuyla her zamanki gibi bir şeyler geveledi ağzında. Perdeleri açtım, sonra hemen kapadım ve yazıhaneden çıktım. Akşam üzeri de, bu dünyada kalan son akrabama, dayı-amca-teyzeoğlu gibi birine gittim. Yılda bir görürlerdi yüzümü. Onun için durumun hiç farkında değillerdi. Çoktandır evden çıkmıyorum amca. (Her zaman içimde bir şüphe vardı: Acaba ona dayı mı demeliydim?) Çalışıyordum. Bir eser hazırlıyordum. Beni pek sevmezlerdi. Fakat, cahil oldukları için, korkuyla karışık bir saygı beslerlerdi bana. Sözlerimi hiç anlamazlardı; fakat gene de başlarını sallarlardı durmadan. Ben de ayaklarımı uzatır, üstünlüğümün verdiği gururla rahat ederdim bu evde. Yıllardır da, rahat etmek istemediğim için çok seyrek uğruyordum onlara. Anlamadan suratıma baktılar; fakat, sen ticaret yapıyorsun, eser hazırlamak da nereden çıktı? demediler. Ben de, bu rahatlık içinde, daha çok saçmaladım; gizli mezhepten bile söz ettim. Onlara her şey anlatılabilirdi. Teyzem üzülür gibi oldu biraz. (Belki de ona hala demeliydim.) Seni üzmediler ya evladım. Bu günlerde gençlik çok serseri olmuş. Komşu Rıfat Beyin oğlu da evden kaçtı. Teyzeme, son aylardaki ruhsal durumumdan da bahsettim, pişirdiği kahveyi içerken. Başını salladı. Sonra, bir sözümün arasında, gene yalnız mı yaşıyorsun? dedi. Başımı önüme eğdim. Ben galiba evlenmek istiyorum teyze, dedim. Acaba bana göre bir şeyler bulunabilir miydi? Neden bulunmasın? Her zaman, yorgun erkekler için, kendine göre bir tane bulamayanlar için, eli yüzü düzgün bir şeyler bulunabilirdi. Bazı kızlar, hanım hanımcık evlerinde oturup böyle kısmetler beklerlerdi. Bu arada, ellerinde daima bir bez parçası, çeyizlerini hazırlarlardı. Her gün yeni bir yemek yapmasını öğrenirlerdi ve pencerenin kenarına oturup, kırmızı ya da soluk yanaklarını cama dayayarak o bilinmeyen, o tanımlanamayan, o nasıl olursa olsun gelecek kocalarını beklerlerdi. Evin erkeklerine hizmet ederek, gelecekteki kocaları için talim yaparlardı. Babalarına, paltolarını giydirirken alttan ceketlerinin eteklerini çekerek düzeltirlerdi. Babaları da onlara aferin kızım, derlerdi; kocan rahat edecek. İşte böyle bir şey istiyorum teyzeciğim. Sonra, birden hatırlamış gibi yaptım: Biliyorsunuz son aylarda bana bir bankadan büyük bir ikramiye çıktı. Çok büyük. Zengin oldum şimdi. Ellerinden geleni yapacaklarını söylediler.

Geç saatte çıktım oradan; gece yatısına kalmam için ısrar ettiler. Yok dedim; eve gitmeliyim. Çoktandır uğramadım, sonra alışkanlığımı kaybederim. (Bu sözdeki inceliği de anlamadılar.) Bir taksiye atladım dönerken. (Öyle ya, param vardı.) Evin önü kalabalıktı; karanlıktı ışıklar yanıp sönüyordu. Şöföre, dur bakalım, dedim; dur bakalım, gene ne oldu? Bahçede polisler, polis olduğu anlaşılan siviller ve yüzlerinden durumları hemen belli olan yetkililer vardı. Kendimi tanıttım. Genç ve heyecanlı bir polis atıldı: Efendim, eviniz, dedi: Evin duvarlarına çevrilen bir projektöre doğru baktım: Yıkılmıştı. Evim yıkılmıştı. Heyecanlı polis devam ediyordu. Yandaki kazıya gene başlamışlar... toprak kayması... Eve girmek istiyorum, dedim. İçeri girmek istiyorum. Sesime, yetkili bir hava gelmişti; bana sadece iyiliğim için engel olmak istediler, bir vatandaş gibi davranmadılar. Onları bir yana ittim; kalaslar, tuğlalar ve tozun arasından, elimde lüks lambası, ilerledim. Üstüste devrilmiş kitaplıklarımı, tuğların parçaladığı abajurlarımı, tavanın çökerttiği koltuklarımı gördüm; düzeltmiş olduğum masa ve dolap gözlerini, albümü, dosyaları göremedim bile. Kurduğum bütün düzen, gizli mezheple birlikte yıkılmıştı. Ağlaya-

caktım neredeyse; fakat ağlamadım, yanımda beni daha faz-
la duygulandırabilecek kimse yoktu çünkü. Yatağımda, ta-
nımadığım bir betontuğlakireç yığını yatıyordu. Toz top-
rak içinde çıktım dışarı. Genç polis yaklaştı: Evi her tarafın-
dan aydınlatıyoruz efendim; fakat, karanlıkta yine de her ta-
rafa hâkim olamayız. Değerli eşyalarınızı alsaydınız. Yüzüne
baktım. Hiç bir şeyin değeri yok artık, dedim. Evliliğin bile.
Yorgunsunuz, dedi. Bir sandalye? Bir bardak su? İstemedim:
Üzgün ve duygulu bir yetkili gibi yavaş yavaş bahçeden çık-
tım. Amcama ya da dayıma döndüm; evim yıkıldı, dedim. Bu
gece sizde kalabilir miyim?

Günlerdir teyzemde ya da halamda kalıyorum. Bütün
bunların, kendime güvenemediğim için başıma geldiği-
ni düşünüyordum. Mutlak yalnızlığın düzeni de yaramadı
bana. Yıllardır özlediğim sessizlik de yıkıldı gitti. Tam giz-
li mezhebin korkusu bittiği sırada düzenim bozuldu. Evime
bir daha uğramadım. Kitapları ve sağlam kalan bazı eşya-
yı çıkarmışlar; bir depoya koydurdum onları. Gidip görme-
dim. Kafamdaki düzen de eşyaya bağlıymış demek. Hiç bir
şey düşünemiyorum. Kafamda belirleyemediğim bazı şeyle-
re kızıyorum sadece. Bir ad veremediğim kişiye söylenip du-
ruyorum. Bunu bana yapmalarına engel olsaydın, bunu ba-
na yapmasaydın, neden sen de onlarla birlik oldun? Benimle
neden uğraşıyorsunuz? Benden ne istiyorsunuz? Neden her
şeyi, tam istemediğim sırada veriyorsunuz bana? Neden bu
kadar bekletiyorsunuz? Neden bir şeyi elde etmenin anla-
mı kalmayıncaya kadar, onu vermemekte inat ediyorsunuz?
Mektubun başka bir anlamı var, diyordu içimde bir ses; sev-
mediğim bir ses. Başkalarına değilse bile hiç olmazsa sana
bir şey demek istiyordu. Belki de anladığın dile, başka türlü
çevrilebilirdi. Başkalarına da yazılmış mıydı acaba? Yıkılan
evimin soruşturmasıyla ilgili olarak emniyette ifademi aldık-

ları sırada, birden gizli mezhebi de sormak aklıma geldi. Soruşturma gizli yapılıyormuş. Bu ülkede, her şey gizliydi aslında; fakat herkes, her şeyi öğreniyordu. Ben de bir tanıdığın aracılığıyla, iki gün kadar uğraştıktan sonra, bir masanın karşısında buldum kendimi. Odada bir iki kişi daha vardı. Bu beyler de sizin gibi mektup almışlar, dedi yetkili kişi. Yalnız Ubor Metenga kelimesini anlayabilmişler, gazetedeki havadisi görünce. (Anlasalardı. Ben nasıl anladım?) Yaptığım hareketin anlamsızlığını sezdim, bir şey söylemeden ayrıldım. Ben odadan çıkarken adamlardan biri, belki de bir propaganda broşürüydü efendim, diyordu. Hepimize aynı kelimeleri yazdıklarına göre... İnşallah dedim (içimden) bir piyango numarası filân da vardır mektubun içinde; yakında son model bir otomobil düşer başınıza.

Her şeye yeniden başlamak artık bana çok zor geldiği için evlenmeye kesin olarak karar verdim. Evlenme uykusuna yatmış bir iki genç kız uyandırıldı bu nedenle. Henüz uyku sersemliğini üzerinden atamadığından olacak, ilk tanıştığım kızla ilişki kurulamadı. Fakat ikincisinde durumu ben kavradım ve evdekilere karar verdiğimi bildirdim. Aile içinde yapılan nişan törenindeki kalabalıktan anladığıma göre, bir sürü akrabam olacaktı. Sonra ikimiz başbaşa yemekler filân yedik. Bu arada, başka çiftlerin de başbaşa yemek yediklerini farkettim ilk defa. Ben de artık, yemekten sonra kızı evinin kapısına kadar götürüp öpenlerden biri olmuştum; fakat benim davranışlarımda yürümeyen bir şey vardı. Yalnız olduğum gecelerde, başbaşa yemek yiyen çiftlerden bir ikisini izledim. Evet, onlar başkaydı. Belki onlar, düzgün bir yaşantının tabiî bir sonucu olarak birbirlerini bulmuşlardı; belki sevgi diye bir şey vardı ortada. Birbirlerine bakışlarından, yolda yürüyüşlerinden, ayrılışlarından bunu seziyordum. Öfkeleniyordum. Onlar yapınca başka oluyordu. Belki de yemek yerken bizi gördükleri zaman içlerinden gülüyorlar, alay ediyorlardı. Herkese gülünç oluyordum. Kötülüğü, fakirliği, gizli mezhebi ve yalnızlığı bilmedikleri için başlarına geleceklerden habersiz oldukları için, içlerinden geldiği gibi davranıyorlardı. Onları kıskanıyordum. Onların da başına bir şey gelmeliydi; onların başına da ben, bir şey getirmeliydim. Hırsımdan yerimde duramıyordum. (İşte beni zaten bu öfke mahvetmişti; gizli mezhep değil.)

Onlar da bu dünyanın nasıl olduğunu öğrensinler istedim. Odama kapanıp günlerce, onlara uygun bir kötülük düşündüm. Sonra da aklıma gelmesi gereken ilk kötülüğü yaptım: Onlara tehdit mektupları yazmağa başladım; Ubor Metenga tehdit mektupları. Evde, sabahlara kadar oturup bir şeyler karaladığımı gören teyzem çok üzülüyordu. Benden korktuğu için de sadece kahve pişirmekle yetiniyordu. Onlara çok ağır sözler yazmalıydım, onlara dünyanın kaç bucak olduğunu göstermeliydim. Fakat bu Allahın belası Ubor dilini de bilmiyordum ki. Sadece bana yazılan kelimeleri öğrenmiştim. Sonunda, çaresizlikten, bana gönderilen mektubun aynını yolladım onlara. (Bazı kelimeleri de unutmuştum bu arada sanıyorum.) Garsonlardan ya da kapıcılardan (bahşiş vererek) kim olduklarını öğrendiğim bazı mutlu çiftlerin adreslerine mektupları gönderdim. Sonra günlerce evden çıkmadım. Beklemekten sıkıldığım için, sonunda bir gece nişanlımla bir 'başbaşa yemeği'ne daha çıkmaya karar verdim. Lokantada yalnız olacaktım artık, alaycı bakışlardan kurtulacaktım. Onların, evlerine kapanmış korkuyla titreyen bir durumda olduklarını düşünerek biraz rahatladım. (Gizli mezhebin de yakalandığını duymamışlardı muhakkak.) Fakat, her zaman olduğu gibi, daha önce kafamda çok kurduğum için, bu hayalim de gerçekleşmedi. Onları lokantada başbaşa bulduk. Ne yemek istedim, ne içmek, ne de başbaşa olmak. Hemen bir kötülük yapmak istedim onlara, çaresizlik içinde. Yapamadım. Yemek yemedim. Hastalandığımı söyleyerek nişanlımı bir arabaya bindirip gönderdim. (Sevgi değil de seçme yoluyla kız aldığım için, böyle kolaylıklarım vardı.) Lokantanın kapısında, soğukta bekledim onları. (Tanınmamak için, paltomun yakasını kaldırdım.) Birbirlerine sokularak evlerine döndüler. Onları kapıya kadar izledim. Onlara bir kötülük yapamayınca kendime yapmak istedim. (Her zaman olduğu gibi.) Onlara vicdan azabı verecek bir kötülük, geriye dönülmesi mümkün olmayan bir kötülük yapmak istedim kendime. En yakın karakolu aradım. Nöbetçi komiseri görmek istiyorum. (Baş döndürücü bir hızla hareket ediyordum. Sonunda benim başım döndü. Baş komiserin karşısındaki sandalyeye yığıldım.) Birbirine bileklerinden iple bağlanmış iki zavallı hırsızdan başka kimse yoktu odada. Biz yapmadık komiser bey diyorlardı. (Ben yaptım.) Kendimi ihbar etmek istiyorum, komiser bey. Buyrun efendim, sizi dinliyorum. (Daha beni dinlemeğe başlamamıştı.) Anlatamadım galiba: Kendimi ihbar etmek istiyorum. Belirli kişilere (alçaklar) tehdit mektupları yazdığımı itiraf etmek istiyorum. Daktilo makinesine kopyalı iki kâğıt taktı. Siz anlatın durumu ben yazayım efendim. (Neden beni dinlemeğe başlamamıştı?) Tehdit mektupları yazdım, efendim; dedim ki: *Morde ratesden, Esur tinda serg! Teslarom portog tis ugor...* Anlamadım efendim, ne dediniz, ne dediniz?

Kimseden korkum yoktu. Açıkça tekrarladım:

Morde ratesden,
Esur tinda serg! Teslarom portog tis ugor anleter, ferto zist Norgunk!

UBOR-METENGA

Bir mektup

Gönderilmedi.

P ek muhterem efendim,
Sizi ilk gördüğüm andan itibaren o kadar sevdim ki, si-
ze bir mektup yazmadan, bütün olup bitenleri anlatmadan
edemedim. Bu samimiyetimi bir saygısızlık olarak kabul et-
memenizi dilerim. Aslında size olan saygım o kadar büyük
ki, ilk defa karşılaştığımız zaman, içinde birlikte bulundu-
ğumuz çevreden edindiğim izlenime göre, eskimiş bir dil
ve modası geçmiş bir anlatımla size derdimi anlatmayı yer-
siz buldum ve hemen bir sözlük bularak bu satırları yazar-
ken yanımdan eksik etmemeyi, sizi sıkmadan size seslenme-
yi kendime bir görev saydım. Gerçekte, büyük bir yaş farkı-
mız yok; ben de okuyup yazmış bir kişi sayılırım. Ne var ki,

insanlar arasındaki fark, böyle basit ölçülerle değerlendirilemez. Bunu biliyorum. Karmaşık duygular ve iyi kullanamadığım bir dilin zorlukları içindeyim; beni bağışlayın. Elbette, o uzun boylu, gözlüklü ve gülmediği halde hep gülüyormuş gibi görünen arkadaşınızın dediği gibi 'insanına göre davranmasını bilen' anlayışınıza sığınabilirim. Hayır, buna isyan ediyorum (özür dilerim). Bana öyle geliyor ki, sizin gibi gerçekten saygıdeğer bir kişi, bu kadarıyla yetinmez. Aslında birlikte olduğumuz sırada biraz içkili olduğum için (tekrar özür dilerim) kendimi sizin yanınızda öyle yerlere koydum ki... fakat önemli olan benim kendimi aşma (Anlıyorsunuz, devam edemiyorum). Tanıdığım bir terzi... (Şurasını daha baştan belirtmeliyim ki size içten gelen duygularımla yazmaya öylesine kararlıyım ki, bu mektubu hiç silmeden ve düzeltmeden sonuna kadar götüreceğim; fakat, ilk satırlarda bile silmek istediğim... İzin verin de hiç olmazsa bu cümleyi yarıda bırakayım.) Evet tanıdığım sarhoş bir terzi vardı. Palavracının biriydi. Hatta bana çok bol gelen bir elbise dikmişti. O zamanlar çok gençtim ve bu, tabii tanımadığınız için nereden bileceksiniz, münasebetsiz babam –sanki ikimiz de aynı yaştaymışız gibi beni zorla kendi terzisine götürdü– sadece dikiş parasını verdi diye bu aşağılık elbiseye katlanmak zorunda kalmıştım. Üstelik bu terzi –size yazılan bir mektupta bulunmaya elbette hiç hakkı yok biliyorum– prova sırasında da içiyordu. Sanki bira içki değilmiş gibi teklifsiz bir şekilde şişeyi ağzına dikiyordu. "Biraz içkiliyim, kusura bakma," derdi bana. Ben de, bu adamdan ve yıllarca giymek zorunda kaldığım bol elbisemden dolayı, bu 'içkili' sözünden nefret ederim; kendi durumumu anlatırken 'içkili'den daha iyi bir kelime seçmiş olmayı isterdim. Fakat, daha önce de belirttiğim gibi, size olduğum gibi görünecek kadar saygı duyduğum için, hiç düzeltmeden yazıyorum. İnsan hayatında bir kişiye olsun yalan söylememeli, değil mi efendim? Bu alçak terzi, bir keresinde, 'Biraz içki almıştım,' gibi aşağılık ve dilimize yabancı gelen bir söz etmişti. Bu herifin hayalini kafamdan bir türlü atamadığım için çok özür dilerim. Aslında, bu gibi talihsiz raslantıların içinde uzun süre kaldığım için duyduğum acıyı da size anlatabilmek isterdim. Yalnız, izninizle şunu da belirteyim ki, sizin çapınızda bir insanın, böyle durumlarda kalmasa bile (böyle durumları size hiç yakıştırmadığımı kesinlikle belirtmek isterim) anlamayacağını bir an bile düşünmek istemem. İzin verirseniz bir paragraf yapacağım; biraz yoruldum ve asıl meseleden gittikçe uzaklaştığımı hissediyorum.

Bütün mektubumu, sizi yeni tanıyan biri olarak yazmayı ne kadar isterdim. Fakat biliyorsunuz (ne aptalca söz değil mi? yani 'biliyorsunuz' demek ne anlamsız değil mi? demek istedim) sonra iş yerinize geldim ve sizinle tanıştığım günlerde işsiz olduğum için, 'Gel bakalım, senin için bir şeyler yaparız,' sözünüzü, büyük bir sevinçle karşılayarak, belki de beklediğinizden çabuk rahatsız ettim sizi. Söylenen sözleri hemen ciddiye almak gibi önüne geçemediğim bir özelliğim olduğu için, ertesi gün size koştum. Doğrusu, bir içki meclisinde, öylesine verilmiş bir sözün gereksiz sorumluluğundan sıkılan bir insan davranışı görmedim sizde. Eşit iki insan olduğumuz izlenimini verdiniz benimle konuşurken. Sanki ben bir dostunuzmuşum da kahve içmeye gelmişim gibi. (Böyle olmasını daha çok isterdim.) Tabii kahve söylediniz, o başka. Fakat, sanıyorum ki, ne kadar güç durumda olduğumu size tam anlatamadım. Birkaç kere gelip gitmek ve yeni kahveler içmek gerekti. Son gelişimde kahve söylemediniz, ama önemli değildi biliyorsunuz; işe alınmıştım. Sonra ben, nasıl anlatsam, bu kahve içmelerin bittiğini –yani, onu demek istemiyorum– çünkü bana bir yerde dur artık, başka bir durum var şimdi denilmezse... hayır bu yoldan anlatmasını beceremeyeceğim. Sözün kısası artık, ikide birde odanıza gelip, sanki daha işe alınmamışım gibi, yerli yersiz, ilk iş görüşmemizdeki koltuğa oturarak kahve ısmarlamanızı beklemek –tabii siz bilmezsiniz– kendimi bir kere içine soktuktan sonra, nasıl sona erdirebileceğimi bir türlü kestiremediğim işkencelerden sadece biriydi. Siz, elbette bilemezdiniz; ayrıca değişimin ne zaman olduğunu da durup dururken bana resmen bildiremezdiniz herhalde. Belki de bildirdiniz – yani onu demek istemiyorum. Bir gün, ben gene bu kahve meselesine kafamı yorup otururken, bir vesileyle odadan çıktınız ve uzun süre dönmediniz; daha doğrusu ben dışarı çıktığım zaman henüz dönmemiştiniz. Çok karışık bir durumda kaldığımı takdir edersiniz. Bana öyle geliyordu ki, artık otursam da, kalkıp gitsem de bir münasebetsizlik etmiş olacaktım. Kolayıma geleni yaparak belki hata ettim; aslında, hiç olmazsa bu çözümü mümkün olmayan durumumu bekleme işkencesi içinde geçirerek kabalığımın biraz cezasını çekmeliydim. Fakat, size her şeyi açıkça yazmağa karar verdiğime göre, itiraf etmeliyim ki kafamda henüz belirsiz kalan birçok nokta var. Başınızı fazla ağrıtmamak için, bunların en belli başlısını söylüyorum: Sonraki ziyaretimde, bu mesele hakkında hiçbir soruyla karşılaşmamam, beni çok şaşırttı. Acaba, döndüğünüz zaman, beni odada bulamayınca ne düşündünüz? Tabiî bir şey düşünmemek kadar normal bir şey olamaz; fakat, belirsiz durumda kalmak, beni bütün hareketlerimde asıl şaşırtan işte bu. Bağışlayın beni, çok uzatıyorum; fakat, diyelim ki, bu basit bir örnektir – yani, asıl önemli olan, daha önemli örneklerde de bana sonradan açıklama yapılmasıdır. Çok rica ederim, beni fazla akılsız bulmayın. Elbette biliyorum ki bana, "Son görüşmemizde hatırlarsınız bir aralık odadan çıkmıştım. Dönüşümde sizi bulamayınca hiç bir şey düşünmedim," diyemezdiniz. Tabii, önemli olan böyle durumlara düşmemektir. Sizin, bütün hayatınız boyunca böyle bir duruma düşmediğinizi de ismim gibi biliyorum, hatta daha iyi biliyorum. (Bir keresinde adımı sordukları zaman hemen karşılık vereme-miştim de – tabiî o mesele başka.) Ben de kabul ediyorum ki bu bir doğuş meselesidir; yani, bir çeşit doğuştan üstünlük durumudur. İnsan, bunları kendisine dert edinmekle, da-ha başka bir deyimle –ne bileyim– düşünmekle soyluluk ka-zanamaz. Soyluluk edinilemez. Fakat, aman Allahım! Neler söylüyorum; oysa neler kurmuştum kafamda.

Mektubuma biraz ara vermek zorunda kaldım. Bir kere, ellerim terliyordu ve elimin altına başka bir kâğıt almayı akıl edemediğim için, önüne geçilmez lekeler oldu kâğıtta ve ak-si şeytan (özür dilerim) tükenmez kalemin mürekkebi bit-ti. Dolmakalemle yazabilirdim; fakat, münasebetsiz bir ka-lem, bir arkadaşın hediyesi olduğu için atamıyorum, sağ eli-min ortaparmağına sızan mürekkep lekesini bir hafta çıka-ramıyorum yıkamakla. Üstelik mürekkep damlatıyor olma-dık yerde. Fakat, ben talihsizin biriyim muhterem efendim: Başka kalem bulamadığım için kırmızı tükenmezle devam etmek zorunda kaldım mektubuma. Ne diyeceğimi bilemi-yorum. Hep küçük dertler değil mi? Fakat, küçük bir köpe-ğim var – hayır, bunu daha sonra yazmak istiyorum. Doğru-sunu isterseniz, nerede kaldığımı da unuttum. Yazdıklarımı okursam da size bu mektubu göndermeye cesaret edemeye-ceğimden korkuyorum. Onun için, kaldığım yerden değil, kalmadığım yerden devam ediyorum. Bilmem dikkat ettiniz mi –bazı arkadaşlar etmişler– tuhaf sözler etmesini (komik sözler belki de – fakat nedense bu 'komik' kelimesini pek sevmem de, dilim varmadı.) biraz bilirim. Bizim çocuklara –arkadaşlar demek istiyorum, evli değilim– fıkralar anlatı-rım. Anlatışımı beğenmeseler de, oldukça gülerler. Size de inşallah bir kahve içmeğe geldiğimde anlatırım. Kahve iç-mek, sözün gelişi tabii. Aslında, sizinle uzun uzun konuş-mak, size bütün dertlerimi anlatmak isterdim. Aslında...

çok yalnız bir insanım efendim. Arkadaşların yok mu? diyeceksiniz. Onlara arkadaş demek gerekirse, var! Fakat, evde oturup dertleşmesini bilmezler; ille de bir yere gidilecek, meyhaneye filân. Bir kere dokunuyor; ayrıca, dumandan ve havasızlıktan rahatsız oluyorum. Sonra –biliyorsunuz– biraz zayıfım: Bir yetmiş boy, elli iki kilo. Bir yerde düşüp kalmaktan korkuyorum; evim, yatağım filân hemen yakınımda olsun istiyorum. Gözlerim de iyi değildir: sekiz miyop. Gözlüklerim kırılırsa, evin yolunu bile bulamam. Bir de şu var tabii: Onlara bütün bu karışıklığı nasıl anlatırım? Aman yarabbi! Bir an gözümün önüne getirdim de durumu. Öyle şeylerden bahsediyorlar ki bilseniz. Dünyada anlatılmaz. Bana inanın, siz onları tanımazsınız. (Tanımadığınız da isabet.) Ben içince, yanımda hemen uzanacak bir yer olmalı. Çok da içemem: yarım şişe şarap filân. Konserve alıyorum, koltuğuma oturup bir de kitap açıyorum. Konuşmak gibi olmuyor elbette; fakat, ne de olsa münasebetsiz olaylar gelmiyor başıma. (Bir keresinde işkembecide sızmışım; saatimle cüzdanımı götürdüler.) İnsanları bu yüzden pek sevemiyorum, efendim. Yalnız yaşamanın da sayılmayacak kadar çok güçlükleri var. En basiti, sabahları sizi uyandıracak bir canlının bile bulunmaması, siz bilemezsiniz ne dayanılmaz bir şeydir. Ayrıca kalktınız diyelim –çünkü şimdi köpeğim var, sabah yedide odamın kapısını tırmalamağa başlıyor; ben öğretmedim tabii– çayı kim pişirecek? Bu köpek de ayrı dert; onu pek sevdiğim söylenemez. Bazı şeyler öğrettim – biraz tekmeleyerek. (Bundan üzüntü duyduğumu da belirtmeliyim.) Fakat tanıdığım biri –çok iyi bir insan olmakla birlikte çok iri yarı olduğu için biraz acımasız olduğunu sanıyorum– hayvanlara iyilikle hiç bir şey öğretilemeyeceğini söylemişti bana, köpeği ilk aldığım zaman. Ben de dövdüm hayvanı. Ayılara kızgın tepsinin üstünde sıçrayıp oynamasını öğretiyorlarmış; ben o kadar ileri gitmedim.

Hattâ denebilir ki oldukça yumuşak davrandım ilk günlerde – o zaman o kadar küçüktü ki. – Sonunda bu yumuşaklığımın cezasını gördüm: Yorgun argın eve döndüğüm sırada üstüme atlayıp durmadan yalamaya başladı beni. İri yarı arkadaşım haklıydı: Ona, bu yumuşaklığım yüzünden, köpeklikten başka bir şey öğretemedim. Bir de yalnızlığı öğrettim ona. Şimdi geceyarısı, ikimizi de uyku tutmadığı zaman, kendi koridorlarımızda bir ileri bir geri, sinirli adımlarla dolaşıp duruyoruz. Tekmeleyerek, sadece çişini filân tutmasını öğretebildim. Bir de ön ayağını uzatmasını öğretmiştim – onu çabuk unuttu. Biraz geri zekâlı bir köpek olduğunu sanıyorum. Kuduzdan korktuğum için veterinere götürüyorum; geceleri neden dolaştığını ve hiç bir hüner öğrenmediğini de sormak istiyorum veterinere, utanıyorum. Belki de ben suçluyum bu meselede. Çünkü onu aldığım zaman, ceketimin cebine girecek kadar küçüktü; azgelişmişliğinin benden başka sorumlusu olamaz. Şimdi, üzgün anlarımda, sebepsiz yere onu tekmelediğim oluyor. Üstelik ona bir şey öğretilemezmiş artık. Bu işte de, her zaman olduğu gibi çok geç kaldığımı hissediyorum. Belki şu köpekten söz ederken sırası değil ama, ben de bazı şeyleri –kendime ait demek istiyorum– anlatmakta geç kalırsam, meyhane arkadaşlarımın bunları anlayacak duruma gelmelerini beklersem, çok önemli bir fırsatı kaçıracağımdan korkuyorum. Çünkü, bu –ne bileyim– tutarsızlıkları ya da ona benzer münasebetsizlikleri kendime saklarsam bundan ne çıkarım olur, değil mi efendim? Daha mı iyi olurum sanki? Beni bağışlayın muhterem efendim; size gerçekten büyük saygım var. İnsanları sevmiyorum derken elbette sizi katmadım onların arasına. Birçok şeyi anlayacağınızdan hiç kuşku duymadığım için... fakat samimiyetime inanmanızı rica ederim. Bakın işte hiç sebep yokken, olup biten her şeyi anlatacağım hususunda size söz verdiğim halde –söz vermek deyimi burada yersiz ve belki de size karşı biraz saygı-sızlık gibi görünüyor biliyorum— henüz tutarlı ve ilginç hiç bir şey söylememişken, neden bilmiyorum, ter içinde kal-mışım. (Elimin altına koyduğum kâğıt da yere düşmüş.) Bi-raz dinlenmek için izninizi isteyeceğim. Köpeği de on iki saattir çiş... sokağa çıkarmadım. (Böyle küçük ayrıntılarla vaktinizi aldığım için özür dilerim. Köpeği koridora kapat-mıştım, beni rahatsız etmesin diye. Başını kapının camına vurup duruyor —ben öğretmedim— sinirimi bozuyor.)

Size, başka şeylerden de bahsetmek isterim — bunların, bu önemsiz ayrıntıların dışında, demek istiyorum. Aslında, sö-ze nereden başlayacağımı bilemediğim için sözü uzatıyo-rum. Sizin gibi saygıdeğer bir kimseye anlatmak istiyorum durumumu. Başka kimseye anlatmak istemiyorum. Çünkü, boş yere konuştuğumu anladım, talihsiz birkaç denemeden sonra. Uzun çabalardan sonra, beni dinlemesini sağladığım bir kadın... Sözü kadınlara getirmekte biraz acele mi ettim acaba? Tabiî benim sözünü ettiğim kadın, sizin düşündüğü-nüz anlamda, cahilin biriydi. Ne yapalım ki ben.! (her şeyi anlatmaya kararlı olduğuma göre, böyle anlamsız noktalama işaretlerine sığınmamalıyım, değil mi?) evet ben, kadınlar-dan pek anlamam muhterem efendim. Daha doğrusu, onla-rı tanımak konusunda fazla denemeden geçme fırsatını elde edemedim denebilir. Onların dilinden anlamam; sadece göz-lerine kuşku ve endişeyle bakmasını bilirim. Fakat bu kadı-nı —tabiî istemeden— bazı arkadaşlarıma tanıtmak durumun-da kaldığım zaman, onların gözünden, doğru bir iş yapma-dığımı sezdim. O zamanlar daha köpeğim yoktu. (Bir karşı-laştırma değil bu — yalnızlığımın şiddetini ifade etmek isti-yorum efendim.) Bunun için, bu kadının gözlerinde beni an-layan bir ifade görmediğim halde — bu sezgimde, daha önce söylediğim gibi, arkadaşlarımın da payı vardı —onunla dur-madan konuştum— yani ben anlattım. Allah kahretsin. (Çok özür dilerim.) Şu da var ki, muhterem efendim, onu kendime bağlamak için, başlangıçta çok yaltaklandım bu kadına. Düşündükçe utanç içinde kıvranıyorum, kafama binlerce iğne saplanıyormuş gibi oluyor. Ona kendisini sevdiğimi söyledim; oysa, ilk görüşümde ne güzel ne de akıllı bulmuştum onu. Kadınlar da insanı alçaltıyor, efendim. Baştan çok direniyorlar; ya da benim gibilere karşı böyle davranıyorlar. Bir kere, benden çok yaşlıydı ve sarışındı. Çok özür dilerim nedense ben bu sarışınlarda çiğ bir şey, nasıl anlatmalı, pişmemiş bir hava sezerim efendim. Tabii yanılıyorum. Üstelik bu kadın, boyama bir sarışındı. Bunu da baştan anlamıştım. "Ben güzel değilim ki, neden beğeniyorsun beni?" diye sorduğu halde, onu güzel bulduğumu söylemek zorunda kaldım efendim. İnsanlara karşı hiç yüzüm tutmaz. Bir de şu vardı: Bir an önce sonuca varmak istiyordum. "Benim güzellik anlayışım değişiktir," dedim. Onu, başka hiç bir biçimde güzel bulmak da mümkün değildi. Sonra, birbirimizin gözlerine bakmaya başladık. O gün, evi biraz derleyip toplamış, yatağımı düzeltmiştim. Her ihtimale karşı bütün tedbirleri almıştım. Bu yüzden hareketlerimde bir telâş, bir yapmacık düzen seziliyordu. Bunu anlamıştı. Onun sadece vücuduna değer verdiğimi söyleyerek beni büsbütün şaşırttı. Oysa vücudu... Allah kahretsin. Geri dönemeyeceğim bir yola girmiştim. Daha eve varmadan terlemeye başlamıştım. İşleri daha çok zorlaştırmamak için bir taksi tuttum. Arabanın kapısını açarken gözleriyle direndi bana; onu içeri –bir bakıma– iterek soktum. Şoföre rezil olacaktık neredeyse. (Çok özür dilerim; ben sizden fazla utanıyorum, yemin ederim.) Heyecan ve endişeden, duygularım da körleşmişti; kendimi yokladım. Hayır, hiç bir şey hissetmiyordum. (Ne olur beni bağışlayın; bu mektubu da bir yere vardırmak zorundayım. Nereye çekileceğimi bilemiyorum.) Terleyen elimle, onun elini ıslatıyordum. Galiba ateşim yükseliyordu; boğazım yanıyordu. Hasta bir adam, böyle bir durumun nasıl üstesinden gelebilirdi?

Allahtan birinci kattaki ihtiyar kadın bizi görmedi. Çünkü, merdivende ayak sesi duydu mu hemen kapısını açar. (Bugün de köpeğimle geçerken beni tedirgin eder.) Divana oturduğumuz zaman (bir an önce bitirmek istiyorum bunu) ona hemen sarıldım. Sanki bir görev yerine getiriyordum. Bana hiç yardım etmiyordu; bir de pantolon giymişti, sanki gereği varmış gibi. Biraz şişman olduğu için onu kollarımla sarmaya yetişemiyordum. Bununla birlikte terlemem geçti ve duygularımın uyanmaya başladığını sezdim. (İki erkek olarak konuştuğumuz için bu kadar ayrıntıya girmemi bağışlarsınız herhalde.) Fakat, birinci yalnız kalışımızda yeteri kadar ileri gittiğimi düşünmüş olmalı ki, "Hayır," diyerek itti beni. Birden söndüğümü hissettim. Bütün çabama rağmen ben de bir yerde kalmıştım. Artık ileri gidemezdim. Bu durumdan onu suçlayarak geri çekildim.

Muhterem efendim, acaba bir gün, bu acıklı şeyleri yüzyüze konuşabilecek duruma gelebilecek miyiz –insanlığın durumu gelebilecek mi?– demek istedim. Daha iyi olabilecek miyim? demeye dilim varmıyor, buna cesaret edemiyorum. Çünkü, denedim efendim, olmadı. Sözünü ettiğim mutsuz sevişme gününden sonra bu kadına karşı kendimi alçaltmayı denedim. Her gün aradım onu – ne yazık ki, başkaları gibi durmadan yeni şeylerle uğraşacak bir düzenim yok. Yani, demek istiyorum ki, bu kadını hiç olmazsa bir hafta filân aramayacak kadar küçük bir uğraşım olsaydı. Çünkü, efendim, anladı sonunda kendisinden başka ilgilenecek bir şeyim olmadığını. (O sıralarda köpeğim bile yoktu, biliyorsunuz.) Onun da yoktu tabii. Sanki böyle birini isteyerek seçmiştim. Elbette içimde, bilmediğim bir yerde, bana ancak bu kadın gibi bağlanabilecek zavallıları seçmeye beni iten bir küçük hesaplılık var. Bunu inkâr etmiyorum. Fakat muhterem efendim, sorarım size: Ebedi aşk nedir? İkimizin de 'yapacak hiç bir şeyi olmamak'tan başka ortak özelliklerimizin bulunması mıdır? Anlıyorum, yıllarca süren zorunlu bir yalnızlıktan sonra nasıl olur da bu kadar titiz davranabilirsin? diyeceksiniz. Fakat muhterem efendim, şurasını iyi biliniz ki bazı şeyler sorulamaz insana; bunu soran siz bile olsanız, gene aynı sözü söylerim çekinmeden. Ne demek oluyor yani? Burada, 'Benden daha iyisini ne hakla istiyorsun?' gözleriyle bana bakan bu talihsiz kadın gibi hissetmemenizi bekliyorum sizden. Büyük bir incelik göstererek beni çağırmış olduğunuz kokteyl partinizde bile, bütün yüksekten bakışlarına rağmen, aslında birçok şeyin farkında olmayan birtakım insanların bulunduğunu siz benden daha iyi bilirsiniz. Ne var ki ben onlar gibi düzgün ve zarif hareketlerle konuşmasını, içki içmesini ve kadınlarla konuşmasını beceremiyordum. Gerçekten güzel kadınlar vardı ve ben yaşlı sevgilimden utanmaya başlamıştım. Hele bir tanesi, benden yana dönerek –elbette bana bakmıyordu– birden öyle bir kahkaha attı ki, sevgilim olacak o biçimsiz yaratığı hemen bırakmaya karar verdim. Bu sırada farkına varmadan sarhoş oluyordum. Hep birlikte balkona çıkılınca ve benim şimdiye kadar görmediğim güzel bir manzara karşıma çıkınca birden parmaklıkları aşıp denize doğru uçuyorum sandım. Deniz ne kadar yakındı ve ne kadar çok şey görünüyordu. Ben böyle manzaraların ancak takvimlerde filân olduğunu düşünürdüm sadece. Bütün hızımla boşluğa savruluyor ve aynı hızla gene geri dönüyordum. Bardağımı gizlice balkonun kenarına bıraktım; oysa daha içilecek, yenilecek neler vardı. Kimse benim gibi olmamıştı; kadınlar güzel hareketlerle kadehlerini kaldırıyorlardı. Güzel olduklarını bildikleri için sanki bütün hareketlerini de güzelliklerine uydurmak için durmadan talim etmişlerdi. (Biliyorum, 'talim' sözüyle durumun güzelliğini bozuyorum.) Elbette herkes güzel hareketlere özenir; ben de bazen aynaya bakarak güzel biçimde sigara içmeye çalışırım. Fakat muhterem efendim, bilemezsiniz süreklilik ne kadar zor bir şeydir. Onun için aslında güzellere iftira ediyorum aziz efendim. Benim gibi yıllanmış acemiler için, hayat bitip tükenmez bir talimdir de, kıskanıyorum herhalde efendim. Sonra partinin en canlı yerinde, bütün gücümü toplayarak bir an için kendime geldim ve izninizi alarak ayrıldım. Durumumun perişanlığını size sezdirmemiş olmalıyım ki ertesi günü işte, erken kaçmamın sebebini sormadınız.

Aslında bu geceyi size çok daha sonra yazmak istiyordum. Nasıl oldu bilmiyorum –telâş ve heyecandan herhalde– araya sıkıştı galiba. Fakat şurasını belirtmeliyim ki, sizi üzmek istemem ama, o gece bir bakıma hayatımı altüst etti. Burada sizi suçlamak, hatta size gücenmek aklımın köşesinden geçmez. Yalnız, o geceden sonra, günlük hayatıma girmiş birçok ayrıntıdan nefret etmeye başladım. O günlerde çıplak ve fakir evimi biraz düzenlemeye niyetliydim; bu yeni çıkan duvar boyalarından alıp, eve yeni renkler vermek istiyordum. Sahaflar çarşısından bir mobilya dergisi alarak sayfaları arasından bir iki oda seçmiş ve yatak odamın da iki duvarını boyamaya başlamıştım. Gerçi ilk kat boya biraz dalgalı olmuş ve biraz da tavana bulaşmıştı; fakat bu işlerden anlayan bir tanıdığım, ikinci katta bunların kapanacağını söylemiş ve bana biraz yardım ederek cesaretimi artırmıştı. Pencerenin altındaki küçük duvar parçasını tamamen bitirince benim de bu işe aklım yatmaya başlamıştı. Bu arada tabiî, sevgilimin –bu münasebetsiz kadına da sizin yanınızda sevgilim demeye utanıyorum– can sıkıcı tavırları beni oldukça rahatsız ediyordu; sanki evlilik hazırlıkları yapıyormuşum gibi düşündüğünü belli eden aptalca sırıtışıyla ortada dolaşıyordu. Pasaklı ve beceriksiz bir yaratık olduğu için, bana hiç yardımı dokunmuyordu. Bir bakıma onu güzel bulduğum anlar da oluyordu. Ne bileyim, biraz karanlıkta, belirli bir açıdan bakıldığı zaman ona belki güzel denebilirdi. Bazen de hiç öyle görünmüyordu. Sonra, koltuklara yeni yüz yaptırmak gibi sözler ederek beni çileden çıkarıyordu. Sizin evinizde geçirdiğim o geceden sonra, manzara, güzel kadınlar, evinizin döşe... çok özür dilerim daha biçimli ifade etmek isterdim. Sözün kısası, sabah kalktığım zaman yarı boyalı duvarlar ve dolayısıyla sevgilim olacak o ihtiyar cadının hayali... Ben kim oluyordum? İki kutu ucuz boya ile kime kafa tutuyordum? Bir yılda kazandığım bütün parayı biriktirsem, evinizin bir kapısını bile satın alamazdım. Elimde pahalı ağaçtan bir kapıyla büyük ve boş bir arsada gördüm kendimi; belki de rüya gördüm. Hemen evden çıkıp bir daha dönmemek istedim. Ne yazık ki temiz gömleğim yoktu; ayağımda pantolonum, üstümde atletim, hırsla bir süre dolaştım evde ve sonra atletin üstüne, elime geçirdiğim bir yün kazağı giyerek sokağa fırladım. Bilmem o gün bu garip kılığımın farkına vardınız mı? Üstelik yün, derimi yakar efendim, bütün gün iğneli fıçıya düşmüş gibi kıvrandım durdum. Boya kutuları ve kadının suratı aklıma geldikçe ürperiyordum. Eve dönmek istemiyordum. İşten çıkınca sokaklarda dolaştım durdum. Lokantaya gitmek bile içimden gelmiyordu. Hava kararmıştı. Bir sokağın ortasında durdum. Artık bu sokağı bile bitirmek isteği kalmamıştı bende. Yeni bir sokak, yeni bir karanlık başlayacaktı. Kaldırımın üstünde öylece duruyordum. Birden yıkık bir duvarın üstünde küçük bir köpek gördüm, çok küçük bir köpek. Onu da doğru dürüst görmüyordum herhalde. Neden sonra bir köpek yavrusu olduğunu anladım. Benden kaçmadı. Sanıyorum, kaçmak istese bile inmekten korktuğu için kımıldamıyordu. Onu elime aldım, küçük pençeleriyle kazağıma tutunmağa çalıştı. Bir süre de ikimiz, nereye gideceğimizi bilemeden dolaştık sokaklarda. Sonra bir otele gitmeye karar verdim. Eve dönmeyi aklıma getirdikçe hafif midem bulanı-yordu çünkü. İki gazete aldım ve köpek yavrusunu içine sar-dım. Otel kâtibi, elinde gazete kâğıdından küçük bir paket olan bu kazaklı adama biraz garip baktı, ama Allahtan köpek o sırada o ince sesiyle havlamadı ve ben de bir gecelik yatak parasını acele ödeyerek hemen odama çıktım. Onu gazete-nin ortasına bıraktım ve gece lambasını yaktım, ne olur hav-lamasın yarabbim diye düşünerek beklemeğe başladım. Ve ilk ses çıkardığı anda köpeği kaptığım gibi odadan fırladım. Merdivenin üst başında bir süre bekledikten sonra, kâtibin meşgul olduğu bir sırada kendimi dışarı attım.

Eve sabaha karşı döndük. İşe geç kaldım; uyandığımda her tarafa çişini etmişti. Eski pardösümü giydim ve onu ce-bine yerleştirdim. Artık şaşırmıştım, dünyanın sonu gelmiş gibi hissediyordum: İşe telefon ederek hasta olduğumu bil-dirdim. İkimiz artık dünyanın sonuna gidebilirdik: bir gü-nümüz vardı. Sokaklarda duruma bir çare aramaya başladık. Neye çare aradığımızı da pek bilmiyorduk. Sonunda, köpe-ğin terbiyesi ile ilgili bir amaca yönelmenin bir anlamı ola-bileceğine karar verdim. Muhterem efendim, aradan iki yı-la yakın bir zaman geçti (köpek, daha önce belirttiğim gibi kocaman oldu) ve ben tam ne düşündüğümü hatırlayamı-yorum. Fakat sanıyorum ki bütün mesele sadece köpek ter-biyesinden ibaret değildi. Gerçi onu bir yola sokmak gere-kiyordu (sokaklarda dolaşırken cebime işemişti); fakat da-ha çok, her şeyden yakındığım bir gündü sanıyorum. Hatta –belki güleceksiniz– onunla birlikte sürdürüyorduk bu ya-kınmayı. Bir kitapçıya girdik sonunda. Köpek terbiyesi ile il-gili bir kitap sorduk. "Türkçe yok," dedi satıcı kız. "Nece var peki?" dedik. İngilizce vardı. Kitabın kapağındaki köpek re-simleri dışında, lise ikiden ayrıldığım halde eski İngilizcem-le bulup çıkardığım 'dog' kelimesini de okuyunca içim ra-hat etti. Cebimin içinde hareket eden köpeği sezen satıcı kız,

"Yanınızda galiba," diye bir söz etti; fakat kimseyle konuşacak halde değildik. Üstelik cebimin kötü kokmaya başladığını seziyordum. Onu çıkaramazdım. Kötü koku beni çok rahatsız eder, efendim. Bu yüzden onu, cebimden çıkarıp gene bir duvarın üstüne bırakmayı bile düşündüm. Önce kaldırımın üstüne koydum; fakat yürümedi. Nereye bıraksam olduğu yerde kalıyordu. İhtiyar sevgilim gibi, benden başka gidecek yeri olmayan bir yaratık daha başıma musallat olmuştu. Ona bakkaldan süt aldım ve bir kahveye gittik sonunda. Çevremiz, hayvanlara daha çok acıyor efendim: Hemen küçük bir çanak bulundu; sonra garson, kendi isteğiyle köpeğimi çişe götürdü. Kahvedekiler bu işten anlamadığımı seziyorlardı; bana, sorumluluğumu kavramam gerektiğini ifade eden gözlerle bakıyorlardı. Yanımdaki masada oturan sakallı, benim yaşlarımda biri, sandalyenin üstüne bıraktığım kitaba çevirdi bakışlarını. Ona hemen sordum: "Kitaptan anlamıyorum, İngilizce çünkü; siz acaba köpek bakımından anlar mısınız?" Kitabı aldı, sayfalarını çevirmeğe başladı: "Biraz İngilizce bilirim" dedi. Sonra "Üçüncü Şey" ile tanıştık. Yani sakallıya sonradan bu adı taktım – onu yeri gelince anlatırım. Tabiî bana bu "üçüncü şey"den çok sonra söz ettiği için ben de ona bu adı çok sonra takmıştım.

Kısa süre içinde köpeğimin evi kirletmemesini sağlamıştım. Bir sezgiyle olacak, bazı hareketlerini görünce onu tuttuğum gibi kapının önüne çıkarıyordum. Fakat kapıcıyla aramız bozuldu sonra. Köpeğimi yıkamasını, yemek düzenini, veterinere götürmesini ve daha birçok şeyleri "Üçüncü Şey"den öğrendim. Bu arada sevgilimi de bütünüyle bıraktım. Önce bendeki değişikliği anlamadı. Sizinle birlikte olduğum geceden sonra, muhterem efendim, onu bir daha hiç görmedim; fakat sesini telefonda bir süre duymak zorunda kaldım. Her gün işte beni arıyordu. Durumu bir türlü kavrayamıyordu. Sonunda her şeye, hatta benimle yatmaya bile (özür dilerim) razı olduğunu sezdim; fakat hiç bir şey hissetmiyordum artık. Doğrusu, başlangıçta da aynı durumdaydım; fakat kendimi zorluyordum. Ona köpekten hiç söz etmedim. Aramızda başka bir kadın olduğunu düşünerek vazgeçti sonunda. Sanıyorum çok genç bir kızın varlığından kuşkulanıyordu. Bu korkusu biraz gururumu okşadığı için telefon görüşmelerini hemen kesmedim. Bir gün bunu da sezdi galiba ve beni aramaz oldu. Onu hemen unutmadım doğrusu; fakat içimden bir ses –muhakkak kötü bir ses– biraz bekle diyordu, sonu iyi olacak. Beni çok kötü ve insafsız mı buluyorsunuz muhterem efendim? Fakat içimde, nasıl olursam olayım, ne biçim anlatırsam anlatayım, beni anlayacağınız hakkında sarsılmaz bir güven duygusu var. Sanki bazı şeyler nasıl anlatılırsa anlatılsın, insan yakınlık duymasa da anlar. Saçmalıyorum, muhterem efendim; ne var ki beni tanıyorsunuz, benim birisine kötülük edebileceğimi düşünebilir misiniz? Her şeyden önce gücüm yetmez. Neyse, bu kadın meselesi işte böyle oldu efendim.

"Üçüncü Şey"in önceleri, bana pek güvenmediği için, benimle köpekten başka bir şey konuşmadığını düşünüyordum. Belki de beni cahil buluyordu. (Gerçekten cahildim. Şimdi de cahilim ama, meselâ artık "üçüncü şey"i biliyorum ve meselâ siz bilmiyorsunuz.) Şurası muhakkak ki herkes benden çok bilgiliydi, benden çok duyarlıydı. Geriye ne kalıyor diyeceksiniz? "Üçüncü şey" kalıyor, muhterem efendim. Elbette "üçüncü şey" bundan ibaret değil ya da tanımını bu kadar basit bir biçimde yapamayız; fakat, ben "Üçüncü Şey"e bu düşüncemi bir gün birdenbire açıklayınca, çok ilgilendi ve bana "üçüncü şey"i anlatmaya karar verdi. Anlatmaya başlayınca da birden heyecanlandığı için, önce hiç bir şey anlayamadım. Hayatın anlamı, meselâ benim gibi bir insanın yaşantısının anlamlı olduğu gibi sözler etti. Ben birçok insana üstün tutulmalıymışım. Doğrusu bu sözler beni pek inandırmadı efendim. Üstelik, birden heyecanlanan insanlara karşı, nedense bir çekingenlik duyarım; sonunda bana bir kötülük edilmesinden korkarım. Örneklerim vardır da. "Üçüncü Şey" bu korkumu da hemen sezdi ve bana şiddetle saldırdı efendim. Ona göre, bu güvensizlik duygusundan dolayı kaybediyormuşuz aslında. Oysa ben kaybetmemin sebeplerini çok iyi biliyordum. "Üçüncü Şey"in görünüşü de bende saygı uyandırmıyordu: Neyle geçindiği pek belli değildi, kılığı düzensizdi; ona uymakla pek iyi bir yerlere varılmayacağı daha ilk bakışta belli oluyordu. Bana bazı yazarlardan söz etti. Bunları da hiç duymamıştım. Belki güleceksiniz ama, ona göre insan, üstün yeteneklerinden kurtuldukça sanki daha üstün oluyordu. Biliyorum, onun dediği gibi ifade edemedim, ama inanın bana muhterem efendim, buna çok yakın bir şeydi. Nasıl anlatsam, birtakım insanlar zenginler, katı yürekliler filân beğenilmez ya; onların insanlıktan yoksun olduğu, nasıl başarı kazanırlarsa kazansınlar, bazı değerleri bilemeyecekleri ileri sürülür ya; işte bunlara karşı çıkanlar da bir bakıma onlar gibiymiş. "Geriye ne kalıyor peki?" diye sormayı akıl ettim bütün şaşkınlığıma rağmen. "Üçüncü Şey" aslında beni dinlemiyordu; sözlerine kaptırmıştı kendini. Kafadan manyaktı elbette; fakat cesareti hoşuma gitti doğrusu. Ben, ne yalan söyleyeyim muhterem efendim, böyle bir şeyi düşünmeğe cesaret edemem. Belki de benden fazla okumuş olduğu için, örneklerle beni şaşırtmağa çalışıyordu. Aslında söyledikleri benim işime geliyordu. Hayır, aslında gelmiyordu. Sanki, ileride elde edebileceğim bir şeyi daha şimdiden elimden almağa çalışıyordu. Bir aralık onun bir rejim düşmanı olmasından korktum. Bilirsiniz insana ne olmadık yerlerden yaklaşırlar. Kimse, kendisini başkasından ayıracak üstün bir davranışta bulunmamalıymış. Benim korktuğumu görünce daha çok köpürdü. Gelinlik kız gibi nazlandığımı ileri sürdü. (Doğrusu, insa-

na bir düşünceyi kabul ettirme yolunu, bütün bilgisine rağ-
men pek bulamıyordu.) Kimsenin, küçük köpeğimle benim
gibi ilgilenmeyeceğini söyledi. Bunun doğru olmadığını söy-
ledim. Çünkü içimdeki duyguları bilmiyordu. Ona bazı kö-
tü duygularımdan –size anlattığım– söz ettim. Tam düşün-
düğü gibiymiş. İnsanlık işte bu yoldan, yani benim gibi, tam
hissettiğim gibi davranırsa kurtulacakmış. İnadından böy-
le konuşuyordu herhalde. Onun biraz damarına basmıştım.
Bu, insanlığın kurtuluşu meselesinin hiç aklıma gelmediği-
ni anlatmağa çalıştım. Ne var ki ona söz dinletmek mümkün
değildi. Biz, içinde olduğumuz için durumu sezemiyormu-
şuz. Bu 'biz' sözünün beni çok ürküttüğünü itiraf etmeliyim.
Üçüncü Şey bana 'siz' dedikçe hiç sevmediğim birtakım in-
sanlarla birlikte sanki bir yere doğru itiliyormuşum gibi his-
sediyordum. Sanki bu "Üçüncü Şey" beni içinden çıkmak
için çabaladığım bir kuyunun dibine doğru itiyordu. Bunları
"Üçüncü Şey"e dilimin döndüğü kadar anlatmağa çalıştım.
Onun için mesele bir bakıma kolaydı. Benim acınacak duru-
mumdan hoşlanıyor gibiydi. Köpek onun cebine işememişti.
İhtiyar bir kadınla yatmak meselesiyle karşılaşmamıştı. Ben
aslında sizden yanayım, muhterem efendim. Bu tartışma-
yı "Üçüncü Şey" ile sizin yapmanızı ne kadar isterdim. Onu
hemen perişan ederdiniz elbette. Ben de bu çarpışma sıra-
sında yanınızda olup durumu zevkle izlemek isterdim. Evet,
aslında ben sizden yanayım efendim. Bütün hayatım boyun-
ca bütün gücümle buna çalıştım. "Üçüncü Şey" ise beni es-
ki yerime itmek istiyordu; bir daha kokteyl partilere filân bi-
le gitmemi istemiyordu. Gerçi siz, o mutlu ve benim büyük
bir coşkunlukla hatırladığım günden beri, yani iki yıla yakın
bir süre içinde –çünkü köpeğim, sanıyorum iki yaşına gel-
di (ne yazık gerçek yaşını tam olarak hiç bir zaman bileme-
yeceğim) artık– beni bir daha çağırmadınız; fakat bana kar-
şı duygularınızın da değişmediğini sanıyorum, kötü bir dav-

ranışınızı görmedim benimle ilgili. Yıkıcı düşüncelere karşıyım, muhterem efendim. Bunun böylece bilinmesini isterim. Sizi, "Üçüncü Şey" ile nasıl yanyana koyabilirim? Böyle bir küstahlıkta bulunacağımı benden beklemezsiniz herhalde. Tabiî onun işi gücü olmadığı için benimle daha çok birlikte bulunabiliyordu. Fakat sanki benden bir çıkarı var gibiydi. Oysa siz, hiç bir karşılığı olmadan bana sadece iyilik ettiniz.

Bu garip sakallının sözleri, daha doğrusu onu sık sık görüşüm beni kötü yolda etkilemiş olmalı; bunu da belirtmeliyim. Görünüşte çok candan davranırdı; çayları filân hep o ısmarlardı. Hatta bir gece beni zorla meyhaneye de götürdü; "Ben seninle evine kadar gelirim dönüşte," dedi. "Ben sarhoş olmam merak etme," dedi "Yolda düşüp kalmana izin vermem." Ona biraz gevezelik etmiş olmalıyım herhalde muhterem efendim; benim zayıf yanlarımı öğrenmişti. Meyhane birtakım serserilerle doluydu. Böyle bir meyhanede bulunmak istemezdim. Onun hatırı için gittim. Sonra, iyi giyimli filân olmamasına rağmen, böyle bir yerde ne de olsa bir çeşit saygı uyandırıyordu. Ben de o günden sonra, gereksiz bir kendini beğenme duygusuna kapıldım. Gereksiz, diyorum; çünkü haddini bilmez bir ukala oldum günlük yaşantımda ve sonunda haddimi bildirdiler tabii.

Önüme gelene çatmaya başlamıştım farkına varmadan. İşe geç geliyordum ve herhalde sizin adamınız olarak kabul ettikleri için pek ses çıkarmıyorlardı bana. Bir iki keresinde köpeğimi bile getirdim. (Serseri hayvan, daktilo kızın çorabını da yırttı üstelik.) Başım da belâya bu yüzden girdi. Yağmurlu bir gündü muhterem efendim ve ben her zamanki gibi şemsiyemi unutmuştum, böyle zamanlarda yaptığım gibi. Köpeğim daha çok küçük olduğu için pardösümün içine sokmuştum. Hava yağışlı olduğu için hiç bir araba durmuyordu. Siz tabiî bilmezsiniz bunu. Fakat ülkemizde tabiat şartları ağırlaştıkça insanlar da şartlarını ağırlaştırırlar; meselâ şoförler. Sonunda bir araba durdu. Ön tarafta, şoförün yanında sizin gibi iyi giyimli bir bey oturuyordu. "Yağmurda ıslanmayın," dedi bana. "Buyrun, arkaya geçin." Taksiyi kendi hesabına tuttuğu anlaşılıyordu. Bu, durumumu biraz güçleştirdi bir bakıma. Bazı yerlerde gereksiz yere fazla duyarlık gösteririm. İnerken şoföre benim de para verip vermemem meselesiyle tedirgin olarak içeri attım kendimi. Köpek de bu arada görülmemiş olmalı ki, onu yere bıraktığım zaman şoför, "Hayvan binemez bu arabaya," dedi. "Kokusu bir sindi mi günlerce çıkmıyor." Fakat, affedersiniz, bu domuz herif, muhterem efendim, köpekten de kötü kokuyordu. Burnum hassastır biliyorsunuz. Hani plajda giyilsin diye piyasaya çıkarılan o biçimsiz terlikler var ya plastikten; onlardan giymişti. İyi giyimli bey bu kokuya nasıl dayanıyordu bilmiyorum. "Köpek temizdir," dedim hırsla. (Fakat onu sık sık yıkamadığımı da itiraf etmeliyim.) Birden fren yaptı bu pis şoför, efendim; köpek de korkuyla havladı. "Bir adım gitmez bu araba," dedi en kötü sesiyle plastik terlikli. Öndeki bey, "Mesele çıkarmayın rica ederim," dedi, "Acelem var." Sonra anlamsız bir tartışma başladı. "Moralim bozuldu," diyordu cahil herif; öyle plastik terlik giyen birinin morali olurmuş gibi. Sonra burada 'moral' sözünün ne anlamı vardı sanki? İyi giyimli beyin de benden yana olduğunu gördüğüm için dayatıyordum. Fakat, nasıl oldu bilmiyorum, tartışmanın yönü değişmediği halde, durum bana karşı gelişmeğe başladı. Öndeki beyin, herhalde acelesi olduğu için, hafifçe siniri bozulmağa başladı ve bana bir iyilik yaptığını, oysa artık onu güç durumda bıraktığımı söyleyerek üzerime düşen hareketi yerine getirmemi istedi. Ben artık üzerime ne düştüğünün filân farkında değildim. Bütün gücümle bağırıyordum, köpek havlıyordu. Yavaş yavaş çevremize birikmeğe başladılar. Ben o kadar kendimden geçmiştim ki, haklı olduğumdan hiç şüphe etmiyordum. Bütün bu çılgınlığım elbette benim esas özelliğim değildi, sakallı "Üçüncü Şey"in verdiği bir sarhoşluktu. Durumun o kadar farkında değildim ki, arabanın çevresini kuşatan kalabalığın bana düşmanca bakan gözlerini farketmiyor, onlardan birine derdimi anlatmaya çabalıyordum. Heyecandan adamın yakasına sarılmış olmalıyım ki, birden elimin itildiğini hissettim. "Utanmıyor musun?" gibi sözler duydum. Artık ne yaptığımı bilmiyordum. Oradan oraya koşarak önüme gelene bütün meseleyi baştan anlatıyordum. Herkes geri çekiliyordu. Son çare olarak, arabanın penceresinden (iyi giyimli beyin oturduğu yerden) başımı içeri sokarak şoförü son bir defa ikna etmeğe çalıştım. Fakat efendim, arabayı tutan bey beni itti; elinin kirlenmesini istemiyormuş gibi yüzünü buruşturarak itti. Yürüyüp gittiler efendim, şişman iri yarı biri, "Ulan..." diye ağzını açtı ve burada yazamayacağım küfürler savurdu bana. Peki ona ne oluyordu efendim? Sorarım size. Beni nereden tanıyordu? Önceden görmüş müydü? Kılığı bozuk, kirli bir herifti. "Üçüncü Şey"in beni aralarına koymak istediği insanlardan biriydi. Ben kötü olsam bile, bunu itiraf etsem bile, nasıl bir insan olduğumu nereden biliyordu? Sorarım size. Fakat ben o kadar şaşkındım ki, "Sen öncesini biliyor musun? Nasıl olur da..." diye sözler etmeğe başladım. Üstüme yürüdü bu hayvan muhterem efendim. Oradan hemen uzaklaşmak zorunda kaldım. Kalabalıktan bir iki kişi de peşimden geliyormuş gibi yaptı. Hızlı hızlı yürüdüm arkama bakmadan. Özür dilerim, olayı anlatırken havasına biraz kapıldım gene. Haksızdım tabii. Size kendimi savunmak için yazmıyorum bütün bunları. Fakat ne var ki, bu hayvan herif de (özür dilerim) bana doğru yolu gösterecek insan değildi herhalde. Kalabalık da, daha önce anlaşmış gibi bana karşı hemen birleşmeyebilirdi sanıyorum. Bana bir fırsat verilebilirdi. Tabii ben o sırada rüyada gibi yaşıyordum; bu fırsatın bana verilip verilmediğini bilemiyordum. Eve döndü-

ğüm zaman, uzun uzun düşündüğüm halde size bu anlattık-
larımdan başka bir şey hatırlayamadım. Uzun süre dişlerimi
gıcırdattım tabiî. Her zaman yaptığım gibi bana yapılan bü-
tün haksızlıkları, başıma bu derdi köpeğin açtığını, insanla-
rın "Üçüncü Şey"in anlattığı gibi olmadığını, telefonlarda ih-
tiyar sevgilime bir söz bulup söylemek için çektiğim güçlük-
leri düşündüm; kendi haksızlığımı hiç düşünmedim.

Sonunda haksız olduğumu anladım; beni yanıltan şeyle-
rin neler olduğunu anladım. Kendimi, kendi gücümü aştı-
ğımı anladım. Saatlerdir, koridora attığım için kapıyı tırma-
layıp duran köpeğimi içeri aldım bu yüzden. Onu okşadım;
gerçekten pis kokuyordu. Onu bir aydır yıkamamıştım. Ta-
bii onu hemen mutfağa götürüp yıkadığımı sanacaksınız; ne
acı ki bunu da yapmadım muhterem efendim. Bunu yapma-
makla da sanki kendimi cezalandırdım. Sapıklık tabiî. Al-
lahtan şimdi böyle hissetmiyorum. Yoksa bu mektubu size
yazmağa cesaret edemezdim. "Üçüncü Şey"i bütünüyle an-
lamadığım halde ona gitmekten vazgeçemezdim. Sakallı, sır-
tıma taşıyamayacağım bir ağırlık yüklemişti. Üstelik ne ol-
duğunu anlamadığım bir ağırlık. Düşündükçe kendimi be-
ğenmedim, efendim. Ve hissettim ki siz de, hiç ama hiç be-
ğenmeyecektiniz beni. Kendimi sizin yerinize koyarak bak-
tım zavallılığıma. Evet, efendim, tekrar ediyorum, sizden ya-
na hissettim kendimi. Sakallıyı da bir daha görmedim. Son-
ra, "Üçüncü Şey" de kaybolmuş kahveden. "Bir daha gelme-
di," dedi garson. Fakat ben aylarca sonra gittiğim için kah-
veye, ne zaman kaybolduğunu tam çıkaramadım. Üstünde
de durmadım tabiî.

Biliyorsunuz muhterem efendim, son zamanlarda çok de-
ğiştim. Daha uzun yazmak isterdim size. Fakat bir mek-
tup ne kadar uzayabilir? Bu arada unutmadan şunu belirt-
mek isterim ki, size yazmaya hele bu kadar uzun yazmaya
cesaret edişimin sebebi, son günlerde bana karşı gözleriniz-

de bir başka ilgi sezmiş olmamdır. Ya da bana öyle geldi, bilmiyorum. Hatta evvelki gün merdivenlerden çıkarken bana adımla hitap ederek, "Nasılsınız bakalım?" demenizden önce sezmiştim bunu. Gerçi bu "bakalım" sözünü biraz yadırgadığımı itiraf ederim. Fakat biliyorum ki bu söz, genellikle bir kasıtla söylenmez; insanın alıştığı, ağzından öylesine çıkan bir kelimedir. Siz de bu kadar zamandır bana alıştınız tabii. Fakat ben size alışamadım efendim; iyi anlamda demek istiyorum. Geçen gün, yazdığım raporu beğendiğinizi söyledikleri zaman sizi ilk gördüğüm, elimi ilk sıktığınız anda olduğu gibi heyecanlandım. Cesaretimi mazur görün. Bu mektubu da –ne bileyim– bir dilekçe gibi kabul edin. Ve mektubuma burada son verirken bilvesile hürmetlerimin kabulünü bilhassa rica ederim.

Sonsuz saygılarımla
(İmza yok)

Ne evet ne hayır

B en, dört yıl önce liseyi bitirdim. Bu arada çeşitli işlere girip çıktım, askerliğimi yaptım. Sigorta memurluğu, havagazı tahsildarlığı, ilâç satıcılığı ve reklâmcılık gibi sıkıcı mesleklerim oldu. En çok reklâmcılık yakın geldi bana. Okuma ve yazmaya düşkün olduğum için reklâmları severek –bir bakıma– yazıyordum. Bununla birlikte hazırladığım reklâmların çok beğenildiğini söyleyemem. Belki de şirkette sessiz ve çekingen davranışlarım yüzünden pek tutunamadım. Galiba fazla sıfat kullanıyordum ve cümlelerim de bir türlü bitmek bilmiyordu. Aynı şirkette, daha kelimeleri bile doğru yazmasını bilmeyen bazı cahiller benden daha başarılı görünüyordu. Ben herhalde gösterişi çok sevmediğim için otomobillerin neden yollar fatihi olduğunu ve jiletlerin de kadınların gönüllerini fethettiğini kavrayamıyor-

123

dum. Şimdi gazetecilik yapıyorum, buna gazetecilik denirse. Bulduğum başlıkları beğenmedikleri için beni 'gönül posta-sı'na verdiler. Sen insanların dertlerine çare bul bakalım de-diler. Sert ve etkili bir gazeteci olamazmışım. Oysa yumuşak başlı bir insan değilimdir. Dilencilere sadaka vermem, zen-gin arkadaşlarımın arabalarıyla gezerken de nereden bitti-ği belli olmayan kâhyalara çok sinirlenirim. Bence herkesin insanlığa yararlı bir mesleği olmalı. Belki de bu gibi düşün-celerim yüzünden gazetede bana manyak diyorlar. Tabii bu sözle cahilliklerini ortaya vuruyorlar. Yabancı dil bilen bir arkadaşıma sordum, birlikte sözlüğe baktık: Kendini yüksek ve denetlenemeyen heyecan biçiminde ortaya koyan akıl dü-zensizliği diyor "mania" için. Bu tanımı gazetedekilere söy-ledim; "Haydi oradan manyak" dediler. Beni sahte buluyor-lar, ben de onları. Sen dediler doktor Akın Korkmaz oldun, gönülleri tedavi edeceksin. Şimdi her Allahın günü bir sürü mektup alıyorum. Bana verilen bir görevi gerektiği gibi yeri-ne getirmek isterim; bu nedenle ruhbilim kitapları okuma-ya başladım. İnsanların bu kadar önemsiz dertler yüzünden bu kadar uzun ve anlamsız mektuplar yazmasını anlamıyo-rum. Ne var ki, her işimi dürüst yapmayı sevdiğim için önce oturup sonra uzun ve ciddi cevaplar vermeye başladım. Ve –gerçekten anlamıyorum neden– gene manyak dediler ga-zetede bana, yazdıklarımı görünce. Onların dertlerine çare bulmalıymışım ya da yuvarlak sözlerle meseleyi geçiştirme-liymişim. Ben, galiba okuduğum kitapların etkisinden ola-cak, bu dertlerin çözümsüz olduğunu, ya da çözümü ken-dilerinin bulması gerektiğini öğütlüyordum. Neyse bir arka-daş bana bir iki basma kalıp çözüm öğretti; ben de mektup-ların sadece ilk ve son satırlarını okuyarak ve biraz da doğ-rusu içim sızlayarak insanları aldatmaya başladım.

Sonra bir gün bu mektup geldi. İşte, dedim gazetedeki ar-kadaşlarıma, şimdi bir çözüm bulun da görelim bakalım. Ve hemen mektubu okumaya başladım onlara. Kimse sonuna kadar dinlemedi. Yarım sayfa okudum ve manyak olduğuma karar verildi yeniden. Oysa bu mektubu ben yazmamıştım. Mektubu yazan M.C.'ye de sevgi ya da acıma duyduğumu söyleyemem. Bana kalırsa bu M.C. akıl ve ruh düzensizliği içinde biri. Ben mektubu okurken gazetedeki arkadaşlardan biri –sözün gelişi arkadaş diyorum, öyle denir ya– bu adam sana benziyor demez mi... Üstüne yürümüşüm.

Sonra mektubu bazı arkadaşlara gösterdim; ilginç olduğunu söyleyenler çıktı. Bu nedenle onu olduğu gibi yayımlamayı uygun gördüm. Fakat bazı yerlerine parantez içinde kendi görüşlerimi de eklemekten kendimi alamadım. Mektupta hemen hiç noktalama işareti yoktu. Bir arkadaşım bu şekliyle yayımlanmasının daha güzel olduğunu söyledi. Şimdi bu çeşit edebiyat üstelik bir hüner sayılıyormuş. Ben bu düşünceyi kabul etmedim. M.C.'nin zaten karışık olan düşünce düzeni daha da karışacaktı. Bunun dışında bazı kelimelerin yazılışını düzelttim o kadar.

Sayın Doktor Beyefendi

En derin içten samimi sevgi ve saygılarımı sunarım, ellerinizden sıkarım.

Çok afedersiniz efendim: 1967-1971 yılları arasında yani 1967'den itibaren bugüne kadar gerçekten içten samimi dürüst namuslu olarak genç güzel bir kızı seviyorum. 1967'den bugünkü tarihe kadar aramızda geçen olayları ciddî açık doğru kesin ve olduğu gibi açıklıyorum.

Askerliğini yapmış lise ikiden belgeli 24 yaşında uzun boylu esmer ciddî dürüst bir gencim. Sevdiğim insanla aynı yaşta aynı boyutta ve aynı mahalledeyiz. Aramızda fark mesafe ayrılık yoktur, iki ev ötede oturmaktadır sevdiğim insan. Birbirimizi ailelerimizi gayet iyi tanıyoruz biliyoruz konuşuyoruz hemşeriyiz.

1967 yılında birdenbire vuruldum. Sevgi içime öyle bir akıyordu ki içime tahmin edemezsiniz. Sevdiğim insanı iyice inceledim tanıdım takip ettim. Beraber bir muhitte evlerimiz ayrı bulunuyorduk. Sevdiğim insanın her şeyini inceledim. Bütün problemleri ele alarak uzun bir araştırmalardan en ince teferruatına kadar iğneden ipliğine kadar düşündüm ele aldım niyetimi gayet ciddi kurdum (bazı yerlerde virgül koymak gerektiğini hissediyorum, fakat nedense bunu yapmak elimden gelmiyor) Evlenmek istiyordum 6 aydır seviyordum sevgimi gizliyordum, tuttum sevdiğim insana bir mektup yazdım, elle gönderdim (elden demek istiyor) Cevap vermedi: NE EVET NE HAYIR (büyük harfler benimdir) O gün (hangi gün?) pencereye çıktı, gördüm: çarşaf silken yüzünde (olamaz, 'çarşaf silkerken yüzünde' demek istedi herhalde) tatlı tebessüm vardı (M.C.'nin samimi olduğunu sanıyorum, fakat bu tatlı tebessüm meselesinde yanılıyor bence; neyse, mektup ilerledikçe durum açıklığa kavuşacak). Durmadan üç ay elle (elden) posta ile mektuplar yazdım (yolladım demek istiyor) Cevap yok. Ne evet ne hayır (biraz ileride bu 'ne evet ne hayır'lar gittikçe asıl anlamını kaybedecek, onun için şimdiden dikkatinizi çekmek istiyorum) Mahallede olay duyuldu. Herkes sanki sevmek suçmuş gibi cephe aldı bana, ailem kardeşlerim bile. (M.C.'nin bundan sonra ya da bu arada bazı olayları gizlediğini sanıyorum. Sanki ara sıra hafızasında boşluklar oluyor. Biliyorsunuz bu, ruhbilimde... neyse geçelim) İş güç yoktu bulamadım. Garsonluk yapıyordum. Her tarafın kadrosu dolu, boş bir daire bulamadım.

Bir anda ailemin yanlış tutum ve davranışları sevdiğimi çiğnetmek için ağır kelimeler için üzüldüm (çok karışmak istemiyorum, ama bu cümleyi yorumlamak gerekli değil mi? Burada 'sevdiği insan'la ilişki kuramayan M.C.'nin sevdiğini çiğnetmesi söz konusu olamaz. Bazı şeyleri gizliyor M.C. bizden. Belki de gerekli kelimeleri bulamıyor ve bu ihtimal nedense bana daha yakın geliyor) Kahroldum aşağılık kompleksine kapıldım (rica ederim, burada bu kompleksin ne işi var?) Tabii jilet bıçakla (neden tabii? ayrıca ne demek 'jilet bıçak?') 4 kez intihara teşebbüs ettim, 4 defa ölümden kıl payı kurtarıldım. Vücudum kollarım kesik sıyrıklarla dolu. Kalbim midem opdolidondan (optalidon) fazla miktarda aldığım için midemi parçaladım efendim. Sevdiğim insan da ağlıyor (bundan da 'tatlı tebessüm' meselesinde olduğu gibi emin değilim) her nedense (gerçekten 'her nedense'; yoksa uzun mektuplara cevap verirdi, değil mi? Bazı anlarda, itiraf ederim ki, M.C.'ye acıyacak yerde sinirleniyorum, daha doğrusu M.C. sinirime dokunuyor, aslında bu konuda duyduklarımı ifade etmek zor; yani tam bu sırada 'her nedense' demesi biraz deli ediyor beni. Her neyse.) 4 defa hastaneden taburcu olduğum zaman eve geldim (İntihar etmeden önce garsonluk, dairelerde iş aramak gibi nedenlerle babasının evinden uzaklaşmak zorunda kaldığı ya da sürekli olarak evinde kalmadığı anlaşılıyor. Üzülmediğimi söyleyemem.) Bizim eve bitişik talebe kızlar otururdu. Sevdiğim insan da (bu 'sevdiğim insan' sözüne de biraz önce anlattığım biçimde sinir oluyorum) geldi, 7 metrelik yarım santimlik evin yanına. (cümleyi olduğu gibi yazdım) Şaştım kaldım (ben de). Ben eve gelirim, balkona çıkarım, evde kızlar. Kıyamet kopar. Zelzele erozyon oluyor sanki (gülsem mi ağlasam mı?) Plâklar danslar. Bana yapıyorlar. Sevdiğim insan da pencerenin bir tarafına çekiliyor oturuyor.

Kardeşimin düğününde savcılık intiharlarımdan ötürü 90 gün hapis yattım. (Benim verdiğim başlıkları beğenmeyen yazı işleri müdürü, bu cümleyi görseydi) Onun haberi yoktu. Sevdiğim insan da kış ayı olduğu için (Hayır, kış ayı olduğu halde) oturduğu evin balkonundan soğuk karda balkondan aşağı yani içeri girmemiş, gözlemiş durmuş (Bana benzettikleri bu M.C. ile aramdaki bağıntıyı bilemeyeceğim, fakat bu sinir bozucu, bozuk ifadeli... her neyse)

Sevdiğim insanla 1970 yılında karşı karşıya geldik (birdenbire vurulduğu tarihten üç yıl sonra). Bana NE EVET NE HAYIR (hay Allah kahretsin!) cevap vermeyen insan "Ben sana haber gönderdim," dedi. "Kiminle acaba?" (Konuşma işaretleri benimdir.) Arkadaşlarımla. (Nedense, konuşma işaretlerini kaldırmayı daha uygun buldum.) Bana böyle bir şey söylenmedi, ben ağzınızdan dinlemek isterim. Böyle dedim. Cevabınız? dedim. Hayır demedi. Red red ediyorum dedi. Ne evet ne hayır. Red red red ediyorum dedi. Teşekkür ederim. Ayrıldım, yanından eve geldim. Moralim bozuk. Çok plâk aldım. Çalıyordum ona. En çok...... çaldım (reklâm olmaması için şarkıcıyı ve şarkısının adını yazmıyorum) Bunu 3 yıl durmadan bıkmadan ona çaldım, sevdiğim insan da dinledi (Nereden biliyorsun dinlediğini? Bu M.C.'nin bütün zavallılığı yanında kendine güvenir görünmesi de beni çıldırtıyor. Canım, bir insan 3 yıl bu dayanılmaz şarkıyı nasıl dinler?) Çok dinledi (hayır dinlemedi). Bir gün sevdiğim insanın kız talebe arkadaşları bizim eve gelmişler, küçük yenge hanımla benim odada konuşuyorlardı. Ben de balkonda gezinirken gördüm, başka tarafa gittim (aslında sıkılgandır). Evde her zaman çaldığım plâğı, resmimi görüp okumuşlar ne yazmışsam: tabii "ölünceye kadar seveceğim seni" diye (başka ne yazarsın ki? Tırnak işaretleri benimdir) Kızlar da fazla övdüler beni yenge hanıma: Neden kimseye bakmaz? Sinemaya gider mi? Niyeti ciddi mi? diye sorup öğrenmişler yenge hanımdan. Ben de o kadar seviyorum ki sevdiğim insanı, onunla konuşmak, derdine acısına üzüntüsüne ortak olmak paylaşmak, onunla her şeyimi ortak paylaşmak, üç yıl oldu, saçlarını okşamak, ona her şeyimi vermek, o kadar seviyorum ki, yardımcı olmak, doya doya sevmek okşamak, bir mutlu sakin bir güzel yuva kurmak, çocuğu olmak, baba olmak, kısaca ona her şeyimi vererek daima her şeyimi ona adamak ona bakan bütün gözler yalnız sadece ben olmak, el ele kolkola dolaşmak çocuklar gibi, işimiz bittikten sonra sinema tiyatro konser plaj seyahata gitmek, oynamak, eğlenmek, gezmek, (Ben bu adama karşıyım) Onunla mutlu anılarımız oldu (yalan), çok mu çok sevdim (sevmek sana ait bir şey, anı filân değil). Onu deliler çılgınlar gibi dünyalar kadar çok mu çok (peki anladık) seviyordum, ona âşık olmuştum, güzel gözlerine âşık olmuştum, o kadar güzel gözleri vardı ki, hayat vardı sanki gözlerinde (elbette olacak) yaşama gücümü kuvvetimi arzumu ondan alıyordum. Her şeyimi ona açık tarafından yazdım. Tam 4 yıl bıkmadan usanmadan yemeden içmeden uyumadan durmadan dinlenmeden daima kafamı taktım ona. Hiç bir engel tanımadan alacağım sevgilimi (bunu kime söylüyorsun acaba?) Hiç kimseyi dinlemedim bu hususta (her şeye rağmen seninle karşı karşıya gelip konuşmak isterdim açıkça mertçe türkçe).

Okullar tatil oluyordu. (Zaman düzensizliğine ve dolayısıyla zaman kavramının yokluğuna dikkatinizi çekerim.) Sevdiğim insan sınıfını geçmiş gidiyordu. (Şu 'sevdiğim insan' sözünü duyunca bütün iyi duygularım yok oluyor M.C.'ye karşı.) Tuttum, sevdiğim insana bir bir mektup yazdım tehdit edercesine. Aldı mektubu, koynuna koydu götürdü eve ('Tatlı anılar' bunlar olacak.) Evde okudu hemen. (Nereden biliyorsun?) Gitti. (Bundan sonraki birkaç satırı sadece M.C.'nin düzensiz düşüncelerine örnek olması bakımından açıklıyorum.) 60 km. annesinin babasının evine gitti o mektupla. Ertesi gün gitti. Çok ağladım. Balkona çıktı. Ertesi gün geldi. İçtiğim içki bile teselli edemedi. Ertesi gün gitti. Sevdiğim insanın babasıyla konuştum. (Bundan sonra düzeliyor) Oğlum, tercih hakkı kızımdadır, ben bir şey söyleyemem NE EVET NE HAYIR dedi. (Büyük harfler benimdir.) Annesi yakaladı. Konuştuk. Oğlum, dayımızın oğluna söz verdik, dedi.

Bağrım ateş gibi yandı (satırbaşı benimdir). Kaybedersem öldürürüm. Kendimi. Onu da. (Noktalamalar M.C.'nindir.) Sevdiğim kızın annesinin yanında vücudumu çıkardım bak anneciğim görüyor musun. Bu kesiklikleri. Ben. (Noktalama işaretleri onundur.) Baktı. (Önceleri M.C.'nin hiç noktalama işareti kullanmadığını sanıyordum. Son okuyuşumda mektubun solmakta olan mürekkebine dikkatle baktığımda bu işaretleri fark ettim. Özür dilerim.) Sonra yüreği dayanmadı, bakamadı. Fazla tuttu (?). Annesi: oğlum çok görmüyorum (sana bu sevgiyi) Sevebilirsin. Kızım da seni met (meth) ediyor (inanma M.C. yalan söylüyor annesi. Ya da sen yalan söylüyorsun. Bilmiyorum artık. Her neyse.) Yalnız, oğlum, annen benim kızım şöyle yapmış diye söylemiş (M.C.'nin sevdiği insan ne yapmış bilemiyoruz.) Yalvardım, ayaklarına kapandım, siz affedin, onun namına özür dilerim, dedim. Çok mu çok seviyorum, ondan başkasına bakamıyorum, laf atıyorlar bana başkaları (bu konuda kuşkuluyum), ayrılmak istemiyorum sevdiğim insandan (sevgili M.C. onunla ne zaman birlikte oldun ki?) Ayrılmak çok acı geliyor. Canımı onun yoluna harcamışım (bu doğru) saçımı onun yoluna süpürge ettim. (uzatma, ayrıca bu deyim kadınlar tarafından... her neyse.)

Bir şahıstan 1000 lira borç aldım, bu şahıslar gayri meşru her yolda çalışırlar. Çalıştığım kahve iflâs edip icra (haciz) edilince para alamadım, borcumu veremedim. Zorla tehdit şantaj baskı yoluyla sevdiğini öldürürüz dediler, hapiste yattın söyleriz dediler, beni hırsızlığa sürüklediler. (Bu mektubu okumaya başlamasaydım. M.C. gibi ben de karanlık yollara sürüklendiğimi hissediyorum.) Zorla tehdit ederek, sevdiğimi yem olarak kullandılar bana karşı. Mecburen çalıştığım kahvenin çekmecesini soydum, tutuldum (senin gibilerin kaderidir bu.) 3 ay hapis yattım. Sonra yine o insanlar bir... çaldılar (hırsızlık malı olan şey o kadar garip ki, bu acıklı hikâye içinde adını yazmaya gönlüm razı olmadı.)

Zorla tehdit şantaj baskı yoluyla silâh beni (bundan sonra-
ki kelimeyi okuyamadım) tehdit edildim. Kattılar beni öne.
Şikâyet etsem polise, sevdiğimi öldürecekler (bunu yapa-
mazlardı, kendini mazur göstermek için böyle söylüyorsun
belki) Tanıyorlar onu, her şeyi açıklayacaklar ona (bunu ya-
pabilirler). Bu yüzden ele vermedim hiç birini.

Aradan zaman geçmişti, yakalandım, 17 gün hapis yattım,
sonra tahliye edildim, çıktım. Çıkar çıkmaz sevdiğim insanı
aradım. Okula çıktım. Ona cevap yazdım. (Bu arada, anlatıl-
mayan bazı olaylar geçtiği anlaşılıyor.) Ben seni öldüremem,
sen beni öldürürsün. Seviyorum seni. Bana bir EVET VEYA
HAYIR (büyük harfler benimdir) bir cevap ver (daha ne ya-
pabilir zavallı kız?) Çıkmayayım okula (doğrusu gözümün
önüne getiremiyorum durumu; yani okulun kapısında mek-
tup yazıp da sevdiği insana mı gönderiyor? Bir taşra kız lise-
sinin bu kadar disiplinsiz olacağına inanmak güç.) Yalvardım
rica ettim ayaklarına kapandım (bir sonraki cümleden ayak-
larına kapanılan kimsenin, 'sevdiği insan' değil okul müdürü
–ya da müdiresi– olduğu anlaşılıyor. Okul disiplini bakımın-
dan gene anlaşılır bir durum değil). Yapma efendi (okul mü-
dürü söylüyor herhalde). Terbiyeli davrandım. Çok namus-
lu dürüst haysiyetli bir gencim efendim. Canıma onun için
kastettim (her önüne gelene en gizlenmesi gereken olayları
anlatmasa olmaz). Fakat bir kötülük hainlik yapmadım (kızı
tehdit ettin, öldürürüm seni dedin.) Dövmedim, sövmedim,
yoluna çıkmadım, camına çıkmadım (daha neler!) kapısına
dayanmadım, namuslu dürüst mertçe erkekçe daima çok mu
çok sevdim, efendi terbiyeli nazik cömert mert cesur insanca
kibar hareket ettim (bazı sıfatların burada yeri yok.) Laf at-
madım (?). Annemi babamı da bir türlü kapısına gönderme-
dim, gönderdim annem olacak kimseyi (hangisi doğru?) Kız
da söylemiş; babam vermiyor, ben evlenemem. Bir daha gön-
deremedim annemi efendim.

Kız cevap yazmadı bana. Çıktım okula, müdürle tanıştım. (Daha önce konuştuğu kimdi peki? Acaba bana – yani doktor Akın Korkmaz'a mı sesleniyordu daha önce? O zaman "yapma efendi" cevabını kim verdi M.C.'ye? Bu genç, okul kapıcısıyla konuşmadı ya. Her neyse, ben kesin bir sonuca varamadım. Takdir okuyucularındır. Benden iletmesi.) Müdür odasına geçtik. Sevdiğim kız da geldi. (Taşra okullarında bu işler demek büyük şehirlere oranla daha kolay oluyor.) Soğuk ağır bir hareket etti. Bana karşı. İlk konuşmayı kız yaptı: Benimle buyurun konuşun. Anneniz babanızla tanıştım ve konuştum, dedim. Tuttu bana, "Babamla ne konuştunuz?" (dedi, tırnak işaretleri benimdir.) Siz bilmiyor musunuz? Hayır cevabını verdi. Ben de dedim ki: Tercih hakkı sizindir, dedim. Cevap verin. Red red ediyorum. Teşekkür ettim. Bir taraftan da kızdım, tam adamakıllı kızdım ona. Müsade istedim, boş tenha kimsenin olmadığı yalnız bir yerde karşılıklı gizli konuşmak istiyorum. Kızmayın, rica ediyorum çok. Ne olur? Yalvardım. Müdür çıktı kapıdan: çıkar çıkmaz kapıdan, geri döndü oturdu masasına (sayın M.C. artık müdürler bile senin gibi anlaşılmaz davranışlarda bulunuyorlar.) Kız (artık sinirlendiği için 'sevdiğim insan' demiyor) bu kez, "Buyrun, açık konuşabilirsiniz," dedi. Müsade buyrun hanımefendi. Söyleyeceğim şey sizlerle ilgili (aman Allahım!). Utanır sıkılır çekinirsiniz belki. Bu bakımdan bana bir hak tanıyın, çok rica ediyorum hanımefendi, dedim. Buyurun açık konuşun. Açık ciddi sert dürüst namuslu mert bir şekilde seviyorum sizi, dedim. Bana cevap verin, çok rica ediyorum sizden.

Yarım saat bekledim. (Satırbaşı benimdir. Çünkü M.C.'nin satırları bitmez tükenmez aralıksız bir sel gibi akıyor.) Başını eğdi yere. Sustu. Cevap vermek yok. Hep susuyor. Hâlâ susuyor (şapkalar benimdir). Annem babam da evlâtlıktan red etti. (Sen de 'sevdiğin insan'ın yaptığı gibi sussan olmaz mı M.C.?) Attılar evden dışarı. Ben de mücadele ettim. Devlet müessesesine memur sekreter olarak, güzel de daktilo seri olarak, çalışırım. Kültürlü görgülü anlayışlı çok meziyetli bilgili okumuş anlayışlı bir gencim. Kendi işimi kendim yaparım, herkesle iyi geçinirim (bundan kuşkuluyum), açık taraflarımı kapatırım (?), yanlışlarımı düzeltirim (çamaşırlarımı yıkarım, söküklerimi dikerim; hiç adam olmayacaksın sen M.C.) 1 yıl devlet müessesesinde memurluk yaptım. Onun için mücadele ediyor. Her şeyi yazdım, işimi mesleğimi yazdım (söyledim, demek istiyor herhalde). Aldığım parayı... İnanmıyorsanız gelin sorun öğrenin (gerçek dışı bir dünyada yaşıyor: kız daireye gelecek ve M.C.'nin aylığını soracak). İki yönden kapı açtım: çift yönlü bilimsel görgülü anlayışlı kültürlü sevgi ve saygılı teferruatlı uzun mektuplar yazdım 4 yıl gönderdim elle posta ile (ben de artık sonu belirsiz bir durumda hissediyorum kendimi). Daireye adı kelimeler küfürler tehditler şantajlar uzaktan baskılar sövüp saymalar... (bu kelimeyi yazamayacağım) alçaklar en kötü şekilde bana hakaretlerle 15 tane mektup aldım. Yazan meçhul. İmza yok. İn mi cin mi? Meçhul değil (belli değil, demek istiyor herhalde. Bir şeyler anlatmak istiyor herhalde. Bana mı yani doktor Akın Korkmaz'a mı, sevdiği insana mı, müdüre mi, kafasında 'mücadele devam ediyor' dediği kişilere mi? Belli değil. Bana kalırsa kendisi de bilmiyor). Öğretmen erkek arkadaşlar kızı meydana ele aldılar konuşturmak için (onlar da senin gibi aklını kaçırdılar herhalde). Kızın ağzından çıkan, alınan, anlattığı açıkladığı bunlar efendim: (burada 'efendim' ben oluyorum).

1- Kabul etmiyorum. Neden niçin belli değil efendim.

2- Bu çocuk beni gerçekten seviyor, evlenmek istiyor, niyeti gayet ciddi.

Sen ne diyorsun? (Kıza soruyorlar.)

Beni sevdiğini biliyorum, inanıyorum (2. maddenin devamı).

Nasıl bir çocuk?

3- Efendi terbiyeli namuslu. Hiç kimseye bakmaz (en büyük meziyetidir).

Bugüne kadar bir kötülük bir hainlik yaptı mı?

4- Hayır yapmadı.

5- Netice: sonuç vermedi, vermiyor efendim (M.C.'nin yorumu). (Not: çok rica ederim, bir kız lisesinde öğretmen olan 'erkek arkadaşlar' öğrencilerden birini meydana ele alarak (?) bu soruları soruyorlar... Neyse, yorum yapmak istemiyorum.)

Tuttum geldim memlekete (yer ve zaman kavramlarının belirsiz olduğunu daha önce belirtmiştim sanıyorum). Ona (sevdiği insana) sevdiğim bir kız şarkıcının plağını ambalajlı pullu olarak (ayrıntılara dikkat ediyor) okula gönderdim. Aradan 15 gün (geçtikten) sonra daireye geldim, masamın üzerinde bir plak, ambalajlı. Açtım plağı, yırtık. Kâğıt kırık. Plak çizilmiş, eski. (Burada bir şarkı adı ve erkek bir şarkıcının adı geçiyor. Oysa iki satır önce bir kız şarkıcıdan söz ediyordu M.C.) Zarfın üzerinde meçhul bir yazı: Sevdiğim kızın yazısı (meçhul yazı nasıl oluyor, anlamadım). Çıkış yeri: postane (başka neresi olabilir? Burada yeni bir ihtimal ortaya çıkıyor. Sevdiği insan M.C.'ye gönderdiği plâğa karşılık olarak başka bir plâk göndermiştir. Red red ediyorum diyen bir kızın bu davranışı oldukça garip göründü bana. Ayrıca meçhul kalmak istemesi de kızın açısından anlaşılır gibi değil. M.C. onun yazısını tanımayacak mıydı?) Mektupları yazan o taraftan (hangi taraftan?) Bazı şeyleri gizliyor ve sonunda neyi gizlediğini de unutuyor bu şaşkın delikanlı.) Onun için meçhul diyorum yazan bakımından (anlaşılır gibi değil).

İşim mesleğim budur (ben satırbaşı yaptım; çünkü bu sözleri ancak olayların akışından ayrı olarak, dairede masasının başında 'meçhul' plâk göndericinin zarfına bakarak uzun bir monolog —yani iç monolog— olarak söylemiş olabilir). İnan-

mıyorsanız bana daireye gelin görün sorun öğrenin (vazgeç
bu sevdadan) benim başımda müdür, mesai arkadaşlarım,
muhasebeci, mutemedim vardır, yazı işleri vardır. Bana ve-
rilen cevap: (bir ihtimal daha var: M.C. bu sözleri kızla ko-
nuştuktan sonra ayrıca kendisine yazılı olarak göndermiştir)
Müdür senin baban mıdır? Yani annen baban yok mu? On-
lar niçin gelmiyorlar uğraşmıyorlar? Neden sen hep uğraşı-
yorsun? diyorlar. (Burada gene kuşkular belirdi içimde. 'Di-
yorlar' ne demek? Kim bu diyenler?) 3 yıldır mahallede kı-
zın evi önünden geçiyorsun, gidiyorsun (bunları söyleyenle-
ri bulmaktan vazgeçtim). Annem ve babam içimde sevgi bı-
rakmadı bir şey bırakmadı. Onlar da kıza gitmekten korku-
yor çekiniyorlar, gitmediler. (Allahtan bu anlamsız konuş-
ma daha fazla sürmedi.)

Bu yıl 1 Mart günü yanıma bir de arkadaş alarak gittim
sevdiğim insanın yanına. Yanına çıktım. Yanında sordum:
Bu plâğı siz mi gönderdiniz? Çok teşekkür ederim. Bir cevap
yok: NE EVET NE HAYIR (büyük harfleri benim yazdığımı
biliyorsunuz artık, neden yazdığımı da biliyorsunuz). Sev-
diğim insan tuttu bana kardeşlik (teklif) etti (bu 'teklif' sö-
zünü yazmadan önce çok düşündüm, fakat başka bir kelime
de uygun düşmüyordu oraya. 'Kardeşlik etti' diyerek bıra-
kamazdım, eksik bir kelime vardı. Takdir okuyucunundur).
Ben de kızdım yanında kabul etmedim. Okulun müdürü ba-
rıştırmak istedi (böyle bir müdürün varlığına inanmak ne
kadar güç ve ne kadar güzel). Gözlerim doldu, beddua ettim
ulu orta. Bendeki resmini kendi istemedi de okulun müdü-
rü istedi benden. Ben de vermedim. Hayatımı geri versin de-
dim sevdiğim insan, ben resmi veremem. Gözlerim doldu.
Kaçtım sevdiğim insanın yanından. Tutup getirdiler beni
sevdiğim insanın yanına. Anlattım durumu (ne bitip tüken-
mez bir iştir bu durumun anlatılması yarabbi!), mahallede
olup bitenleri. Tuttu bana, mahalleden çıkacaksın dedi. Ne-

reye çıkacağım? Mahalleden çıkıp nereye gideceğim? Nereye gitsem yalnızım (böyle bir plâk vardır muhakkak). Ne yapayım, seviyorum onu, ayrılmak istemiyorum ondan. Çalışmayacaksın (kız diyor). Her şeyine seve seve katlanacağım. Ne istersen yapacağım. Ne olur konuş benimle, gençliğimize yazık. Cevap vermedi: NE EVET NE HAYIR.

Aldım başımı çıktım yanından. Gözlerim doldu. Kötü bir şey yapmamıştım efendim. Dürüst namuslu mertçe sevdim onu. Gece içkili bir yere gittim, 1 kg. içtim, ne içtim bilmiyorum. Şimdi ben çıktım o mahalleden. Sevdiğim insan şimdi geliyor, çıkıyormuş mahalleye. Beğeniyorum hoşlanıyorum ondan, yakışıklı (bu sözleri kızın söylemiş olması muhtemel; ama, inandırıcı değil).

Efendim yine o bulaşık insanlar (her türlü gayri meşru iş yapanlar) çıktı önüme. 15 bin liramı yediler, bir şey diyemedim (bu paraları M.C. nereden buluyor acaba?) helâl ettim. Tuttular bu kez, sevdiğim en iyi en yakın arkadaşıma, onların silâh şantaj baskı tehdit yoluyla, sevdiğimi de bana karşı koz olarak kullanarak beni zorlayarak en iyi sevdiğim yakın arkadaşımın mallarını bana çaldırdılar. Ben de sevdiğim için katlandım efendim, çaldım (ben de bu işe bulaşmış hissediyorum kendimi). Yakalandım, ama (onları) ele vermedim. Kız tarafı her şeyi öğrendiler (sayın ve sevgili M.C. sana gerçekten yardım etmek istiyorum şimdi. Önce şunu öğrenmelisin ki kız tarafı her şeyi öğrenmeseydi de, sen memur sekreter olarak başında müdürün sert namuslu kültürlü bilimsel çalışmasaydın da, o plâkları göndermeseydin de, her şeyi açıkça sevdiğin insanın yanında söylemeseydin de durum değişmezdi. Bunu sana nasıl anlatmalı? Red red ediyorum dedikten sonra her şey bitmişti. Ne var ki bunu, yani her şeyin bittiğini senden kültürlü, senden bilimsel, senden görgülü insanlar bile neden sonra anlıyorlar ya da hiç anlamıyorlar). Öğrendiler benim sabıkalı olduğumu. Hiç kimseye derdimi açamıyorum.

Derdime bugüne kadar çare aramadım efendim.. Zorluğumu kimseye söylemedim (ama herkes biliyor.) Hiç kimse bana inanmaz (ben inanıyorum). İnandıramıyorum, inandıramam efendim. Çok dayak yedim, tutuklu, hapis... şimdi... cezaevinde yatmaktayım efendim.

Duydum bir taraftan: Sevdiğim insan nişanlanmış. Ölmek istiyorum. Öldüren yok. Teselli edemiyorum kendimi, çok acı çekiyorum.

Ölmüyorum. Sevdiğim insan içimde yaşıyor. Geceleri sessiz köşelerde çok ağlıyorum. Ben suçsuzum diyemiyorum, kimseye anlatamıyorum, yapmadım ben diyemiyorum, suçu üzerime alıyorum. Doğruyu anlatsam hiç kimse inanmayacak. Yalancı diyecekler bana. Bana bunları yapanları biliyorum utanıyorum. Fakat gayrimeşru insanlar bunlar, isimleri bile doğru değil, takma isim vermişlerdir. Bu işin içinden nasıl çıkabilirim efendim? Dışarı çıkarsam silâhımı ele (elime) alacağım efendim (bunu yapma, silâhı ele almadan başına gelenleri görüyorsun). İyi hareket değil, ama vicdanım kabul etmiyor iki tarafı da kana kendimi de harcıyacağım efendim. Haram ettiler bana gençliğimi dünyamı hayatımı herşeyimi efendim. Gün görmedim yüzüm gülmez (bu konuda seni haklı bulmamak imkânsız). Hep acı çekiyorum, suçum günahım ne efendim? (Bu mesele tartışılabilir.) Gurbet yerde sevgimin esiri olarak (bak M.C. bana kalırsa bir insan kendini bu derece içinden çıkılmaz bir duruma düşürebilmek için ancak... her neyse geçelim bunu) acılar sancılar içerisinde kıvranıyorum. 5 yıldır gurbet gurbet, bıktım usandım efendim. Aklım sevdiğime takılmış daima, vazgeçemem, geçemiyorum. (Sana insan nasıl bir akıl verebilir bilmem ki.) Demir parmaklıklar, dört duvar arasından suçsuz günahsız sevgim için çile cefa acı sancı çekiyorum (acı çekmenin başka nedenleri de var tabii bana kalırsa). 5 yıldır uyku nedir bilmem, yemek içmek bunu da bilmem, bir Allahım bir ben varım (başka kimsen olmadığı doğru) şu dünyanın üstünde (bir de, belki ben varım; ne dersin? Karar senin tabii).

Gece gündüz düşünce içerisinde saçlarım bembeyaz oldu efendim 24 yaşında olduğum halde.

Daima sevdiğimi düşünüyorum, ama ihanet ederse bana (bak kardeşim... neyse) onu başkasına yar edemem efendim (ah M.C. ah, hiç anlamıyorsun, sana anlatabileceğim bir yol yok mu acaba?). Kendimle beraber mezara götüreceğim efendim (bu bakımdan bütünüyle sana karşıyım M.C. Mektubunda olayların –ve senin kişiliğinin– gelişmesi bu sonuca götürmüyor insanı ya da diyebiliriz ki böyle bir sonuç senin duyarlığındaki bir insana yakışmıyor; yani demek istiyorum ki, şu sözünü ettiğin her türlü gayrimeşru işleri yapan ve isimleri bile takma olan şahıslara yakışır böyle sıradan bir davranış). Kararlıyım bu hususta (o zaman benim gibi bir doktor Akın Korkmaz'a neden danışıyorsun? Benim gibi bir doktor bu hususta sana nasıl yol gösterebilir?)

Hayatta onun kadar kimseyi sevmedim (lütfen gene başlama). Kimseyi böyle doyasıya sevmedim ('doyasıya' kelimesinin burada kullanılıp kullanılamayacağı hususunda kuşkuluyum). Onun kadar da (ondan çektiğim kadar da) kimseden çekmedim efendim. Bugüne kadar EVET VEYA HAYIR demeyen, susan (Hay Allah) insan merak ediyorum bu kızın herhangi bir noksan veya eksik veya kötü bir yönü var zannediyorum (ne demeli sana bilmem ki; çok zor sana anlatmak; çok zor çok. İnsan yalnız seni anlayabilir, o kadar.) Kanaatim budur (Kanaatini değiştirmek için ne yapabilirim? Hiç.)

Şimdi kızın anne ve babasına mektup yazamıyorum (yahu kardeşim bırak artık...) ceza evinde yattığımı biliyorlar efendim; suçlu olarak gösteriyorum kendimi, acaba doğru mu yapıyorum? (yani bana bütün sormak istediğin bu mu?) Çekiniyorlar korkuyorlar benden de (bu bakımdan biraz haklılar tabiî).

Bana bu hususta teselli değil de bu yazdıklarımdan fikir ve düşüncelerinizi, bu kızın gönlü var mı yok mu (YOK YOK) seviyor mu sevmiyor mu? (SEVMİYOR) Bu konular üzerinde ne yapmam lâzım? (HİÇ) Onun yolunu gösterin efendim. (Göstersem yapacak mısın?)

Böyle uzun yazdığım için gerçekten özür dilerim efendim. Bu mektubu okuyunuz muhakkak. Çok rica ediyorum. Benim için çok önemli, hayatî önem taşımakta efendim.

Gönül sahifesini kapattım efendim. Yine de onu, kötü hain zalim insafsız merhametsiz bile olsa seviyorum (peki gönül sahifesini kapatmak ne oluyor? İnsanların 'hayati önem taşımakta' olan durumlarda bile kötü plâkların diliyle, hiç de hissetmedikleri sözleri etmesi nedense bana çok acıklı geliyor). Onu öpmek okşamak, affedersiniz, ona mektup yazmak, cevap vermedi bana, ona cevap vermek, içerdeyim, onu çok seviyorum, onun için ona cevap yazamıyorum, mektup yazmak istiyorum, hapiste, ondan ayrılmak bana ölümden de acı geliyor efendim, şimdi içerdeyim efendim, cevap yazamıyorum, çok seviyorum.

M.C

seni ölünceye kadar seni seveceğim S.L.

AAAAA

şu şekilde bir imza: (yani buna benziyor)

VVVVV

(Sevgili M.C. Durum vahim. Yani asıl vahim olan S.L. —ne evet ne hayır diyen kız— ile aranda olan durum değil; cezaevinde yatmakta oluşun vahim. Bir de tabiî, her cümleni "efendim" diye bitirecek kadar nazik kibar efendi terbiyeli olduğun halde 'silâhı ele almak'tan söz etmen vahim. Burada senden ayrılıyorum.)

Gazetedeki 'arkadaşlar' mektubun yukarıdaki biçimde yayımlanmasına yanaşmadıkları gibi, mektuba istediğim gibi cevap vermeme de engel oldular. Bana bu mektubu yayımlama imkânı verenlere burada açıkça teşekkür ederim. Mektubu hemen hiç değiştirmediğim hususunda bana inanılmasını tekrar rica ederim.

Saygılarımla
F. G.

Tahta At

Bize şimdi yeni bir hava getir, Tahta Atın nasıl yapıldığını anlat. Tuzak nasıl kuruldu, onun şarkısını söyle. Şehrin girişinde sağlamlığını bugün de koruyan duvarlar Romalılardan kalmadır. Sen bize güzel bir masal anlatırsan, dedim ona, ben de senin sayende dünyaya belki yeni bir şeyler söylerim. Gördüğünüz kuyuda bir zamanlar bütün şehre yetecek kadar su vardı. Ozan çok dertliydi anlaşılan; bu sözler üzerine öyle bir masala başladı ki bir daha onu susturmak elden gelmedi. Bu tepeye çıkınca bütün ova görülür, ırmak da parmağımla çizdiğim biçimde yeşillikler arasında akardı. Bilseniz ne zorluklarla hazırlamışlardı bu tahta atı. Tanrıların armağanı diyerek buraya, şehrin en yüksek yerine güç belâ sürüklediler. Bu tepelerden bazıları bildiğiniz tepedir; bir kısmı da, yani şu kapısı olan tepeler de eskiden mezar niyetine yapılmıştı. Evet, tahta atın içi savaşçılarla doluydu. Aklı olan Tahta Atı şehrin içine bırakmazdı. Ne var ki tanrılar bize yardıma karar vermişlerdi bir kere, bunun önüne geçilemezdi. Onun için bu büyük tehlikeyi görememişti insanlar. Dikkat edin, kayalardan atlarken ayağınız kayabilir. Savaşçılarımızın bir kısmı da gemilere binerek uzaklaşır gibi yapmışlardı. Bu hileye nasıl kanmışlardı? Tanrılar öyle istemişlerdi. Bu Tahta At, girişteki danışma bürosunda on lira mukabilinde satılmaktadır. Gece karanlık basınca şehre mermi gibi dağılmıştı savaşçılarımız. Burada mermi sözün gelişi, o zamanlar daha mermi yoktu. Şehrin yıkıntıları arasında ilerledikçe eski taşları göreceksiniz. Bir kısmı bildiğiniz taşlardır bunların; yani şu Tahta Atın inşa edildiği dönemdeki tümsekleri meydana getirmekle görevlendirilmiş doğal taşlardır ve o günden bu yana durumlarını değiştirmemişlerdir. Bu taşların üstünde Odiseus, bazılarınız bunu Ulisses olarak bilirler ki bunlar Afrodit ve Venüs gibi aynı şeylerdir, düşmana saldırmak için hazırlanarak kılıcını kınından çıkarıyordu. Solda görünen dört taş da eskiden balık pazarıydı. Şimdi eski balıklar kalmadığı gibi bindörtyüzoniki taştan meydana gelen balık pazarı da ancak bu dört taşla temsil edilmektedir, millet meclisinde olduğu gibi, ha-ha. Espriyi, anlamayanlar için, bir kere de büyük tapınağı gezdirirken açıklayacağım. Evet balık pazarını eski günlerine kavuşturmak amacıyla yapılacak yeni düzenleme için gördüğünüz bu dört taş da numaralanmıştır; iş, bindörtyüzsekiz taşın getirilmesini sağlayacak tahsisatın beklenmesine kalmıştır. Ve bildiğiniz gibi atlarına binen savaşçılarımız, pardon tahta atın içinden fırlayan atlılarımız, pardon askerlerimiz, büyük bir hızla şehri yağmalamışlardır. Bu harabeler de yağmalanan şehirden sonra kurulan altıncı yerleşmeyi göstermektedir ki, böylece Tahta At olmasaydı da sonunda şehirlerin ne duruma geleceği açıkça görülmektedir, ha-

ha. Kafilemizde bulunan Alman gezginler için otobüslerimize binmeden önce son iki espri konusunda bir açık oturum düzenleyeceğimi belirtmeyi bir görev sayarım. Evet, şehrin dik yokuşları boyunca yayılan savaşçılar arkalarında harabeler bırakarak ilerlediler ve sonunda gördüğünüz gibi döndük dolaştık ve giriş kapısına ulaştık. Hareket yemekten hemen sonradır, susuz tuvaletler, betonu yeni dökülen tahta atın karşısındadır.

Güneş ve toza anlam kazandıran tarihin içinde sendeleyerek ilerleyen yarı çıplak insan sürüsü, kılavuzlarını izlerken, ifadesiz yüzlerine biriken terleri siliyorlardı. Ya bu çirkin at temeli için ne biçim bir söz etmeli diye düşündü. Dört köşe bir beton dökülmüştü, tahta kalıplar duruyordu. Betonun içine dört kalas saplamışlar. Bunlar da tahta atın ayakları olacak ileride galiba. Belediye reisinin buluşuydu, belki de müze müdürünün, belki de kasabayı güzelleştirme derneği üyeleri hep birden akıl etmişlerdi bu inceliği; turistleri yuvalarından uğratan bu eşsiz kalıntıların girişinde eski tahta atın tıpkısı, hem de o kadar büyük, içine bir bölük asker sığar Sayın üye arkadaşlarım! Kasabamızı güzelleştirdiğimiz yetmiyormuş gibi şimdi de harabelere el attık. Kapının önüne, plânları sayın fen müdürü tarafından hazırlanmış bulunan bu tarihsel anıtı dikmeye niyetliyiz. Gereği düşünüldü. Özü: Tarihsel tahta atın yeniden tarihe kazandırılması hakkında. Tahta At bağışları hakkında. Tapu sicil muhafızlığı tarafından çaplı krokisi hazırlanmış ve tahta atın dikileceği yer bir taksim ikiyüz mikyaslı haritada ok işaretiyle gösterilmiştir ve tam danışma bürosunun ve susuz tuvaletlerin karşısına isabet etmiştir. Danışma bürosunun tezgâhında bu tahta atın seramikten yavruları durmaktadır. Sönmüş sigarasını tahta ata doğru fırlattı. Bekçi parmağını salladı uzaktan: tahta atın çevresini kirletmeyin. Bu anıtın 9865894 sayılı kanuna göre kapalı zarf usulüyle ihalesine ve keyfiyetin gazete yoluyla ilânına oy birliği ile karar verilmiştir. Ben olmalıydım güzelleştirme derneğinde. Nalbur Zekeriya Efendi itiraz etmiştir: Dış tesirlere karşı tahta atın kâmilen ziftlenmesi icap eder benim kanaatimce. İki kat kanaviçe, bir kat katran. Çini imalâthanesi sahibi Burhan Bey de üzerine karo mozayık kaplanmasını teklif eder, çünkü tecritli her çeşit zemin üzerine... Yeteri kadar gülünç olmuyor, diye homurdandı kendi kendine; acıklı, acıklı. Ben orada olmalıydım. *"Voulez vouz..."* diyerek bir çocuk yaklaştı yanına, bir paket uzattı. Sakallı olmanın zararları. "Nedir elindeki?" diye tersledi çocuğu; "Lokum, abi," dedi esmer, yalınayak oğlan, uzaklaşırken. Voulezvouz gibi garip bir yaratık olmak istemiyorsan, sana her zaman 'abi' denilmesini istiyorsan, bu sakalı kesmelisin. Ulan size ne benim... Öyle deme, halkının hislerine riayet etmelisin. Neden alay ediyorsun? Halkının hislerine hürmet etmelisin. Bir de 'rencide' vardı; onu nerede kullanacağız? Peki siz tahta atı yaparken... Birden hırslandı; daha önce bana parmağını sallayan bekçi ne düşünüyor bakalım? Adama hızla yaklaştı, öfkesinin hızıyla. "Bakar mısın bir dakika?" dedi, bekçinin kendisini voulezvous sanmasına fırsat vermeden. Bekçi, aceleyle, "Tuvalet karşıda," dedi, "Yalnız su yok." Öfkesini ve ne diyeceğini bir an unuttu: "Neden su yok?" Kaymakam kestirtti beyim. Turistler çok sıkıntı çekiyor. "Biz insan değil miyiz?" Bekçi soruyu anladı galiba: "Daha çok bu gâvurlar geliyor da." Siz zaten yıkanmazsınız, değil mi? Bu adam çok anlayışlı: "Memurun helasında ibrik var," diye kulağına eğilerek söyledi, büyük bir sır açıklıyormuş gibi. "Sen benim kim olduğumu biliyor musun?" dedi bekçiye. Biraz toparlandı adam. "Rahmetli Tuzcuların Bekir Beyin oğluyum ben," dedi. "Mebus Bey," diyerek yarı hazırola geçti bekçi. Peder sağ olsaydı tam hazırol dururdu bekçi ve akşam bayrak indirilinceye kadar yerinden kımıldamazdı. "Hoş geldin beyim," dedi elini uzattı. Salihmiş adı.

"Peki Salih," dedi adamın getirdiği sandalyeye oturururken, "Sence bu sakalları kesmek mi lâzım?" Gördün mü Salih? Bu okumuş takımına güvenilmez işte. İnsanı hemen zor mevkide bırakırlar. "Bize düşmez beyim," dedi Salih, gözlerini tahta at temelinin oralara dikerek. "Yalnız müdür bey bizde bıyık bile istemiyor. Zati suratı kara bir milletsiniz, diyor; bir de bıyıkla ne karartıyorsunuz kendinizi?" Boynunu gösterdi: "Gömlek de yukarıya kadar ilikli olacak." Suratları Güzelleştirme Derneği. Allahtan yüzümün rengi biraz açık sayılır. Salih Efendi sorularını sıraladı: Duyduğuna göre dışarılarda okumuştu Bekir Beyin oğlu. Doğrudur, biz de voulezvous yaptık biraz. "Ecnebi lisan," diye beğendi Salih Efendi, "Çok iyi bir şey. Şu kılıksız turist rehberleri bile dünyanın parasını kazanıyor." Birden tahta at geldi aklına gene, canı sıkıldı. O tarafa doğru oturmuşum, ondan olacak. Sandalyesini ters çevirdi. Turistler bir şeyler içiyorlardı bakkalın önünde. İyidir, döviz bırakıyorlar. Bir de tahta at yapılsa... "Eğlenemiyorum..." diye söylendi. Salih Efendi, "Buyur?" diye eğildi üzerine. Elini salladı: Boş ver bizi Salih Efendi; biz turist rehberi bile olamayacak kadar karıştırmışız hayatımızı ve kafamızı. Bekçinin dedikodularını dinledi; sıcağın, tozun ve tarihin akışını içinden geçirerek yeniden biçimlendirdi onları. Biz de voulezvous okuduğumuz için Salih Efendi, senin anlamakta güçlük çekeceğin ve böyle yapmakla iyi edeceğin hünerler gösterebiliriz ve bunlar da hiç bir işe yaramaz, dünya kadar para kazanmaya yetmediği gibi. İşte her şey bütün çıplaklığıyla ortada. İşte baylar bayanlar hayal perdesinde bütün meşhur manzaralar ve tarihî manzaraları yaratan meşhur insanlar. İşte büyük kumandan kaymakam ve haçlı seferleri. İşte haçlılara karşı savaşan uzun kılıçlı kahraman harabelerin suyunu kesiyor ve haçlılar ki onlar avrupanın büyük şatolar ve asfalt yollarla süslü kentlerinden ring seferleriyle yola çıkarak ülkemize döküldüler, işte onlar binlerce kilometre sonra susuzluktan nasıl kırılıyorlar, işte resimde görülüyor. İşte ring seferlerinin hava soğutmalı otobüsleri yanında dizilmişler, işte Almanlar, işte ring otobüsü, işte nibelungenring seyahat acentası. İşte kaymakam, işte haçlılar. İşte kat kat üst üste yapılmış, üstüste yıkılmış meşhur şehir. İşte belediye reisi, işte güzelleştirme derneği, işte güzelleştirme derneğinin binbir zorluklarla yapılmış ve içine yumuşak şey kâğıdı bile ithal edilerek konulmuş ve gönüle ferahlık veren tuvaletlerin beyaz resimleri. İşte soldaki resim kaymak gibi beyaz rezervuarının üç harekette nasıl çekilerek istimal edileceğini üç ayrı resim halinde yerli turistlere tercüme ediyor. Çevirenin notu: ey ahali! Ne olur alafranga tuvaletlerin üstüne tavuk gibi tünemeyin, taşlar kırılıyor, bütün alafranga helâ taşları birer birer tarihî harabe haline geliyor. İşte belediye meclisi; işte hepsi kahraman, hepsi birlikte, hepsi oybirliği halinde görülüyor. İşte eller hep birlikte kalkıyor, suların akmasına karar veriliyor. İşte sular akmıyor, işte eski ırmaklar, eski taşlar; hepsi yıkılmış, birbirine karışmış. İşte onbir ya da daha fazla kere yapılmış ve sonunda bir bahçe duvarına yetmeyecek kadar taşı kalmış ve dünyanın bütün haçlılarını peşinden koşturan inanılmaz şehir, yani bir zamanların onbir ya da daha fazla kere şehirleri. İşte şehirlerin katları birbirine karışıyor, işte arkeolog-karıncalar! Her şeyi yerli yerine yerleştiriyorlar. İşte onların sayesinde her şey birdenbire anlam kazanıyor: Dört taş bir şehir, yirmiiki kupon bedava bir apartman katı oluyor. İşte yer levhaları, işte yunanca, latince ve bizim dilce. Burası agora: iki sütun dört başlık, burası da imparator sarayı: Yalnız kapı kemeri görülüyor. İşte burası stadyum, burası akropol, bunlar kilit taşları, bunlar kertenkeleler. Burası gimnazyum, burası alafranga helâ, arkada da iki yatak odası var. İşte kale duvarları üzerinde duran o parmak kadar çıkıntı, bir zamanlar "İmparatora bağlılık ve sadakat yemini

eden korkusuz atalanta şövalyelerinin imanı sarsılmaz!" ya-
zısıydı. İşte baylar bayanlar! gördüğünüzün binyüz misli gü-
cüyle gözlerinizin önünde canlanabilen meşhurluklar. İşte
bekçi Salih, işte şehrin giriş kapısı (şimdi görülmüyor), işte
holivut dekorları gibi kurulmaya başlayan Tahta Atın cüzi
bir kısmı, işte ihtiyar haçlılar ki şu anda yabancı menşeli ve
koyu renkli bir gazoz içiyorlar ve nasıl birer yaman fatih ol-
duklarını renkli kartlarla ve PTT'nin yardımıyla dünyanın
dört bucağına yayıyorlar ve Odiseus'un tahta atını on lira
mukabilinde temin ederek bilmem ne havayolları çantaları-
na işte takma dişli gururlarıyla indiriyorlar, işte atalarının
kanlarıyla sulanmış bu topraklarda binlerce yıl sonra... işte
yoruldum baylar bayanlar! Salih Efendi'ye döndü, "Başıma
güneş geçti galiba," dedi, "Biraz bozuldum." "Bir şapka giy-
seydin beyim," dedi bekçi, "Buranın güneşini unutmuş ol-
malısın." Şapka mı? Bu sakalın üstüne bir de şapka giyer-
sem, beni deli diye, Allah göstermesin, deliğe tıkarlar Salih
Efendi, kasabamızın başkanlar ve dernekler dışında kalan
bütün kuvvetleri, işte meşhur zabıta müdürü, işte kolcu
kuvvetleri, işte toplumun güvenliğini sağlayan güçlü kuv-
vetler, işte onun için Salih Efendi, bana müsaade. Bacakla-
rından çok, kafasından gelen bir güçsüzlükle ayaklarını sü-
rükleyerek uzaklaştı. İşte Tuzcuların Bekir Efendinin oğluna
yakışmayan lastik ayakkabılarım, işte Salih Efendi şimdilik
hoşça kal.

Kasabanın üstünde henüz kimsenin farketmediği bir deh-
şet havası esmeye başlamıştı. Şimdilik harabelerin, özellikle
tahta at uyarlamasının çevresinde dolaşıyordu bu hava. Bek-
çi Salih Efendinin getirdiği sandalyeye kurularak renkli tu-
rist kervanlarını izliyordu tembel gözlerle ve gözlerini kısa-
rak güneşe bakmaya çalışıyordu. Burada doğduğuma göre
güneşin hastalıklı bir oğluyum ben. Oldum olası şu güneşe
doğru dürüst bakamamışımdır Salih Efendi. İşte güneş ha-

cı frenkler, işte güneş! Tozlu taşlara değil işte güneşe bakın! En eski eser, binlerce, milyonlarca yılın ışığı! Ve işte güneşin ve Tuzcuların Bekirin oğlu! Son günlerde, güneş babası başına geçmesin diye bir de beyaz kasket giymekteydi. Vazoların üstündeki savaşçılardan biri oldum ben Salih Efendi. Evet, Odiseus kadar güçlü olmasa da onun kadar sakallı bir dehşet fırtınası. İtaka mı neresiyse oraya dönecek yerde bu serin kahvenin gölgesine sığınmış bir tahta at kalıntısı. Gizlice esiyor, kimseye duyurmadan. Akşamları burada oturuyor, herkese anlatıyor yüzlerine karşı içinden. İşte kasabanın geleneksel Armut Festivali de başladı İbrahim Efendi. Marangoz Topal İsmail'in yaptığı zafer arabalarıyla işte geçit resmi. İşte dişçinin kızı Aysel de Dentalus kraliçesini temsil ediyor, mahalli kıyafetlerini giymiş kızlarımız da caba. Bir soğuk bir sıcak, dişlerim kamaştı Aziz beyciğim. Gözlerimiz, bir çiçekli arabanın üzerinde kaymakamı da arıyor, belediye reisini de. İşte ayrıca tahta atın üstünde güzelleştirme derneği üyeleri. Hayır üstünde değil, itakalı savaşçılar gibi içinde. Gece de millî oyunlar oynanıyor ve millî piyango çekiliyor. Halktürküleri uzmanı Seyfettin Dağdeviren ve popçu Arkan Tansal tarihî tiyatro taşları arasında. Hangi biriyle başa çıkacağız Salih Efendi? Hangi birinin üstünde eseceğiz? Dikkatli davranıyordu, kelimelerini itina ile seçiyordu: "Rüstem, bana biraz şekerli, yanında nargile." Tuzcuların Bekir Bey gibi davranıyordu görünüşte. Kasabayı kendince denetliyordu. Sıcak yaz günleri, üstlerine su serpilmiş ahşap döşemeli memur odalarında oyalanıyordu uzun süre. Babasından kalma zeytinlikler deniliyordu. Tuğrul Bey oğlumuz kasabada gönül eğlendiriyor. Pek belli edilmese de hafifçe gururlanılıyordu. Bir de şu sakalı ve üstelik beyaz kasketi olmasaydı. Bir de şehir kulübünde yemek yeseydi, kumar oynasaydı. Belli etmiyordu, ama Salih Efendi ile gizlice içtiklerini herkes biliyordu. İşte Salih Efendi diyordu ona, sen bir Salih

Efendisin, baban sana bir kahraman adı takmayı akıl edememiş, ne de babanın komşusu kendi oğlu için akıl edebilmiş. İşte ne kadar ünlü savaşçı varsa biz olduk. İşte tekmil Selçuklular, işte bütün dişçiler, eczacılar, işte bütün bankacılar, hepsi kahraman. Salih Efendi biraz bozuluyordu bu işlere. Aman ne olur gene işleleme diyordu ve kasabanın en son cinayetini anlatıyordu. Aman Salih Efendi, bunlara da ben dayanamıyorum. Salih Efendi, biraz içkiden, biraz da vahşetten parlayan sivri ve kırmızı burnuna çok yakın duran küçük gözlerinin olanca hırsıyla anlatıyordu cinayetleri. Hiç olmazsa bıçak kısmını çabuk geçelim olur mu Salih Efendi?

İlk olay, Armut Festivalinin kapanış gecesinde festival komitesince bir şeylerin ya da bir kimselerin onuruna verilen baloda Tahta At için bağış toplanırken çıktı. Güzelleştirme Derneğine kasap Halip Efendi bir koç bağışlamıştı ve hayvan da Tahta Atın inşaatına devam edilebilmesi için gereken parayı toplamak amacıyla açık artırma yoluyla satılacaktı. Koçun boynuna bir de kırmızı kurdele takılmıştı ki, Tuzcuların Bekirin oğlu, önce bu kurdeleye sinirlendi; anlaşılan daha önce de içmişti. Yoksa ortada 'kokteyl' adıyla dolaşan içkiden yüzyirmi tane filân da içseydi böyle sarhoş olamazdı. Ayrıca tahrik unsuru sayılabilecek olaylar da cereyan etmişti. Esnaf Dernekleri başkanı bu sakallıya içerliyordu anlaşılan; bir kere önce oyun için çağrılan çingeneler meselesi ortaya çıkmıştı ki bu olay sırasında Tuğrul'un Esnaf Dernekleri başkanına karşı tutumu biraz korkuyla izlenmişti ve başkan da Tuzcuların oğlunu sevmediğini bu tartışma sırasında belirtmişse bunda şaşılacak bir taraf yoktu. İşte o gece ilk defa kasabada gerçekten sinirli ve huysuz bir rüzgârın esmeye başladığı anlaşılmıştı. Gece yarısı olmuştu ve serin bir rüzgâr çıkmıştı. Oyuncu kadın çok terlemişti; arada bir, kapalı salona girerek dinlenmek, terini silmek istiyordu. Ne var ki esnaf başkanı amansızdı: durmadan kadının alnına yapıştırdığı paralarla ona soluk aldırmıyordu. Sonunda kadın içeri girerken en büyük kâğıt parayı çıkarmıştı: durmak olur muydu? sayın büyüklerimiz vardı, onuruna verilen bu baloda heyecan son haddini bulmalıydı. Sandalyeci Ahmet'ten kiralanan iskemleler alanın çevresine dizilmişti. Tuğrul sallanıyordu havadan sarkan balonlarla birlikte. esmeye hazırlanıyordu. Renkli ampuller ve kâğıtlar ve her türlü çirkinlik vardı. Çirkin oyuncu kadına acıyordu. Aslında bütün kadınları çirkin buluyordu, erkekler de öyleydi. Ve bu kırmızı kurdeleli koç yok mu, ipini çektikçe bağlandığı direk sallanıyor ve direğin tepesine bağlı hoparlördeki öksürüklü klarnet sesi de onunla birlikte titriyordu. Allahım, dedi, bu münasebetsizliklerin başına yukarıdan bir şey düşürmeyecek misin? Oyuncu kadın yapma bir gülümsemeyle içeri kaçmanın yolunu arıyordu. Birden kendini ortada buldu Tuğrul. Dernek başkanının beyaz saçlarını, sarkık uzun beyaz bıyıklarını gördü çok yakınında. Kurşun gibi soğuk bakışlarını ve hesaplı gülümsemesini gördü. Bir şey yapmalıydı. Bu kafayla ne yapılabilirse yapmalısın. Elini uzattı paraya doğru: "Ver onu bana Kâmil Bey," dedi yumuşak bir sesle, "Ben oynayacağım." Kâmil Bey dondu, onuruna balo verilenler dondular, herkes dondu; kısa bir süre bir heykel topluluğu olarak kalındı. Sonra, "Bu kime hakaret, anlayamadım," dedi beyazlı esnaf başkanı. Tuğrul parayı çekip aldı. Sarhoşluğu geçmiş gibiydi. Kâmil Bey de kendine geldi: "Sen çengi değilsin Tuğrul Bey oğlum," dedi gülümseyerek, "Yakışık almaz." Ya öyle mi? dedi Tuzcuların oğlu ve ilerledi, parayı birden esnaf başkanının alnına yapıştırdı. Bir dalgalanma oldu ya da Tuğrul'a öyle geldi. Dernek başkanı yumruk yaptığı elini ceketinin cebine soktu: "Babana hürmetimiz vardır," dedi. "Yaşayan insanlara da saygı göster Kâmil Efendi," dedi Tuğrul 'Efendi' kelimesinin üstüne basarak. Oyuncu kadın telaşla yerinden kalktı, parayı alıp oyuna devam etmek istedi. Kâmil Efendi kadını itti ve genç adamın karşısına dikildi: "Öyleyse birlikte oynayalım," dedi. "Efeler gibi." Klarnetçiye işaret edildi. Esnaf Dernekleri başkanı ağır ve köşeli hareketlerle oynamaya başladı. Yavaşça Tuğrul'un çevresinde dönüyordu. Tuzcuların oğlu, müziğe uymaya çalışıyor, hızlı hareket ediyordu. Sonra birden başı döndü ya da salon döndü, sandalyeler döndü, en yakın sandalyeye çökmek zorunda kaldı. Esnaf başkanı ona yukarıdan bakıp gülümsedi ve ağır oyununu sürdürdü.

Tuğrul bir süre ortadan kayboldu, havuzun yanındaki bahçe musluğunda yüzünü yıkadı, otların üstüne uzandı; onu unutmuşlardı. Beni çabuk harcadılar, içkide yenik düştük demektir. Oyun devam ediyor, eski günlerimiz kalmamış. Biraz uyudu, serinlikle kendine geldi: Salih Efendi'yi bulmalı, en arka sıralardadır muhakkak. Onu bir sandalyenin üstüne çıkmış, oyunu seyrederken buldu, gömleğinin eteğinden çekti: Gizli bir yerde içkin vardır Salih Efendi. Mezesiz içersek artık dokunmaz, merak etme. Kalabalıkta bir hareket başlamıştı. Mikrofona bir soytarı çıkmış, fıkralar anlatıyor, ne kadar da uzatır, bunun da bir çaresi bulunmalı, her şeyin bir mektebi açılmalı Salih Efendi, anlıyor musun? Bir anlasaydın, bütün dünya birdenbire değişirdi. Şimdi ne yapılıyor? Ben göremiyorum. Koç vardı ya efendim... Aman anlatma, içim bulanıyor. Çok saygıdeğer ağabeyimiz Kâmil Bey diyorlar; neden diyorlar? Esnaf başkanının çevresi boşaldı, mikrofonu ona tuttular, beş yüz lira diyor. Kasabamızın tarihi diyor. Eski tarihi ihya ederek diyor, yapılacak bu tarihî atın diyor. Susturun şunu... benim yanımda nasıl tarihten söz edebilir... iskemlelere çarparak yaklaştı Kâmil Beye: Mikrofonlu fıkracı gitmişti. İşte gene ne de olsa toparlandı karşımda, tarih akla gelince başka türlü yapabilir mi? Sen kimsin Kâmil Efendi? dedi boğuk bir sesle ve öksürdü. Pek dinleyen yoktu. Ya ben kimim esnaf başkanı?

Sen daha var olmadan vardım ben, ben doğmadan vardım ben anlıyor musun? Ben Tuğrul Tuzcuoğluyum, sen kimsin Kâmil Efendi? Beş yüz lira ya da birkaç katısın sen. Ben tarihim Kâmil Efendi. Sen alpaslan olabildin mi? Ben Tuğrul oldum. Hem de doğar doğmaz. Yirmi yedi yıl önce doğduğum zaman zeytinlikler vardı, bağlar, bahçeler, tarlalar vardı benimle birlikte, uçsuz bucaksız topraklar vardı tuğrulun yanısıra. Asalet diye bir şey varsa toprak asaletidir anlıyor musun esnaf başkanı ve bu asaletle başa çıkılamaz. Ve sofra asaleti vardır, yemek yemeği bilmek vardır, çatal kaşık tutmayı bilmek değil. Sonra okumak vardır ve sonra bir şey yoktur. Sen kalabalıklaştın esnaf başkanı ve bu nedenle benim karşımda oynamaya cüret ettin, benimle konuşmaya cesaret ettin, oysa ben babam olduğum zamanlarda tek başıma konuşurdum, işte gene öyleyim, sen diye bir şey yok ki, seni görmüyorum dernek başkanı, sadece ayağıma takılıyorsun, babam ölmeden taş olmaya bile cesaret edemezdin, ayağımın altındaki toprak olmak bile haddin değildi. Ben mebus oğluyum ulan, ben seninle oynar mıyım? Mikrofonlu fıkracı yaklaştı: bayanlar baylar işte meşhur Tuzcuların Tuğrul, işte bizi şereflendirdi bu gece, işte avrupalarda okudu ve gene ülkemize şeref verdi sonunda, avrupanın en zor başkentinde yabancıların beş yılda bitirdiği mektepleri üç yıllarda bitirdi, en azından beş diploma koparıp döndü yurdumuza, Tuğrul Bey işte tarih demektir, çünkü onun babası vardı ve babasının da babası vardı ve daha nice babalar vardı, onun için kıymetli misafirimiz engin kültürüyle daha iyi bilirler ki tarih eskiyi yaşatmaktır, Tahta Atın varlığında onu sürdürmektir, işte Tuzcuların kıymetli suyu Tuzcuoğlu, koçumuz vasıtasıyla Tahta Ata kıymetli yardımlarını... Ne dedin ne dedin? Tahta At mı dedin? Metelik vermem size, size metelik vermiyorum anlıyor musunuz? Ulan kasabalılar, ulan zavallılar, demek sonunda buna kaldık? Demek alafranga tuvaletlerin karşısında tahta atlar dikerek ve önümüze gelene vou-lezvous diyerek, yüzlerimizde alçakça bir sırıtış, olur mu ey zavallı halk, insan hırsından ağlar, sizlerden ve kendimden utanmalı mı ne yapmalı? Utancımı tahta atların içinde mi gizlemeli? Hazin marşlar mı yazmalı? Ne zaman adam ola-caksınız? Ey insan olması gerekenler, ey sözde insanlar, söz-de başkanlar, müdürler... oyuncu kızlara işaret verildi, bah-riye çiftetellisine başlandı, bütün dernek başkanları bile oy-namaya başladı, Tuğrul gürültüye getirildi. Aynı gece Tahta At için ondörtbin sekizyüz lira bağış toplandı.

Kasabanın üstünde artık belirgin bir dehşet havası esme-ye başlamıştı. İlk olayın duyulduğu gün öğleden sonra, da-ha kasaba ayrıntıları tam öğrenmeden olayın kahramanı, öğ-leden sonra asık bir suratla kasaba meydanında göründü. Onu ilk gören arzuhalci Emin oldu. Zaten Tuğrul çınar ağa-cına doğru, yani arzuhalcinin icrayı sanat ettiği yere doğru geliyordu. Selâm verdi, daktilonun yanına çöktü. Bir süre konuşmadı, meydanı süzdü, gözlerini yavaş yavaş meydan-da dolaştırdı. "Bir derdin mi var Tuğrul Bey oğlum?" demek zorunda kaldı arzuhalci sonunda. "Bir değil birçok da, han-gisinden başlasam diye düşünüyorum Emin Efendi." Arzu-halciye döndü: "Daktilon iyi yazıyor mu?" İhtiyar adam to-parlandı, siyah kolluklarını düzeltti, makinesini tahta san-dığın üzerine biraz kendine doğru çekti: "A harflerini biraz yukarı basıyor, E'nin çıkmadığı da olur bazen." "Zafer'le zi-fir birbirine karışmıyor ya yazarken?" Emin Efendi güldü: "Hayır." "İyi. O halde en yakın yerden, şu meydandan baş-layıverelim istersen." Emin Efendi; sicimle boynundan sar-kıttığı gözlüklerini alnına kaldırdı, Tuzcuların tek oğluna baktı. "Başlamadan önce sana bir teklifim var Emin Efendi." "Buyur," dedi arzuhalci; meydanı sert adımlarla geçip mah-kemeye giden Tuzcuların Bekir Beyi görür gibi oldu bir an. "Bundan böyle benim muavinim olur musun Emin?" Arzuhalcı Emin Efendi gözlerini kırpıştırdı: "Sen ne oldun ki?" Tuğrul sakalını kaşıdı: "Sen Don Kişot diye bir şey okudun mu?" "Son zamanlarda gözlerim çok zayıfladı," diye yakındı Emin Efendi; gözlük değiştirmek gerekiyormuş ayrıca. "Seni aylığa bağladım," dedi Tuğrul, "Sekiz yüz lira net. Masraflar da bana ait. Anlaştık mı?" Tuzcuların Bekir Bey daha eli sıkı bir adamdı. Olsun, bir tek oğulları var zaten. Tuğrul cebinden buruşuk paralar çıkardı, bir kısmını Emin Efendi'ye verdi: "Buyur bakalım, dün akşam tahta attan biriktirdim bunları. Şimdi hemen işe başlıyoruz." Tuzcuların Tuğrul Bey söyledi, arzuhalci topal Emin de olduğu gibi kaydetti – sayısız imlâ ve daktilo hatalarının dışında:

Sayın Belediye reisi başkanlığına (bu kısma itiraz ettiyse de dinletemedi).

Muhterem kasabamızda son yıllarda bir hayli gelişen imar ve güzelleştirme faaliyetlerinin teksif olması münasebetiyle ve bu hususta dernekler vesairenin de çalışmalar yaptığını nazarı dikkate alarak ben de mütevazı bir teşebbüste bulunmaya karar verdiğimi ve bu meyanda bu satırları yazan Emin Efendi ile birlikte bir geliştirme yükseltme ve kalkındırma derneği kurduğumu saygılarımla önce arz ederim. Böylece muhterem hemşerilerimin yükünü bir nebze olsun hafifleteceğimi ümit ediyorum. Bu sabah bilinen sebeplerle erken kalkma imkânını elde edemediğim için öğleden sonra kasaba meydanında icrayı faaliyete başlayarak gözüme ilk çarpan hususu size tevcih etmeye karar verdik. Hepinizin mâlûmu olduğu üzere bir kasaba meydanında meydanı meydan yapan başlıca dört unsur vardır: bunlar sırasıyla heykel, hükümet konağı, çiçek tarhları ve kırmızı balıklı havuzdur. Sırada baş sırayı işgal eden heykel bence ehemmiyet bakımından da başta gelir. Zaten sözü edilen ehemmiyet sırası nazarı dikkate alınarak sıralanmıştır. Bildiklerim beni aldatmıyorsa, bu heykel hususunda vazı-ı kanun da aynı titizlikle hareket ederek meseleyi sağlam müeyyidelere bağlamıştır. Bütün kanunlarda olduğu gibi bu kanunun da maddeleri arasında bazı boşlukların bulunması tabii ise de her kanunun esbabı mucibesi ve dibacesi dikkatle mütalaa edilirse bu boşlukların kolayca doldurulabileceği görülür. Binaenaleyh, benim de estetik noktai nazarından iddia etmek istediğim hususlar tabiatiyle kanun noktai nazarından da birer hüküm ifade edecektir.

Bilindiği gibi aslında güzelleştirme, bir bakıma estetik anlamına gelmektedir ve merhumların hatırasını tazim maksadıyla icat edilmiş bulunan insan heykellerinde bilhassa bu hususa riayet, aynı zamanda bir kanun hükmüdür. Halbuki heykel bu maksatla tetkik edilirse bir kere baş kısmın nisbetsiz büyüklüğü ilk nazarda dikkati çekmektedir. Ayrıca, yüz hatlarının aslına benzememesi bir yana, vücut kısmıyla imtizaç ettirilmesi için heykeltraşta en ufak bir gayret bile görülmemektedir. Üstelik sivil bir kılıkta duran heykelin vücuda yapışmış gibi bulunan kolları, insana ister istemez bir hazırol vaziyetini hatırlatmaktadır ki, akıllara hemen, peki kimin karşısında bu durumda olma mecburiyetini hissediyor? sorusu gelmektedir. Heykel ihalesini üzerine almış bulunan şahsın bu sanatla zerre kadar ilgisi bulunmadığını gösteren bir başka husus da beden kısmının son derece baştan savma ve anatomik teferruattan habersiz yontulmuş olmasıdır. Sanki heykel müteahhiti başı bitirdikten sonra yorulmuş ya da inşaat zamanı sona ermekte olduğu için bir telâşa kapılmıştır. Acaba kendisine bir temditi müddet verilerek daha tatminkâr bir netice sağlanamaz mıydı? Her ne ise vaziyet bence usule aykırıdır. En garibi de bir elbise resmetmekten aciz görünen heykel müellifi, boyundan diz kapaklarının altına kadar heykele sakil bir palto giydirerek bu bakımdan da ucuz sanata kaçmıştır. İfade etmiş olduğum mütalaaların nazarı dikkate alınarak eserde gereken tadilâtın yapılması hususunu emir ve tensiplerinize arz ederim.

Hamiş: heykel kaidesindeki kabartma sahneler benim için ayrı bir üzüntü kaynağı olmaktadır. Vatandaşlarımıza katiyen benzemeyen ecnebi ifadeli şahıslardan mürekkep bu kabartma kalabalığı da aynı esaslara dayanılarak yeni baştan ele alınmalıdır.

T. T.
Kasaba eşrafından
Tuğrul Tuzcuoğlu

İnsanlar kasabada gittikçe hızını artıran bu güzelleştirme çabalarından habersiz, meydanı basit bir gözle bile incelemeden, çeşitli doğrultularda yaşantılarını sürdürüyorlardı. Ellerindeki kâğıtlarla bir kısmı kapıların arkasında kayboluyorlar. Biz de bir dilekçe sahibiyiz artık; hayatımızın bir anlamı var. "Bu dünyayı düzeltmeye ben mi geldim Emin Efendi?" diye sordu. "İyi olur inşallah," diye karşılık verdi arzuhalci. Dilekçe sahibi, kâğıtları katladı, cebine soktu. Belediye başkanının resmî hayatı artık ikiye ayrılıyor: dilekçemden önce ve dilekçemden sonra. Bir rüzgâr esti, çınarın yaprakları ve havuzun çevresindeki uygunadım çiçekler biraz kımıldadı. İnsanlar kasabalarını neden birbirine karıştırmıyorlar acaba? Çinliler için de aynı şey düşünülebilir. Caminin önünde kalabalık var: Günlük yaşantının bütünlügünü sağlamak için biri ölmüştür gene. Meydanda olup bitenleri, kuşbakışı seyreden bir güvercin heykele doğru alçalıyor. "Takdiri ilahinin hayranıyım, Emin Efendi," dedi, "Hepsini birden nasıl aklında tutuyor?"

Ortaları delik kurutma kâğıtlarından sayfaları bir bir açıyordu yazı işlerinin memuru; belediye reisi de, imza defteri inceleyen gözleriyle inceliyordu durumu. Bazen bir şey soruyordu memura, öyle gerektiği için. Sıra Tuğrul'un dilekçesine gelince, "Havale edilecek," dedi memur geleneklere uygun olarak. Başkan, imzadefterigözleriyle ilk satıra baktı, olmadı; gözlerini değiştirmeye üşendiği için, "Ben bir okurum önce," dedi; ilk satırdan belli olan münasebetsizliği yazı işlerine belli etmek istemiyordu. "Tuğrul Bey, üç gündür soruyor," dedi memur. "Peki, peki," dedi başkan. "Şimdi de kendisi yazı işlerinde bekliyor." Belediye başkanı imzalarını sürdürdü karşılık vermeden. Defterin bitmesine dört kurutma kâğıdı sayfası kala, imza töreni sona erdi; her sayfa memur tarafından çevrilmiş ve defter bitmeden imzalanacak kâğıtların bittiği gene aynı memur tarafından bildirilmişti. Tuğrul'un dilekçesi dışında her şey geleneklere uygun cereyan etmişti. Memur kapıdan çıkarken belediye başkanı, "Biraz sonra gönderin bana Tuğrul Beyi," demişti ki bu davranış bile olağanüstü olaylarda başkanın geleneksel tutumunu belirten alışılmış bir görüntüydü. Tuğrul odaya girdiği zaman başkan, yüzünü buruşturarak dilekçeye bakıyordu; başını kaldırmadan. "Nedir bu maskaralık, Tuğrul Bey oğlum?" dedi. Bir sessizlik oldu. "Mesele ciddi ama..." dedi Tuğrul Tuzcuoğlu. Başkan onu dinlemedi: "Dün sabah annen geldi buraya. Bu vaziyete çok üzülüyor." Başını kaldırdı: "Bu dilekçe yüzünden başına neler gelebilir, biliyor musun? Babanı ve seni tanımayan biri, en azından müşahade altına aldırır seni." Tuğrul aceleyle, "İyi bir hastane bulsam yatacağım efendim," dedi. "Annen çok üzülüyor," diye kendini tekrarladı başkan. "Biliyorum, elbiselerimi hemen kirletiyorum." "Evet, duydum," dedi belediye reisi, "Uygunsuz kimselerle içki de içiyormuşsun." Tuzcuların Tuğrul, gömleğinin üst düğmesini ilikledi. "Kasabayı güzelleştiremediğim için, ona uymaya çalışıyorum." Başkan pencereden dışarı bakıyordu: "Sana bir iş vermemi istedi annen. Belki çalışırsan..." Tuğrul ayağa kalktı. "Sen bilirsin oğlum, imar işlerinde boş bir kadro var; ciddi olmak şartıyla bir şeyler yapabilirsin." Genç adam kapıya doğru yürüdü, "Düşünelim," dedi, "Danışalım." Başkan kaşlarını çattı: "Bu topal arzuhalci ile dolaşman da ayıp oluyor. Sen ağır ceza reisi Bekir Beyin oğlusun." Tuğrul kapıya sırtını dayadı. "Candan bir kimseye ihtiyacım var Hüsnü Bey Amca. Emin Efendi gibi gerçekten halkı temsil eden biri, yeteneklerimi bulup çıkarmamda yardımcı oluyor bana." "Sen bilirsin," dedi Hüsnü Bey, "Yalnız imarda çalışmaya karar verirsen, şefle iyi geçin olur mu? Senin gibi antikanın biridir de."

Kimleri kimlerle karıştırıyorlar, diye düşünüyordu Tuğrul, imar şefinin masaya gaz ocağını yerleştirişini seyrederken. İşte beyaz iş gömleğini itina ile çıkardı ve sefertasını ocağın üstüne koydu. Beceriksizliği yüzünden büyük şehirden buraya sürülmüş. Büyük işlerin başındaymış daha önce. "Bir iş buldular bana Emin Efendi," demişti bir gün önce, "İmar şefinin yanında çalışacakmışım. Tahta atın içine bir girelim bakalım." İşte bir yumak tuvalet kâğıdı çıkardı, üstüne kolonya döküp ellerini sildi. Bu tuvalet meselesi aldı yürüdü Emin Efendi: Aynı kâğıtla sefertasının kenarını da sildi. Hesapları da aynı kâğıda yapıyordur. "Hesaplar nasıl gidiyor Avni Bey?" Kalın camlı gözlüklerin gerisinden kuşkuyla bakıldı: "Hangi hesaplar Tuğrul Beyefendi?" Hesaplar işte. "Son hesaplar." Küçük ve beyaz ellerini çekmeceye daldırdı, iki şeftali çıkardı, sonra da bir yığın kâğıt. Eyvah, gerçekten hesaplar var. "Gövdeye iki sıra demir koydum," diyerek kâğıtları göstermeye başladı. "Ayaklar yekpare demirden olacak." Sonra projeye eğildi: Üç köşe garip bir gövde, temele doğru daralan ayaklar... Tuğrul irkilerek geri çekildi: Tahta At Betonarme Projesi. Zavallı tahta at. Çirkin, modern bir kedi olmuş. Allahım! diye düşündü; Allahım, sen bizim elimize kudret verme. Dişlerini sıktı, Avni Beyin açıklamalarına katlandı. Sonra biraz alıştı; bir aralık, "Gövde dolu olmasa," diye fikir bile yürüttü. "Biliyorsunuz Avni Bey; bunun içine savaşçılar gizlenmişti, bir şehri yok edecek kadar savaşçı..." Avni Bey önce anlamadı; tarih, Avni Beyciğim, tarihin ihtişamı böyle betonarme bir sefalet haline gelebilir mi? Hayır, tarihin bununla ilgisi yoktu: bu, bir projeydi, iş bölümüydü ve Avni Beye betonarme kısmı isabet etmişti. Marangoz da ikibuçuk santim ahşap kaplama kısmını yapacaktı. İşte Tuğrul Beyefendi, betonun içine demir bağlama telleri yerleştirdim, tahta kısmı bu tellerle gövdeye tutturulacak. Peki Homeros ne olacak? diye sordum kendisine Salih Efendi, diye anlatmıştı akşam, Emin Efendi filân birlikte içerlerken. Homeros, diye açıkladım kendisine. Emin Efendi, bu atların gövdesinde açılan bir kapaktır, projenin dünyaya açıldığı kapaktır ki mutlaka yapılması gerekir. Projeye homeros diye yazdırmadım, ama, gövdenin içinin boş olmasına ve bir kapak inşa edilmesi için kandırdım onu, demir tasarrufu dedim, betondan ekonomi dedim. Şimdi bütün hesapları değiştiriyor, yanına aldı gece bitirmek için. En çok tasarruf kelimesine sevindi; sanırım korkaklığı yüzünden Büyük Şehirde projelere o kadar demir koyarmış ki bir inşaatta, yaptığı projeye göre demirler yerleştirilince beton için yer kalmamış ve müfettiş, işten elçektirme gibi sözler etti; gövdenin boş olmasına çok sevindi, hesabı zormuş ama zararı yokmuş.

Avni Bey hesabı hemen bitirememişti, ince gövdeli tahta at fikri onu ürkütüyordu; bu kalınlıkta bir beton ne derece dayanıklı olacaktı? İki hafta hesaplarla oyalandı: kitaplar karıştırıyor, sonsuz kesitler plânlar çiziyordu. Tuğrul'u kandırmaya çalıştı sonunda: Canım, dışarıdan belli olmazdı tahta atın boş olduğu? Size güveniyorum, diyordu Tuğrul; böyle zor bir hesaptan vazgeçmeyin, demir ve beton tasarrufunu düşünün Avni Bey! Belki kalan parayla bir tahta at yavrusu bile yapılabilir yanına. Ne var ki mutlu günler çok sürmedi: Tahta At şantiyesinin kalfası, demir resimleri verilsin diye tutturdu, her gün daireye gelip gitmeye başladı. Avni Bey bunalmıştı: Gene de bir daha kontrol edelim hesapları diyerek kâğıtları kalfaya verecek yerde tekrar çekmecesine sokuyordu. Sonunda genç ve sert bakışlı biriyle göründü bir gün kalfa; mühendis Okyay denildi, çarşı içinde bürosu varmış. Delikanlı hesapların üstüne şöyle bir eğildi, büyük bir kısmını çizdi attı, gömleğinin üst cebinden sürgülü bir cetvel çıkararak bir iki hesap yaptı ve tamamdır, dedi yarım saat içinde. İki de resim çizdi acele. Tamamdır. Sorumluluk benimdir.

Avni Bey utancından bir daha Tahta At hesaplarına dokunamadı, kâğıtlar aylarca masaların üstünde dolaştı durdu. Hesapların tamamlandığı gece Tuğrul'u zaptetmek mümkün olmadı, bütün kasabanın içkisini bir gecede bitirdi Tuzcuların oğlu. "Tahta Atın içine girdim de gene ele geçiremedim düşmanlarımı," diye sızlanıyordu Salih Efendiye; "Avni Beyin karşısında her türlü rezilliğe bile katlandım." Sonra başını sallıyordu: "Doğru yoldan saptığım için Tanrı yardımını esirgedi benden. Tanrı dürüst kullarını korumak için onları çarpık yollarda muzaffer kılmıyor." Kör İbrahim'in meyhanesinde içiliyordu. Tuzcuoğullarından Tuğrul, arzuhalci Topal Emin Efendi ve Bekçi Salih Efendiden gayrı şoför Hayri vardı, şoför Hayri'nin muavini Bektaş vardı, bir zamanlar Kör İbrahim'in garsonluğunu yapmış olan Lâtif vardı; ve daha başka birçok yiğit, tezgâhın ve üç küçük masanın çevresinde yerlerini almışlardı. Rakı içiliyordu ve çok içile-bilmesi için asgarî meze yeniliyordu. Sıcak mezelerden yal-nız ciğer ızgara ve ızgara köfte vardı. Tuğrul Beyin öfkesi ko-nuşuluyordu. Bazıları meseleyi bütün derinliğiyle anlama-makla birlikte öfkenin gerçekliğinden etkilenmişlerdi. Şöför Hayri bu yiğitlerin başında geliyordu; çünkü kaybedilmiş davaların adamıydı, eski iktidarı şiddetle tutmakla tanınmış-tı; bu yüzden çok çekmişti. İçkinin bile boğamadığı öfkesi-ni minibüsünden alırdı; genellikle Kör İbrahim, meyhanesi-ni kapatınca, Hayri de soluğu vefakâr minibüsünde alırdı ve emektar tabancasıyla arabanın döşemesini delik deşik eder-di. Muavini Bektaş da saçını başını yolardı: Hayri Ağam, bi-liyorsun yolcular, içeri durmadan toz giriyor diye yakınırlar, erkeksen git motoru da kurşunla, lâstikleri de kurşunla di-yerek çırpınırdı. İşte Hayri de böyle bir yiğitti. Arada bir, se-fer türküleri söyleniyor, âşık Rüstem de meydan sazıyla on-lara yol gösteriyordu... Benden selâm olsun dernek beyine / çıkıp tahta ata yaslanmalıdır / inşallah yakında tahsisat bi-ter / betonun demirleri paslanmalıdır... Tuzcuoğlu elem-le neşeyi karıştırmıştı bu dörtlükte, âşık Rüstem de besteyi buluvermişti; zaten âşığın besteleri hep birbirine benziyor-du. Tuzcuoğlu'nun ağzının içine bakılıyordu biraz neşelen-sin diye; neşelenmiyordu. Kara kara düşünüyordu, belki de dehşetli dilekçeler hazırlıyordu gene; oysa Emin Efendi ya-rım saat oluyor; meydanı terketmişti: Mutfağın bir köşesin-deki sedire yatırılmıştı; yemek kokuları arasında, cüssesin-den beklenmeyen gür bir horultuyla uyuyordu. Muhabbe-tin koyulaştığı bir sırada şöför Hayri, tahta ata çıkan bir tü-nel kazılmasını ve bu tünel yoluyla mezkûr atın kaçırılma-sını teklif etmişti. Bu teklif Tuzcuoğlunu duygulandırdıysa da hiçbir pratik yönü olmayan öneri oy çokluğuyla redde-dildi. Tuğrul Bey, "Yiğit arkadaşlarım, kahraman kasabalı-larım," diye konuştu onlarla; sonra da düşmanlarına seslendi: "Ey belediye reisi, ey dernek başkanı," diye başladı söze. Sabık garson Lâtif, bu başlangıçta kuvvetli bir dilekçe havası sezdiği için, onun teklifiyle hemen kâğıt kalem buldurulu ve Tuğrul Bey'in sözleri, anında, bizzat teklif sahibi tarafından kaleme alınarak zayi önlendi:

Ey belediye reisi, ey güzelleştirme derneği başkanı, ey yetkililer! Sanıyorum artık geldi sizlerle hesaplaşma günü, açık ve kesin günü yaklaştı savaşın (sözün burasında âşık Rüstem tarafından, sözlerin neden ters sırayla söylendiği mealinde bir itiraz yapıldıysa da Tuzcuoğlu hareketinin nedenini açıklamadığı gibi itirazı da dinlemedi). Bilindiği gibi başlangıçta zaman vardı ve her şey zamanla oldu. Nice yiğitler zamanla yıkıldı gitti de sabırla yerde sürünmesini bilenlere güldü talihin yüzü. Sonu belirsiz kavgalarda önceleri ihtiyar düşmanlarına acıyacak kadar güçlü görünen gençlere, günü gelince hiç aman vermedi ihtiyar kurtlar. Nice başı dik kavgacı kuru dallar gibi kırılıp telef oldu, hem de tam davasında haklı olmadığını sezdiği sırada. Tez davranıp inandıkları uğrunda ölmesini beceremeyenler, inanç değiştirmekten başları döne döne ihtiyarladılar. Haklı davalara taraftar bulmada çok zorluklar çekildi. Bizim tahta at davamızda, bu haklı savaşımızda, biliyorum yanımda yer alan kalabalığımızın ayıplandığını. Tahta At davamıza da gülündüğünden haberim vardır. Bu üç köşe at rezilliğini akıl edenlerin ayıplanması dururken biz neden göze batarız? Bu betonarme hayvan maskaralığının temsil ettiği zihniyet nedir? Sevgili halkımın karşısına bu ahşap kaplama sahtelik neden çıkarılmaktadır? Derler ki, denizi her tarafları kuşatmış olan ve tepelerinde ve düzlüklerinde sayısız çirkin yapının kaynaştığı ve tarihin her gün istimlâke uğradığı büyük bir şehirde, gökyüzüne yükselen bir konağın belediye parkından kaç misli büyük bahçesinde demirden bir at heykeli varmış ve bu anıtın anlamı denildiğine göre şu demekmiş: Konağın ve daha nice varlığın sahibi, köşkünün önünden geçen halka demek istermiş ki: ey halk! siz böyle at gibi uysal kaldıkça, dünya davalarına at gibi baktıkça benim varlığım da gökyüzüne doğru yükselir de yükselir. Bu atın mânâsı buymuş. Sizin atınızın temsili nedir? Sizin atınız hangi akla hizmettir? Bu başımıza gelen kaçıncı rezalettir? Yakın tarihimizi ve kültürümüzü ve edebiyatımızı ve sanatımızı ve imalâtımızı ve siyasetimizi kemiren bu tahta at zihniyeti, bu elem verici zavallı görünüşüyle bizi daha ne kadar tahta nalları altında inletecektir? Gövdesinde barındırdığı yarım yamalak sahte savaşçılarıyla bizi daha ne kadar tehdit edecektir? Hiç utanmak yok mudur? (Bundan sonra Tuzcuoğlu'nun sözleri, yazılabilir olmaktan çıktı.)

Nefes alınmak için temiz havaya çıkıldı. Tuzcuların tek varisi sendeleyerek ve çevresine hiç bakmadan belirli bir doğrultusu varmış gibi yürüyordu; ötekiler de sadakatla onu takip ettiler. Etmeyip de ne yapacaklardı? Bektaş meyhaneden çıkarken bir büyük şişe almıştı yanına, Tuğrul Beyin hesabına diyerek. Zaten bütün hesaplar, Tuğrul Bey hesabına görülüyordu. Emin Efendi de uyandırılmıştı. Bir süre sonra kalabalığın da sezmeye başladığı gibi, şehrin dışına çıkılıyordu. Olsun dediler; çıkmayıp da ne yapacaklardı? Böyle anlaşmış bir topluluk bulmak da kolay değil, diye düşünüyordu Tuzcuların oğlu, bu nedenle kaliteden biraz fedakârlık yapılabilir. Harabelere gelince en sağlam kalmış duvarın dibine oturdular. Bektaş şişeyi çıkardı, yalnız Tuğrul Bey için, Salih Efendi koştu, bekçi kulübesinden bir çay bardağı çıkardı; Tuzcuoğlu'na içki onunla sunuldu. Her nedense Tuğrul içki dağıtma işine topal arzuhalci Emin Efendiyi memur etti; ihtiyarın topallayarak içki dağıtması gülüşmelere yol açtı. Tahta At müsveddesinin önüne gelindiği zaman biraz taşkınlık yapıldı, fakat maddî hasara yol açacak bir eyleme girişilmedi, sadece yumruklar sıkıldı ve benzeri gösterilerde bulunuldu. Şoför Hayri ile Bektaş gösteri sırasında heyecanlarını yenemeyerek Tuzcuların Tuğrul Beyi omuzlara alma teşebbüsünde bulundularsa da bu minnet hareketi bizzat Tuzcuoğlu tarafından itibar görmedi.

Gecenin geç ya da sabahın erken saatlerinde kasabaya döndüler; açık hava ve yürümek iyi gelmişti. İçkiye devam isteği iyice göze çarpıyordu. Çeşitli tartışma ve tekliflerden sonra Tuğrul Beyin evinin arka bahçesinde karar kılındı. Tuğrul gizlice evden içki taşıdı. Serinlemek ya da içkinin etkisini hafifletmek isteyenler başlarını mermer havuza sokuyorlardı. Sabah serinliği çıkınca biraz uyuyanlar da oldu; ne var ki Tuğrul daha hiç gözünü kırpmamıştı, şoför Hayri de öyle. "Sinirden ağabeyciğim, sinirden uyuyamıyorum," diyordu. Bektaş kuşku ile bakıyordu ustasına: Bu sinir sözü şimdi ne demekti? Minibüsün yanına varıp kurşunları boşaltmak mı demekti? Hayri'nin heyecanı başkaydı: "Davamızı daha selâmetle yürütmek için bir parti kurmalıyız," diyordu; "Ben şimdiye kadar parti davasına çok çalıştım, üstelik hep alt kademelerde bulundum." Tuğrul, kendilerinin bir şeye karşı olduklarını, bu amaçla bir parti kurmanın zor olacağını belirtmeye çalıştı. "Bir şeyden yana değiliz ki Hayri," dedi hüzünle, "Bir parti kuralım." Şoför Hayri şiddetle içini çekti: "Ah bir olabilseydik ağabeyciğim, biz de bir şeyden yana olabilseydik." Tuğrul, "Ya da bir şeyler bizden yana olsaydı," diye tamamladı. Şoför Hayri'nin içi yanıyordu: "Yıllardır partilere girdim ağabeylerim bedava çok adam ve çok bayrak taşıdım minibüsümde." Bektaş içini çekti. "Çok seçim kaybettik Tuğrul Bey ağabeyciğim; her seferinde bir yakınım ölmüş gibi matem tuttum, günlerce gazetelere bakmaya yüzüm olmadı. Allahım diyorum, bizi hangi dünyada muzaffer kılacaksın? Bize ne zaman galibiyet yüzü göstereceksin? Allah seni inandırsın, şimdi de millî maçlardan sonra, acaba yine mi yenildik korkusuyla radyo bile dinleyemiyorum. Bu milletin çilesi artık bitsin diye gece gündüz dua ediyorum." Âşık Rüstem ağlamaya başladı, havuzun yanına götürüp başını yıkadılar. "Bu kadar parti toplantısına katıldım, böyle samimi, candan bir topluluk görmedim," diye düşüncesini belirtti şöför Hayri. Hava aydınlanmaya başlamıştı, kimseyi uyandırmayan hafif türküler söyledi Rüstem içini çekerek. Güneş biraz yükselince de yola çıkıldı. Meydana bakan kahvenin bahçesinde oturdular; birer sade kahve içtiler, hemen arkasından bir tane daha içtiler. Tuğrul'a gizlice su bardağında bir yudum sek rakı verildi, kendine gelsin diye. Kimsenin ayrılmaya niyeti yoktu. Şundan bundan konuşarak öğleyi ettiler; daha doğrusu Bektaş, ustasının kulağına bir haber fısıldamasaydı öğleyi etmek üzereydiler. "Kasaba Güzelleştirme Derneği bugün fevkalade toplantı yapıyormuş," diye öğrendiğini açıkladı Hayri. Bir sessizlik oldu. "Bana rakı bulun," diyerek Tuğrul hemen tepkisini gösterdi. Bir süre baş başa verip konuştular, sonra Emin Efendi, sabık garson Lâtif'in cebinde buruşmuş olan kâğıtları aldı, kayboldu. Kalabalık dağıldı.

Bir saat sonra, Tuğrul elinde kâğıtlarla manifaturacı Azmi'nin üst katında toplantı halinde olan güzelleştirme derneğinin üyeleriyle görüşmek üzere iki katlı binanın merdivenlerini çıkıyordu. Arkasından, bir iki dakika sonra Topal Emin, ondan beş dakika sonra şöför Hayri kapıdan girdiler. Eşit aralıklarla ötekiler de onları izledi. Üst kat derneğin malıydı. Toplantı odasının önündeki odacı, "Toplantı var Tuğrul Bey," dedi, "Biraz bekleyiverin," "Çok bekledim," diyen Tuzcuoğlu hademeyi iterek odaya girdi; arkasından yetişmeye çalışan adamı, tam o sırada koridora ulaşmış olan şöför Hayri ve Topal Emin Beyler engellediler. "Dilekçem var," diyerek doğruca dernek başkanı manifaturacı Azmi Efendi'nin yanına yaklaştı Tuğrul. Odanın dışında gürültüler artıyordu. "Meşru bir cemiyetin toplantısına müdahale edemezsiniz," diyen Azmi Efendi'nin yakasından tutarak kapıya doğru sürükledi Tuğrul, diğer üyelerin müdahalesi sırasında koridorda bulunanlar da odaya girince bir itişme oldu; iki taraftan da bazı vatandaşlar tartaklandılar. Olayın heyecanından kendini sıyırmasını beceren hademe karakola koştu. Polisin gelmekte olduğunu pencereden görenlerin bir kısmı olay yerinden süratle uzaklaştılar. Tuğrul Bey ve Topal Emin Efendi karakola kadar götürüldüler; onlara şikâyetçi sıfatıyla Azmi Efendi de katıldı. Tuğrul, düşünceli gözlerle onları süzen komisere, "Hakkımızı aradık Hürrem Bey," diye durumu kendi açısından izah etti; "Bir vatandaş olarak," deyimini de eklemeyi ihmal etmedi. "Saçmalamayın, çok rica ederim Tuğrul Bey," diyerek memnuniyetsizliğini belirtti komiser. Azmi Efendi, yırtılan gömleğini göstermekle ve "Vallahi maliyeti altmış beş liradır," demekle yetindi. Komiser, arzuhalci Emin Efendi'ye döndü: "Sen utanmıyor musun yaşlı başlı adam," dedi, Tuğrul tamamladı: "Bu serserilerin arasına katılmaya." Komiser Hürrem 'bu çeşit davranışların sonu' kabilinden bir şeyler söyledi, sonra kaymakama ve belediye reisine telefon etti. Muhakkak zabıt tutulmasında ısrar eden ve delilleri mahkemede serdedeceğini söyleyen Tuğrul'u yatıştırmak için onu da telefonda belediye reisi ile konuşturmak icap etti. Emin Efendi hiç konuşmadı, ara sıra kendisini azarlayan komisere gözlerini kırpıştırarak baktı. Ve taraflar barıştırılırken Azmi Efendi'nin elini sıkması karşısında memnuniyetini gizleyemedi. Olay kapatıldı.

Olayların arkası gelmedi. Gün geçmiyordu ki Tuğrul Bey'in yeni bir marifetiyle karşılaşılmasın. Komiser Hürrem'in dediği gibi Tuğrul Bey gemi azıya almıştı ve hemen her gün sarhoş bir vaziyette kasaba sokaklarında dolaşıyordu. Olaylar sırasında açıkça kendini göstermiyordu. Dernek olayından iki gün sonra topal arzuhalci Emin Efendi cuma namazından çıkanlara halkı tahta ata karşı kışkırtan el ilânları dağıtırken yakalandı ve dört saat emniyeti umumiye nezaretinde kaldı. Ertesi gece de meçhul şahıslar tarafından istasyon caddesindeki ağaçların gövdelerine, üzerinde çarpı işaretleri bulunan tahta at resimli kâğıtlar yapıştırıldı. Tuğrul Beye yakınlığı gayet iyi bilinen bazı şahıslar da camilerde hocaya vaazdan sonra ecnebi menşeli hayvan heykellerinin dikilmesi mevzuunda kitaplarda bir sarahat olup olmadığını sordular. Bir gece de bilinmeyen kimse ya da kimseler inşaatı hayli ilerlemiş bulunan tahta heykelin kaidesine kocaman ve çirkin harflerle 'Tahta At, evine dön!' yazdılar. Oysa tahta atın yerinden kımıldamaya niyeti yoktu. Tahta kaplaması da birkaç gün sonra bitecek ve açılış töreni yapılacaktı. Tuğrul'un huzursuzluğu da son haddine varmıştı; kaymakama göre, bardağı taşıracak son damla endişe ile bekleniyordu. Son gün de Tuğrul Bey yazılı olarak resmî makamlara müracaatla açılış günü şehir meydanında bir toplantı ve gösteri yürüyüşü yapmak üzere izin isteyince yetkili makamlar köklü bir tedbir alma gereğini duydular; mesele hatır gönül sınırlarını aşmıştı belediye reisine göre. Emniyete telefon edildi ve bir tedbir düşünülmesi istendi.

Komiser Hürrem, emniyetin arabasıyla karayoluna çıkmak üzere olduğu sırada Tuzcuların Tuğrul Beyin yeni aldığı arabasını görerek durdurdu. Otomobilin üstünde meçhul şahısların hazırladığı bütün afiş ve resimlerden çok sayıda yapıştırılmıştı. Tuğrul arabadan başını çıkararak gülümsedi: "Gece, 'bilinmeyen kişiler' yapıştırmışlar bunları. Ben de size şikâyete geliyordum." Komiser, "Ben de sizi arıyordum," dedi. "Birkaç gün şehirde bulunmamanız için rica edecektim." Tuğrul çarpık bir gülümsemeyle karşılık verdi. "Emir aldım," dedi komiser. Polislerden birine döndü:

"Tuğrul Bey'in arabasını evinin önüne götürün," dedi. Tuzcuların oğlunu da polis arabasına bindirdiler, araba ters yönde hareket etti. Tuğrul komisere baktı: "K2R temizleme harekâtınız başarıyla sonuçlandı, tebrik ederim," dedi.

Aynı gece şehrin girişlerini kontrol ettirdi Hürrem Bey. Şüpheli bir şahsa rastlanmadığı raporlarda belirtildi.

Tören günü de harabeye giden yollar üzerinde sıkı güvenlik tedbirleri alınmıştı. Tuğrul veya yardakçılarından kimsenin yaklaştırılmaması hususunda kesin emir verilmişti güvenlik kuvvetlerine. Sıcakta tepeyi tırmanan yetkililer, dernek üyeleri ve halktan bir kalabalık giriş kapısının yanında ve tuvaletlerin tam karşısında tahta atın bütün büyüklüğüyle dikildiğini gördüler. Gerçi tahta kaplama, gövdeye yamalı bir durum vermişti, fakat anıtın büyüklüğü bu izlenimi hemen siliyordu. Tahta kaplama yaratık, tarih ya da sanat tarihi bilenler için bir dereceye kadar ata da benziyordu, özellikle başı bu benzerliği artırıyordu. Efsaneye ya da tarihe uygun davranılmaya çalışılmıştı. İşte binlerce yıl önce yapıldığı gibi bunun da gövdesinde bir kapak vardı. Heykel-anıtın kaidesine meçhul şahısların yazdığı yazı da çimento şerbetiyle örtülmüştü. Tepeye ulaşan güzelleştirme derneği üyeleri rahat bir nefes aldılar, doğrusu bu günlere kolay gelinmemişti. Kaç defa tahsisat bitmişti, tahrikler de oldukça üzücü durumlar yaratmıştı. Fakat işler bir kere düzelince, kötü günler sanki hiç yaşanmamış gibi oluyordu. Azmi Efendi tepeden aşağı baktı: Güvenlik kuvvetleri yolu gözlüyordu. Heykelin çevresi üç köşe bayraklarla donatılmıştı. Bazı turistler de törende yer almıştı ve bu yüzden güvenlik kuvvetleri tepeyi aşağıdan kuşatmıştı. Turistlerin tedirgin edilmemesi uygun görülmüştü. Şair Kemal Ahmet İlkokulu 5-A öğrencileri de millî eğitim müdürünün yardımıyla getirilmişti. Bir de izci oymağı vardı. Kasabada bando olmadığı için, ortaokulun müzik öğretmeni, cemiyetin teypine aldığı marşları çalmak üzere makinenin yanında hazır durumda bekliyordu. Bekçi Salih görevinden alınarak kasabadaki müze binasına gönderilmiş olduğu için törende yoktu. Harabenin renkli kartpostallarını ve seramik tahta atları satan bakkalın tezgâhında mütevazı bir büfe düzenlenmişti. Açılış konuşmasını belediye reisi yapacaktı. Çalınacak marşları müteakip 5-A öğrencilerinden biri de konuşacaktı. Bu yüzden millî eğitim müdürü biraz huzursuzdu. Allah vere de çocuk şaşırmasa. Kaymakam, belediye reisinin yüzüne, daha ne bekliyoruz biçiminde baktı. Belediye reisi kâğıdı cebinden çıkardı ve Tahta Atın önünde kurulmuş olan kürsüye yaklaştı; mikrofonu, hafifçe öksürerek kontrol ettikten sonra düşünüyormuş gibi başını öne eğerek ve aslında ilk cümleye bakarak, dedi ki: "Sevgili hemşerilerim..." Sonra arkasında yani tahta atın olduğu yerde bir gürültü duyar gibi oldu, gayri ihtiyarî başını geriye çevirdi, herkes de onunla birlikte baktı: Tahta atın kapısı hareket ediyordu. Evet, tıpkı binlerce yıl önce olduğu gibi tahta kapısı açılıyordu ve içinden biri ya da birileri çıkıyordu ki bir çift bacak görünmüştü önce. Herkes şaşkınlıkla aynı yere baktı, ve kapıdan çıkan Tuzcuların tek oğlu Tuğrul yere atladı. Önce onun olduğunu anlamadılar tabii; bacakları çıplak, başında beyaz bir miğfer olan bu gölgeyi eski zaman savaşçılarına, meselâ Odiseus'a benzettiler herhalde. Öyle ya, onun gibi sakallı ve miğferliydi bu yabancı. Sonra Tuğrul Bey olduğu anlaşıldı, ama gene de şaşkınlık geçmedi. Tuzcuoğlu da bu şaşkınlık arasında kalabalığa doğru ilerledi, o zaman Tuzcuların Bekirin oğlunun elinde bir av tüfeği olduğunu gördüler. Tuğrul Tuzcuoğlu, kalabalığın ürkek bakışları arasında ilerledi ve silâhını Tahta Atın yapımından sorumlu olanlara doğrulttu.

Babama mektup

S evgili babacığım,
Belki hatırlamazsın ama bugün sen öleli tam iki yıl oluyor. Ne yazık ki bu süre içinde ben daha iyi ve akıllı olamadım; bu fırsatı da kullanamadım. Oysa yıllar önce, bazı zamanlar, sen olmasaydın birçok şey yapabileceğimi düşünürdüm. Şimdi artık suçun kendimde olduğunu görmek zorundayım.

Sana bazı şeyleri anlatamadım. Bir iki yıl daha yaşasaydın ya da dünyaya dönseydin –kısa bir süre için– her şey başka türlü olurdu sanki. Çaresizlik yüzünden birçok şeyin anlamı kayboluyor. Sen olmadıktan sonra sana yazılan mektup ne işe yarar? Fakat ben artık bir meslek adamı oldum babacığım. Yakın çevremde seninle ilgili bir hatıramı anlattığım zaman, "Ne güzel," diyorlar, "Bunu bir yerde kullansana."

171

Onun için, çok özür dilerim sevgili babacığım, seni de bir yerde, meselâ bu mektupta kullanmak zorundayım. Geçen zaman ancak böyle değerleniyormuş; insanın geçmiş yaşantısı ancak böylece anlam kazanıyormuş. Ben, seninle ilgili olayları anlatırken aslında senin nasıl bir insan olduğunu belli etmemeye çalışıyorum; aklımca asıl babamı kendime saklıyorum. Sonra da seni anlamadıkları zaman onlara kızıyorum. Bana kızınca –bu çok sık olurdu– "Senin aynadan gördüğünü ben 'dıvardan' görürüm," derdin. Annemle birlikte 'dıvar' sözünle alay ederdik. Ben de şimdi küçüklerime karşı –artık benden küçük olanlar da var babacığım– bu cümleni kullanıyorum, gülüyorlar. Bu sözü kullanırken aslında amacımın ne olduğunu sezmiyorlar tabii. Seni gülünç duruma düşürmek istediğimi ya da genellikle eski kuşakları alaya almak istediğimi sanıyorlar. Herhalde, ben tam belirtemiyorum ne demek istediğimi. Gülümsemenin içindeki sevgiyi demek ki anlatamıyorum. Şimdiki gençler başka türlü babacığım: Her sözden tek anlam çıkarıyorlar. Ben de o zaman çileden çıkıyorum gerçekten: Asıl amacımı unutup seni onlara beğendirmeye çalışıyorum. Aslında bu çabanın anlamsızlığını sezmiyor değilim. Ülkenin en zengin adamı senin paltonu tutarken ya da, "Rica ederim Cemil Bey, müsaade buyurun," diyerek 'bizzat kendisi paltoyu giydirmekte ısrar ederken' senin gibi hissedemedikten sonra, insan o paltonun içinde kendisi varmış gibi gururlanmadıktan sonra, seni beğenmeleri hatta anlamaları neye yarar? Ya da meclise ilk girdiğin sıralarda, başkandan birkaç gün için izin istemeye gittiğin zaman, "Cemil Bey siz galiba yenisiniz," diyen başkanın karşısında senin gibi utanmadıktan sonra insanın böyle küçük ayrıntıları öğrenmesinin ne anlamı var? "İstediğiniz zaman izin yapabilirsiniz Cemil Bey, bana gelmenize lüzum yok," sözünü duyunca kim senin gibi ferahlayabilir?

Bunlar bildiğin şeyler babacığım; sana biraz da bilmediklerini anlatayım: Meselâ, cenaze törenin nasıl oldu? Kimler geldi? Cenaze namazın nasıl kılındı? Genellikle bir aksilik olmadı babacığım. Ben ağladım. Okulda o günlerde 'hatırı sayılır' bir durumda olduğum için oradan bir otobüsle bir miktar öğretim üyesi ve bir çelenk gönderildi. Hayatın boyunca hiç görmediğin bazı kimseler ellerini önlerine kavuşturarak ve başlarını eğerek ölümün anlaşılmaz gerçeği üzerinde düşünüyormuş gibi yaptılar mezarının başında. Tabut çukura konulduktan sonra üstüne büyük beton bloklar yerleştirildi. (Bu teknik geleneği sevmiyorum babacığım; aşılmaz engellere karşıyım.) Seni, annemin yattığı mezarlığa gömmedik. Bazı yakınlarım öyle uygun gördüler. İnsanlar arasında, onlar öldükten sonra bile anlaşmazlıkların sürüp gitmesini istiyorlar. Benim üzüntümden yararlanarak seni mezarda annemden ayıran yakınım, aslında öteki dünyaya filân hiç inanmaz. Oysa bana, "Annen böyle isterdi," dedi. Sen bu adamı sevmezdin ve nedense ona yakınlık gösterirdin. Bu nedenle hiç hakkı olmadığı halde sana 'babacığım' derdi. Artık ben akraba olmayanların birbirlerine 'anneciğim, teyzeciğim, oğlum, kardeşim' diye seslenmelerine bütünüyle karşıyım babacığım. Artık gerçek bir akrabam kalmadığı için, bütün bu soğukluklara karşıyım. Herkes birbirine adıyla hitap etsin. Mantığı seven bir insan olarak senin de bu düşünceye karşı pek bir diyeceğin yoktur sanıyorum.

Sen öldüğünden beri gittikçe daha 'muhafazakâr' oluyorum babacığım. Meselâ, Allah kimseyi genç yaşta anasız babasız bırakmasın filân diyorum. Sana oranla daha 'münevver bir zat' sayıldığım ya da kendimi öyle sandığım için, bu yargıya bir 'filân' sözünü eklemeyi de ihmal etmiyorum. Aramızda 'irfan' bakımından –görünüşte– bir fark olduğu doğrudur. Sen böyle görünüm inceliklerini akıl edemeyecek kadar saf olduğun, yani benim gibi 'zıt kuvvetlerin muhasala-sı' olmadığın için belki de bu yazdıklarımı biraz karışık bu-luyorsun. Aslında karışıklık içimdedir ve bu mektubu yaz-ma isteğim, karışık ruhumun kapıldığı samimiyet buhranla-rından biridir. Bu buhran, genellikle senin ölümünden son-ra içimde kuvvetle hissettiğim Cemil Beyi yaşatma çabasıyla ilgilidir. İçimde benden ayrı olduğunu sandığım bir de Ce-mil Beyin bulunmasına sen 'tezyid-i şahsiyet' mi yoksa 'tak-sim-i şahsiyet' mi dersin pek bilemiyorum.

Benzer taraflarımız olduğu bir gerçektir. Sen üstüne ba-şına dikkat etmezdin; bense ne kendime bakıyorum ne ara-bama. Uzun yıllarını geçirdiğin büyük şehrin sokakların-da ikimiz de kir içinde dolaşıp duruyoruz. (Annem duyma-sın.) Bazen arabayı bir ara sokakta durdurarak küçük ve ka-ranlık meyhanenin birine giriyorum. Senin deyiminle 'tedri-ci intihar'. Bununla birlikte, bazı yazı denemeleri –bu mek-tup gibi– yaptığım için, arkadaşlar arasında –bu içki ve pe-rişanlık gibi bütün tutarsızlıklarıma rağmen– oldukça ilgiy-le karşılandığım söylenebilir. Sağ olsaydın yazdıklarımdan bir satır anlamamakla birlikte gene de benimle öğünürdün sanıyorum. Galiba biz, babacığım, birbirimizi hep böyle an-lamadan sevdik. Aslında yazdıklarım senin deyiminle 'uy-durma' şeylerdi; annemin seyrederken ağladığı filmler ya da okurken duygulandığı romanlar gibi 'hepsi uydurma'. Sana yazdığım bu satırların da bir kısmı 'uydurma' olabilir; sana açıklamakta zorluk çekeceğim bazı nedenlerle senin anladı-ğın biçimde bir gerçeklikten uzaklaşmak zorundayım. Ayrı-ca gerçek ya da uydurma olan bu satırları benim hissettiğim şekilde anladığından da şüphedeyim, hatta anlayıp anlama-dığını da bilemiyorum.

İşte böyle babacığım, bazen de gerçeklik buhranlarına ka-pılıyorum. Bu yüzden sana gerçeklerden, senin de karşı çı-kamayacağın gerçeklerden söz etmek istiyorum. Bugünlerde özellikle ansiklopedik gerçeklerin çok tutulması ve ilgi duyduğum, sevdiğim kimselerin gittikçe unutulması yüzünden, baştan aşağı gerçeklerle dolu ve birçoklarına göre önemsiz sayılacak hayat hikâyelerinden meydana gelen bir ansiklopedi yazmak istiyorum. Buna benzer denemelerim oldu. Ama onlar da senin deyiminle gerçekten 'uydurma' şeylerdi. Bu nedenle babacığım, herkese açıkça ilân ediyorum: 1892'de doğdun. Ülkemizin ortalama ömür sınırını çok aştın. Duyduğuma göre İsveç ortalamasını filân bulmuşsun. Köyde, kasabada, taşrada yetiştin. Olgunluk çağı denen döneminde, ülkeyi yönetenler daha kalabalıkmış gibi görünsün diye, taşradan getirilerek onların arasında yer aldın. 'Fırka kâtib-i umumîsi'nin ya da daha başka 'ekabir'in gözüne girmek için kürsülerde bağırmak gibi bir münasebetsizliği beceremediğinden, bugün benim özel ansiklopedimin dışında yer alacağını hiç sanmıyorum. Sessiz faziletlerin heykeli dikilmiyor ya da onun gibi bir şey. Büyük şehirde, ülkeyi yönetenlerin toplandığı salonda neden bulunduğunu hiç düşünmedin. Ayrıca insanın evrendeki yeri konusunda da düşüncelere daldığını sanmıyorum. Fakat –bu söylediğim gerçekten gerçek babacığım– ben bütün bunları düşündüğüm halde yerimi bulamadım. Beni daha iyi yetiştirseydin, meselâ ne bileyim yabancı ülkelere filân gönderseydin, bugünkünden daha esaslı olmasam da, kendimi ifade ve eşya ile münasebetimi tayin ve kâinattaki yerimi tespit gibi hususlarda daha becerikli olurdum. Sen her zaman tutarlıydın; olduğun gibi olmaktan gurur duyuyordun; olduğun gibi davranıyordun. Bense küçük hırslar yüzünden bocalıyorum; senin deyiminle 'iki cami arasında beynamaz' ya da senden önce senin gibi rahmetli olan Numan Beyin deyimiyle 'güreş güreş, Hacı Muhammed altta' bir durumdayım. 'Tedrici inhitat' oluyorum senin anlayacağın. Görüyorsun senin hayat hikâyeni bahane ederek gene kendimden bahsediyorum. Senin asaletini tevarüs etmediğim için her fırsatta kendimi ileri sürmek gibi bir zillete tenezzül ediyorum. Neyse, sana dönelim babacığım. Hiç bir savaşa katılmadın ve kelimenin bilinen anlamıyla hiç bir kahramanlık göstermedin. Bu nedenle madalya filân gibi manevî ödüllerden yararlanmadığın gibi han-hamam-çiftlik gibi maddî ödüllerin üstüne de oturmadın. Siyasetin içinde yaşadığın halde siyaseti bilmediğin için barış döneminde de başarılı olamadın. Bu bakımdan sana yöneltebileceğim en kuvvetli tenkit şudur: Kendini sunmasını hiç beceremedin babacığım. Hemşerilerinin büyük şehirde kaldıkları hanları ziyaret ederek onlara kartvizitlerini dağıtmadın, dairelerde seçmenlerinin işlerini takip etmedin. Bütün yaptığın, seçim bölgene gittiğin zaman eğer ramazansa sokakta sigara içmemekten ibaret kalmıştır. Kendini çok beğendiğin halde kusurlarını bilmediğin gibi, meziyetlerinin de farkına varmadın. Genellikle sert, duygusuz ve bencil göründün. Bu özelliklerinde huysuz bir çocuğa benziyordun. Çocuk diyorum, çünkü kötü huylarından bir 'menfaat temini cihetine' gitmedin. Bana sorarsan, hemen bütün konularda çocukça, yani samimi fikirler ileri sürdün; bununla birlikte bu davranışlarının ev içinde 'menfi neticeler tevlid ettiği' oldu. Ben bu sonuçlardan çok yakındım ve 'asi evlat durumuna müncer oldum'. Birlikte yaşadığımız günlerde, bütün beğenilerim sana karşı duyduğum tepkilerle oluştu. Sen klasik türk müziğini 'goygoyculuk' olarak niteledin; batı müziğine tepkini de sadece, 'kapat şunu' biçiminde gösterdiğin için ben, her ikisini de sevmeyi görev saydım kendime. Kültür hakkında öteki yargıların da pek iç açıcı değildi. Özetle, çevrendeki her şeyi kesin çizgilerle ikiye ayırdın. (Bu bakımdan da sana benzediğimi itiraf etmeliyim.) Dünyada yalnız güzellerle çirkinler vardı, bir insan ya akıllıydı ya da aptal, senin gibi başını dik tutmasını bilemeyen bütün insanlar dalkavuktu; sana benzemeyen kibar davranışlı insanları da züppelikle suçlardın. Biz –annemle ben– sana itiraz ederdik; fakat ben farkına varmadan senin orta yola fırsat vermeyen bu acımasız sınıflamalarını benimsemişim babacığım. Üstelik –en kötüsü de bu galiba benim için– böyle olduğumdan gizlice memnunluk duyar gibiyim ki, işte asıl buna dayanamıyorum; çünkü ben babacığım, biraz da duygularımın 'romantik' bölümünü, sen kızacaksın ama, annemden tevarüs ettim. Özellikle bazı kitapları okuduktan sonra, içimdeki bu aşağılık çelişkilerin daha da farkına vararak, senin hiç anlamayacağın bir biçimde sabit gözlerle boşluğa bakıp duruyorum. Senin işin bir bakıma kolaydı babacığım. Birçok şeyi yok sayarak belirli bir düzen içinde yaşadın. Sinemaya gitmedin. Hiç roman okumadın. Zeytinyağlı enginar yemedin. Yabancı ülke özlemi çekmedin. Kimseye hediye almadın. Evde kuşkonmazdan başka bitki yetiştirmedin. Yalnız halk türkülerini sevdin. Basit beğenilerinin yanında beni şaşırtan duyarlıkların vardı. Bir örnek vermek gerekirse

Çalkan Karadeniz çalkan
Gemiler açıyor yelken

gibi beni çok duygulandıran bir masal türküsünün yanısıra

Yekte yavrum yekte
Pastırmalar yükte

türküsünü de aynı keyifle söyledin ve dinledin. Ben, sonradan edindiğim bir duyarlıkla, ikincisini sanki alaya alıyormuşum gibi değerlendirerek işin içinden çıkmayı denedim: Şu 'filân' sözünü, basit duygululuklarımı gizlemek için kullandığım gibi filân.

Şimdi artık öldün babacığım. Sınırlarını kesin olarak belirlediğin bir dünyada, bana sorarsan, belirsiz bir biçimde yaşadın ve öldün. Seni artık değiştirmek mümkün değil babacığım; bu nedenle kendimi de değiştirmenin mümkün olacağını sanmıyorum. Sabit nazarlarla boşluğa baktığım zamanların çoğunda temeldeki benzerliğimizi gizlemek için ümitsiz süslemelerle kendimi yoruyormuşum gibi geliyor bana. Senin anlayacağın babacığım, züppe olarak nitelediğin insanların, iç sahteliklerini örtmek amacıyla giriştikleri kibarlık çabaları içindeyim sanki. Senin gibi tutarlı olmadığım için çoğu zaman kuşkulara kapılıyorum ve ütüsüz pantolonlarla lekeli gömleklere kısa bir süre için son veriyorum.

Bugün, genellikle seni benden başka hatırlayan yok babacığım. Öldüğün için durumu bilmiyorsun; ama, sana açıkça belirtmek zorundayım ki, çevrendeki kuru kalabalığın büyük bir kısmı daha şimdiden tarihe geçmiş vaziyette babacığım. Okuma kitaplarında senin gibilerin davranışları örnek gösterilmekle birlikte onların adları ve ikimizin de çok iyi bildiği küçük ve karanlık yaşantıları yer alıyor. Sen artık öldüğün için senin adına uydurma nutuklar, düzme makaleler, hayal ürünü tartışmalar icat etmek ve seni onların çok üstünde dalgalandırmak istiyorum. Çünkü hepinizi tanıyan –gerçekten tanıyan– on kişiden dokuzunun, bir seçim yapmak gerekirse, oylarını sana vereceğini ismim gibi biliyorum. Göreceksin babacığım, şu tek başıma yazacağım ansiklopediye bir başlayabilsem her şey düzelecek. Kimsenin doğru dürüst bir şey bilmediği bu ülkede şundan bundan –yani yabancı yazarlardan– makaslama metoduyla birkaç eser veremez miydin yani? Tercümeleri ben yapardım. Annem de sana okurdu. (Hiç olmazsa şunu kabul etmelisin ki babacığım, çoğu zaman sadece annemin okuduklarını anlardın. Senin dilini, görünüşteki bütün karşıtlığınıza rağmen, galiba sadece annem bilirdi.)

Aramızda hiçbir zaman, alışılmış baba-oğul ilişkisi olmadı. Ne ben, bütün meraklı çocuklar gibi durmadan her şeyi sana sordum; ne de sen oturup bazı şeyleri bana açıklamak gereğini duydun. Bu yüzden, birçok olayın nedenini zamanında öğrenemediğim için, dünyanın birçok yönünü hiç bilemedim. Bazı olayların nedenini de çok sonraları öğrenebildim. Meselâ yemekten kalkınca herkesten önce ellerini yıkamak isterdin; banyoda, "Ben sigara içeceğim," diyerek beni iterdin. Ben de senin gibi sigara içmeye başlayıncaya kadar, bu davranışın bana hep esrarlı göründü. Sonra karşılıklı sigara içmeye başladık. Sonra günün birinde karşısında, 'bacak bacak üstüne atıp sigara içen' oğlunu azarladın. Davranışlarında genellikle hep böyle geç kalırdın. Karımdan ayrılıp sana sığındığım zaman da, "Geceleri eve geç geliyorsun," gibi, yıllarca önce söylenmiş olması gereken sözlerle beni tedirgin ederdin. Oysa babacığım ben evlenmiştim, ayrılmıştım, çocuğum bile vardı; yani bir bakıma senin durumundaydım. Sen de yıllarca önce bazı işlerini bahane ederek büyük şehire gidip bizi günlerce yalnız bırakmaz mıydın? Ben de işte öyle olmuştum babacığım: 'İstediğim gibi yaşamak' diyebileceğimiz bir işim çıktığı için evden, kendi evimden ayrılmıştım.

Ben sonra eve dönmedim babacığım. Bazı durumlarda sana oranla biraz aşırı davrandım. Belki de kendime bu dünyada bir yer yapabilmek için, birçok düşüncemi 'kuvveden fiile' çıkarmaya çalışıyorum. Aslında sen böyle bir şeyi hiç düşünmedin; bununla birlikte, yeryüzünde senin kadar yer yaptığım da söylenemez. Bu yüzden sinirli, sabırsız ve hırçın oldum. Biliyorsun seninle de çok çatışırdım, kapıları filân vurup giderdim. Bana hep haksızlık yaptığın duygusu vardı içimde: Bence her zaman bana haksız yere söylenirdin; çalışkan bir öğrenci olduğum halde "Bu çocuk kitap yüzü açmıyor," diye homurdanırdın, üstüme uymayan kötü dikilmiş elbiseler giydirirdin, istemediğim okullara gönderirdin beni, sızlanmalarımı da hiç dinlemezdin. Bugün, belki de sen

artık öldüğün için, bana bir zamanlar haksızlık ettiğini dü-
şünemiyorsam da, bana haksızlık edildiği düşüncesi içimde
öylesine gelişti ki artık bütün dünyayı suçluyorum bu ba-
kımdan. Bu bakımdan da istemediğim bir yerlere vardım,
artık bütün dünyanın suratına çarpıp duruyorum kapıları.

Senin 'egoist' olduğunu söylerlerdi; benim için de şimdi
buna benzer sözler ediyorlar. Annem öldükten sonra bir sü-
re sen de yalnız kalmıştın ya, bu yüzden yalnızlığı bilirsin
sanıyorum. Ben de yalnızlığımda sana benzedim babacığım:
Kendime yemekler pişiriyorum; senin kirli ropdöşambrına
benzeyen bir şeyler giyip, bir karış sakalla evin içinde huzur-
suz dolaşıp duruyorum, yanık kalmış elektrikleri söndürü-
yorum, durmadan para hesabı yapıyorum, kendimi biraz iyi
hissettiğim günlerde çarşı pazar dolaşarak her malın iyisini
almaya çalışıyorum. Gittikçe sana benziyorum babacığım:
Kimseleri beğenmez oldum. Aynaya pek bakmıyorum ama
sevdiğim şeylerden söz ettikleri zaman suratımı senin gibi
buruşturduğumu hissediyorum. Birilerine oturmaya gitti-
ğim zaman yemeğe kalmam için ısrar edilmeyince senin gi-
bi, belki de senden çok şiddetli bir biçimde içerliyorum her-
kese; yalnız, senin yaptığın gibi, kötü yemekleri açıkça be-
ğenmezlik edemiyorum; ne yapalım, bu huyumu da annem-
den almışım. Gene de hoşnutsuzluğumu belirten bir iki söz
söylemeden edemiyorum. İstiyorum ki babacığım artık her-
kes öğrensin hiç bir şeyi beğenmediğimi. Senin başına gelen-
leri düşündükçe hiç bir duygunun içimde kalmasına, hiç bir
öfkenin sadece içimde büyümesine razı olamıyorum artık.
Senin gibi ben de artık aklıma geleni hemen herkesin yüzü-
ne haykırıyorum. Eski pısırık oğlunun bu durumunu gör-
seydin gurur duyardın diyemiyorum; çünkü, sözlerime 'mu-
hatap' olanların tepkisine bakılırsa pek övünülecek durum-
da değilim galiba babacığım. Genellikle belirsiz bir isyan ha-
lindeyim. Derler ki sen de çocukluğunda eve dönünce anne-

ni bulamazsan hemen sokağa fırlar ve onun misafirliğe gittiği evin camını taşlarmışsın. Ben senin gibi köyde değil şehirde, evde değil apartmanda büyüdüğüm için, çocukluğumu bir bakıma yaşayamadığım için, bu konuda biraz gecikmiş de olsam yalnız bırakıldığımı hissettiğim zaman kendi çapımda mesele çıkarıyorum, herkesin burnundan getirdiğimi sanıyorum.

Oysa şimdi seni düşündüğüm zaman babacığım, durmadan gülümsüyorum. Seni sen olarak yaşamak istiyorum. İstiyorum ki evde annem gibi biri olsun ve ben de mutfağa giderek, "Burada gene bir şeyler kaynıyor Muazzez," diye içeri seslenebileyim ve bana "Kaynadığını görüyorsun altını kıs Cemil Bey," denilsin ve ben de hiç bir şey yapmadan mutfaktan çıkayım. Belki de nasıl bir insan olduğunu bugün bile bilmiyorum; daha doğrusu bugün, senin bilmediğin bazı şeylerin varlığından haberim olduğu için, bu bakımlardan nasıl bir insan olduğunu merak ediyorum. Acaba senin de bilinçaltın var mıydı babacığım? Bana öyle geliyor ki sizin zamanınızda böyle şeyler icad edilmemişti. Sanki Osmanlıların böyle huyları yoktu gibi geliyor bana. Senin fesli ve redingotlu resimlerini gözümün önüne getiriyorum da, bu görüntüyle 'varoluşçu bir bunalımı' yan yana düşünemiyorum doğrusu. Aslında bizler de bir özenti içindeyiz; ama ne de olsa bu kurt içimize düştü bir kere babacığım; bazı meseleleri bu yüzden büyütüyoruz. Acaba bütün bunları sana şimdi anlatsaydım nasıl karşılardın, yazdıklarımı okusaydın ne düşünürdün? Hepsini 'deli saçması' mı bulurdun? Sizin zamanınızda herhalde böyle zorluklar yoktu babacığım; yemek ve bilmece çözmek ve benim zorumla radyodan dinlediğin alafranga müzik ve sineklerin camı kirletmesi ve gazetede sağlıkla ilgili makale hakkındaki düşüncelerin ve aylık bütçe hesapların ve yarın pişirilecek aşureye neler katılması gerektiği ve benzeri ve ilgisiz bütün düşüncelerinin 'bilinç akımı' denilen karmaşık bir düzende yer aldığını bilseydin sanırım yemekten sonra o yüksek koltuğunda rahatça uyuklayamazdın. Maddenin temel yapısında düzelmesi mümkün olmayan bozuklukların başladığını ya da bazı tabiat kanunlarının artık eskisi gibi aynen tekrarlanmadığını duysaydın acaba endişelenir miydin? Aslında 'ruhiyat'la ilgili yenilikleri ben bile doğru dürüst bilemiyorum babacığım. (Meselâ, egoist olduğun halde, sen de 'ego'nun farkında değildin.) Bir yerde okumuş olsaydın da bana, "Oğlum sende Oedipus kompleksi var mı?" diye sorsaydın ne karşılık vereceğimi bilemezdim sanıyorum. Hani ben sana kızınca ya da belirsiz nedenlerle içimde tanımlayamadığım sıkıntılar duyunca gidip sabahlara kadar içerdim ya, şimdi öyle yapmıyorlar babacığım. Bu senin duymadığın bilinçaltıyla ilgili doktorlara gidiyorlar. Bense aslında sana benziyorum babacığım: Artık içki de iyi gelmediği için böyle durumlarda koltuklara baykuş gibi tünüyorum.

Demek ki senin köylü tabiatın bana miras kalmış babacığım: Medeniyeti sevmiyorum. Bu günlere yetişebilseydin, sen de benim gibi televizyondan nefret ederdin sanıyorum. Ben, senin çıktığın köye dönmek istiyorum; yani, sonradan görme deniz özlemcileri gibi kıyıda balıkçılarla filân sohbet etmek istemiyorum. Balığa çıkmak bize göre değil babacığım. Ben senin uçsuz bucaksız tarlalar arasındaki küçük köyüne yakın bir yerde (çevrede belki bir iki ağaç olabilir) ahşap kirişli kerpiç bir evde yaşamak istiyorum. Evin resmini de tanıdık yaşlı bir mimara çizdirdim. (Gençlere güvenim artık kalmadı babacığım.) Sana anlatması biraz zor ama, oraya gidişim bana haksızlık eden dünyaya karşı bir başkaldırma hareketi olacak diyebilirim; yani ben orada bulunmakla onlara, "İşte bütün 'terakkinizi' gördüm ve 'aslıma rücû ediyorum' (yani Cemil beye dönüyorum)", diyeceğim ve onlar da bunu anlamayacak. Sen bunu Ziya Paşanın ya da Mehmet Âkif'in tepkilerine benzetebilirsin. Annem duysaydı çok ağlardı. Sen nasıl karşılardın bilmiyorum, herhalde bunu da sana karşı bir hareketim olarak 'tavsif' etmezdin. Gene de, beni bu duruma kitapların getirdiğini söylerdin. Lukianos'u okuduğum zaman da bir gün kitabı karıştırmış ve içinde tanrılarla alay eden bölümü görünce, "Bu oğlan onun için Allaha inanmıyor, bana karşı geliyor," diye pek gerçekçi saymadığım bir yorumda bulunmuştun. Sen de Allaha – bunu hiç bir zaman kabul etmediğin halde– son yıllarında inanmıştın babacığım. Son yıllarında cuma günleri ortadan kaybolup camiye gitmeğe başlamıştın. Acaba daha önce, meselâ gençliğinde, buna benzer bir 'iman buhranı' geçirmiş miydin? Neyse, son yıllarında böyle bir değişikliğe uğradığını da kabul etmedin. Her zaman 'namazında niyazında' olduğunu ileri sürerek beni çileden çıkardın. Benim bu dağa çekilme meselesini de belki eski inançsız yaşantıma bir tepki olarak görürdün. Oysa ben kendimi modası geçmiş biri olarak 'telakki ettiğim' için, senin çocukluğuna sığınıyorum babacığım. Hareketimin, annemde beğenmediğin biçimde bir duyarlıkla ilgisi yok. Yani artık haddimi biliyorum, önünde 'hayat' denilen bir taşlık bulunan dağ evimde senin döneminde bilinmeyen ruhsal karışıklıklarımı yaşıyorum, kuyudan su çekiyorum ve eşeğime yüklediğim dallarla ocağımı yakıyorum. Buna 'şimdilerde' kaçış diyorlar babacığım; bir takım toplum sorunlarını çözemeyeceklerini hisseden burjuva, yani senin anlayacağın şehirde yaşayan ve üstelik şehirdeki günlük yaşantının geleneklerini benimseyen aydınlar böyle yapıyormuş. Sen böyle söyleyenlere bakma babacığım. Oğlunu onlardan öğrenecek değilsin ya. Sen de aslında annem gibi benim hiç bir zaman kötü bir şey yapmayacağıma inanırsın değil mi? Hani bir zamanlar bazı kitaplar okuyordum da eve bazı asık suratlı adamları çağırıp onlarla bağırarak tartışıyordum; o zamanlar annem, başıma bir şeyler geleceğinden endişelenmekle birlikte, gene de bu konuda kendisini uyaran ahbaplarına karşı beni savunuyordu. Şimdi beni savunan kalmadı babacığım; çünkü ikiniz de öldünüz. İşte ben de yalnızsam, yalnızlığımı bilmek için çoğu zaman –sabit nazarlarla boşluğa baktığım zaman– bu kerpiç evi gittikçe daha ciddi bir biçimde düşünüyorum. Ben bu asık suratlı aydınlara hiç benzemiyorum babacığım; onlara karşıyım ve senin içtenliğinden yanayım. Bazı kitaplar yüzünden kafam biraz karışmışsa da bugün bile senin içtenliğini taşıdığımı ümit ediyorum. Gene de sonunda sana bütünüyle benzemekten korkuyorum babacığım: yani ben de sonunda senin gibi ölecek miyim?

Mektubuma burada son verirken hürmetle ellerinden öperim.

Oğlun

Demiryolu hikâyecileri - bir rüya

Ülkenin büyük şehirlere uzak bir dağ başı kasabasında, bir demiryolu istasyonunda çalışan üç hikâyeciydik. İstasyon binasına bitişik yanyana üç kulübemiz vardı. Ben, genç yahudi, bir de genç kadın. Seyyar hikâye satıcılığı yapıyorduk. İşimiz pek parlak sayılmazdı; çünkü istasyonumuza tren çok seyrek uğruyordu. Ayrıca yalnız posta trenlerinin geldiği günler iyi iş yaptığımız söylenemezdi. Öğleden sonraları gelen posta trenlerinde daha çok elma, ayran ve sucuk-ekmek satılırdı. Bu saatlerde genellikle biz hikâyeciler uyurduk. Böylece gece için de dinlenmiş olurduk: Çünkü bizim bütün ümidimiz, gece yarısından sonra geçen tek eksprese bağlıydı. Öteki seyyar satıcılar bu saatlerde uyanıp gelemezlerdi çoğu zaman. Bizim de (hikâyeciler) uyuyarak gece ekspresini kaçırdığımız olurdu. Oysa istasyon şefiyle de aramız iyiydi; fakat nedense genellikle bizi uyandırmayı ihmal ediyordu istasyonun bu tek memuru. Ona da hak veriyorduk bir bakıma: Makasçılık yapıyordu, telgraflara bakıyordu, bütün işaretleri düzenliyordu; trenlere bilet satmak, kapıları açmak, kapamak... Bütün işler tek bir adamın üzerindeydi. Ona yaranmak için sık sık bedava hikâye veriyorduk; gene de bizi uyandırmayı unutuyordu bazen. Çoğu zaman, kendiliğimizden uyanmak zorundaydık. Bütün gün de hikâye yazdığımız düşünülürse, bunun pek kolay bir iş olmadığı da ortadaydı. Evet, öğleden sonraları uyuyorduk; ama genellikle akşam üzeri ilham geliyordu ve gecenin geç saatlerine kadar yakamızı bırakmıyordu. Bu 'yakamızı bırakmıyordu' sözüyle alay ediyordu istasyon şefi; biz de böyle anlarda, onun tek başına çalıştığını, her işe yetişemeyeceğini unutarak şiddetle eleştiriyorduk onu: İstasyon şefliği odasına bitişik kulübelerimize kadar zahmet edemez miydi ekspresin geldiği sırada? Aynı iş yerinde çalışan memurlar sayılırdık bir bakıma. Üstelik bazı geceler, yemeği bile unutarak elle yazdığımız hikâyeleri, istasyon şefinin odasındaki tek daktiloda temize çekiyorduk. Hikâyeciliğe ilk ben başladığım için daktilo yazarken ilk sırayı bana veriyorlardı arkadaşlarım. Fakat ben sıramı genellikle genç yahudiye veriyordum. Bu zayıf ve hastalıklı genç yahudiyi çok seviyordum.

Evet, bir bakıma demiryolu idaresinin memurları sayılırdık: kulübelerimiz de istasyon binası için ayrılan alana kurulmuştu, üstelik hepsi bir örnekti ve istasyon binası ile aynı mimarî özellikleri taşıyordu. İstasyon şefi gülerek, "memur hikâyeciler" diyordu bize. Sonra o bitip tükenmez tartışma başlıyordu: Hayır biz memur konumu içinde düşünülemezdik: Bir kere parça başına ücret alıyorduk. Ayrıca, bu ücret, ekspres yolcuları tarafından ödendiği için resmî bir ödeme sayılamazdı. Siz esnaf hikâyecilersiniz diyordu istasyon şefi bize. Aslında ben memur ya da esnaf olarak nitelendirilmek istemiyordum; biz sanatçıydık. Ayrıcalı bir durumda olmalıydık. Ne var ki ayran, elma ve sucuk-ekmek satıcılarının uyanık olduğu gecelerde birbirimizi iterek yolculara mallarımızı beğendirmeye çalışırken 'ayrıcalı bir durumda' olduğumuz söylenemezdi. Biz de öteki satıcılar kadar bağırıyorduk malımızı satmak için. Tabii genç yahudinin pek sesi çıkmıyordu; genç kadın da yiyecek satıcılarıyla perona inen yolcular arasında sıkışıp kalıyordu. Zaten satacak çok malımız da yoktu. İstasyon şefinin köhne daktilosunda her hikâyeden ancak bir iki kopya çıkarabiliyorduk. Son kopyalar da oldukça silikti, bunlara pek alıcı bulamıyorduk. Hikâyeler bir iki kere satılmadı mı, eskiyor; onlara müşteri bulmak güçleşiyordu. Çünkü güncel konuları işleyen hikâyeler yazıyorduk ve bir iki günlük modası geçmiş hikâyeleri uzattığımız zaman yolcular, yüzlerini buruşturarak, "Bunları biliyoruz, yeni şeyler yok mu?" diyerek bayat hikâyelerimizi suratımıza fırlatıyorlardı. O zaman da elma ve ayran satıcılarına kaptırıyorduk sıramızı.

Başka güçlüklerimiz de vardı: Tren her zaman bizim kulübelerin önünde durmuyordu. Birinci perona çoğu zaman yük vagonlarını yanaştırıyordu istasyon şefi. Bu yüzden ekspres, ikinci hatta üçüncü perona (bunlara 'peron' denilirse) yanaşmak zorunda kalıyordu. Yiyecek satıcıları bu durumu daha önce öğrendikleri için, treni oralarda bekliyorlardı. Biz hep son dakikada uyandığımız için, uyku sersemi çoğu kere önce yük vagonlarına çarpıyorduk telaşla. Sonra vagonların çevresini dolaşmak, rayların arasından gece karanlığında dikkatle geçmek gerekiyordu. Trenin durduğu yer de iyi aydınlatılmıyordu. Özellikle bu, bizim için çok önemliydi: Küçük hasır sepetler içinde tomarlar halinde duran hikâyelerimiz, hemen satılmıyordu. Her yolcu, tomarları (genellikle hırpalayarak) açıyor, hiç olmazsa sayfalara bir göz atıyordu. Karanlık işimizi zorlaştırıyordu. Satırları iyi görmedikleri için baştan savma bir göz gezdirdikten sonra geri veriyorlardı.

Satışlar iyi gitmiyordu. Savaş yıllarıydı. Ekmek bile pahalıydı. Ayrıca sık sık karartma yapılıyor, istasyonun ölgün ışıkları eserlerimizi büsbütün aydınlatmaz oluyordu. Böyle gecelerde çalışmak da anlamsızlaşıyordu. Kara perdelerini sıkı sıkı örttüğümüz pencerelerimizin gerisinde, mavi kâğıtlara sardığımız lambaların donuk ışığında, satılıp satılmayacağı belirsiz kısa hikâyelerimizi yazmağa çalışıyorduk. Allahtan, aldıkları malı doğru dürüst incelemeden, üstelik iki misli para vererek kapışan yataklı vagon yolcuları vardı. Bunlar yemeklerini yemekli vagonda yedikleri için bizim pis ayrancılara, elmacılara ve sucuk-ekmekçilere (özellikle onlara) aldırmazlardı. Ülkede taze olarak hikâye satılan tek istasyon olduğu için bizim ünümüzü de duymuşlardı. Onlara her zaman ilk kopyayı ayırırdık: titiz müşterilerdi. Ne var ki onların da rahat yataklarından kalkmaları, gece yarısından sonra bir hikâye almak için uyanmaları kolay değildi. Gene de bir kolayını bulmuştuk: Yataklı vagon memurlarına birkaç kuruş vererek yolcuları bizim istasyonda uyandırmalarını sağlıyorduk. (Ayrıca, her gelişlerinde bedava birer hikâye alıyorlardı bizden. Okuduklarını pek sanmıyorum. Herhalde elden düşme satıyorlardı.) Yataklı vagon yolcuları da olmasa halimiz haraptı. Bunlardan bazılarıyla ilişki de kurmuştuk. Acıklı durumumuzu bildikleri için, onları geçirmeğe gelen dostlarının getirdikleri pasta, kurabiye gibi yiyecekleri de bize verdikleri olurdu. Genellikle geceleri çalıştığımız için çok acıkıyorduk. Hikâyeleri geceleri yazıyor, geceleri temize çekiyor, geceleri satmaya çalışıyorduk. Ekspres uzaklaştıktan sonra yorgun argın istasyon binasına döner; bekleme odasında, yataklı vagon yolcularının verdiği kurabiyeleri yerdik. Bazen öteki satıcılar da gelirdi bizimle birlikte. Ayrancı, satamadığı ayranından ikram ederdi bize; nasıl olsa ertesi sabaha kadar ekşiyecekti ayranı. Bize biraz acıyorlardı galiba. Elmacı da –her zaman değil– bir elma soyardı bizim için. Biz onlara satamadığımız hikâyelerimizi veremezdik: Hiç biri okuyup yazma bilmiyordu. Sadece sucuk-ekmekçi bazen hikâyelerimizden –hangimizinki olursa olsun– isterdi, son kopyalardan olmak şartıyla: İnce kâğıttan olduğu için sigara sarıyordu hikâyelerimize.

Bazen, neşeli olduğum zamanlar, yani satışlar iyi gitmişse, yiyecek satıcılarına hikâyelerimi okurdum. (Genç kadın buna karşıydı.) Sucuk-ekmekçiyle elmacı daha ilk satırlarda uyuklamaya başlardı, fakat sonuna kadar kalırlardı bekleme odasında. (Hikâyenin sonuna doğru da uyanırlardı.) Ayrancı bütün dikkatiyle dinlerdi beni; bu ilgi hoşuma giderdi. Elimden geldiği kadar hikâye kahramanlarının konuşmalarını canlandırmaya çalışırdım okurken. Sonunda sucuk-ekmekçi başını sallar, kötü günler yaşıyoruz diyerek içini çekerdi. Olur böyle şeyler derdi elmacı da: İnsan neler görüyor yaşadıkça. Satıcıların acıklı öykülerini anlatan hikâyeler de yazmıştım. Bunları dinlerken ayrancı bile uyuklardı.

İstasyon şefinin de yazdıklarımıza aldırdığı yoktu; fakat nedense, her hikâyemizden muhakkak bir kopya alır ve bunları özenle dosyalayarak ayrı bir dolapta saklardı: Yönetmelikler böyle gerektiriyormuş. Demiryolları idaresinin toprakları içinde yazıldıkları için 248. maddenin kapsamına giriyormuş bizim durumumuz. Kanun maddelerinden söz edilince ben elimde olmayarak kızardım: Bizim durumumuzu düzeltecek, bize de istasyon toprakları içinde şerefli bir yer verecek yasalar yok muydu? Bizi sucuk-ekmek yasalarıyla bir tutan bir anlayışa her zaman karşıydım. Gene uzun bir tartışma başlardı: İstasyon şefi dolaplardan kara kaplı kitaplardan indirir, yiyecek satıcıları hakkında Sağlığı Koruma Yasalarının uygulandığını ileri sürerdi.

Bence durum gittikçe kötüleşiyordu. Genç yahudi gittikçe zayıflıyordu. Bence gizli bir hastalığı vardı. Onu tedavi ettirecek paramız yoktu. Demiryolları hastanesi de bizi kabul etmiyordu. Ben kızıyordum istasyon şefine: Bizi 248. maddenin kapsamına sokarak elimizden hikâyeleri nerdeyse zorla almasını biliyorlardı. Genç yahudiyi tedavi ettirecek bir madde bulunamaz mıydı? İşlerin kötü gittiğini herkes biliyordu. Daha kestirme bir ulaşımı sağlamak için bizim istasyona uğramayan bir demiryolu yapılacağı söylentileri de dolaşıyordu. Artık sadece posta trenleri uğrayacaktı buraya.

Üzüntüler içindeydim, üstelik âşık olmuştum. Elbette, üçüncü kulübede oturan genç kadına âşık olmuştum. Bir gece, bizi tanımayan bir yataklı vagon memuru onu iterek vagon kapısından dışarı atmıştı. Seyyar satıcıların yataklı vagona girmesi yasaktı. Genç kadın tozlu yerlere düşmüş, sepeti, hikâyeleri ortalığa saçılmıştı. Onu teselli ettim, saçlarını okşayarak ağlama, dedim. Peronda ikimizden başka kimse yoktu. Öteki satıcılar çabuk satmışlardı mallarını, hemen ayrılmışlardı istasyondan; son zamanlarda onlarla aramız iyi değildi: Yataklı vagonlara kapalı şişelerde, Sağlığı Koruma Yasalarına uygun olarak hazırlanmış gazoz, saydam kâğıtlara sarılmış sucuk-ekmek filân satmak istiyorlardı. Yataklı vagon memurunu da ayarlamışlardı. Yarabbi, her gün neden yeni sıkıntılar çıkıyordu? Bu doymak bilmeyen yataklı vagon yolcuları da, yemekli vagonda o kadar yemek yedikten sonra –kim bilir neler yiyorlardı– gece yarısından sonra gene acıkıyorlardı. Allahtan geçici bir tüzük maddesi bulmuştuk ve henüz yataklı vagona yaklaşmaya cesaret edemiyorlardı bu yüzden. Bu münasebetsiz yasa da bir ay sonra yürürlükten kalkıyordu. İkimiz –genç kadınla ben– gece soğuğunda titreyerek birbirimize sarılmıştık. Bizi bu kasabaya hangi rüzgâr atmıştı? Ne kötü şartlar altında çalışıyorduk. Yiyecek satıcılarıyla, tren memurlarıyla, açlıkla ve sefaletle uğraşmaktan sanatımızı doğru dürüst yapamıyorduk. Her şeyden önce doğru dürüst kitabımız bile yoktu. Kitap almak için büyük şehire gidecek tren paramız bile yoktu. Bu şartlar altında bizden ne beklenebilirdi? Düşündükçe durumumuzun ümitsizliğini ve garipliğini daha iyi anlıyordum: Aslında istasyon binasının yanında bize kutu gibi odalar vermekle demiryolları idaresi hiç de bizim yararımıza çalışmamıştı. Gündüzleri gürültüyle düdük çalarak geçen trenler yüzünden sürekli uyuyamıyorduk. Yazdıklarımızın da değeri bilinmiyordu: Geçen gecelerden birinde genç ve düzgün yüzlü bir yataklı vagon yolcusu, kendisine daha önce sattığımız hikâyelerin bir kısmını tanınmış bir eleştirmene gösterdiğini ve bu ünlü yazarın da hikâyeleri çok basmakalıp ve modası geçmiş bulduğunu söylemişti. Yağmur çiseliyordu, sepetteki hikâyelerin dış sayfaları ıslanıyordu. Sonbahardı. İnce ve her tarafı sökülmüş eski kazağımın içinde titriyordum. Bu şartlarda daha iyi ne yazabilirdim? Birden genç yataklı vagon yolcusuna sinirlenerek buz gibi bir sesle, isterseniz geri verin hikâyeleri, paranızı da alın demiştim. Aslında yalan söylüyordum: Cebimde meteliğim yoktu.

Bunları düşünerek dalmış gitmiştim. Çevremin farkında değildim. Tren uzaklaşmıştı. Birden kollarımın arasında genç kadını gördüm. Bana sokulmuş, başını göğsüme dayamıştı. Onu öptüm. Hikâye sepetlerimizi koluma taktım, uzaktan ışıkları görünen istasyonumuza doğru yürüdüm. O gece genç kadınla, ümitsizliğin ve yalnızlığın verdiği karışık duygular içinde seviştik. Şimdi bu satırları yazarken, öteki satıcıların, asık suratlı istasyon şefinin ve rayların arasında sıkışıp kalmış kulübemde yazmış olduğum bir günlük hikâyelerimin ucuz duyarlığına kapılmış olmaktan korkuyorum. Evet genç kadını seviyordum, sık sık onun kulübesine gidiyordum. Genç yahudinin odası ortada olduğu için genç kadına giderken yahudinin evinin önünden geçmek zorunda

kalıyordum ve bu durumdan sıkılıyordum. Genç yahudi-
nin de hastalığı ilerlemişti. Artık her gece, eskisi gibi hikâye
satmaya çıkamıyordu; hikâyelerinin sayısı da gittikçe azalı-
yordu. Son günlerde onun hikâyelerini de ben yazmaya baş-
lamıştım. O kadar halsizdi ki bu yardıma bile itiraz edemi-
yordu. Kendini iyi hissettiği zamanlar masasının başına ge-
çiyor çok kısa hikâyeler yazıyordu. İstasyon şefi bunları az
buluyor ve şimdi hatırlayamadığım bir yönetmelik maddesi-
ne göre, kulübelerimizin kirasını çıkarmamız için daha çok
yazmamız gerektiğini ileri sürüyordu. Yazdığımız konulara,
hatta yazış biçimimize bile karışır olmuştu.

Ben o sıralarda aşk hikâyeleri yazmağa başlamıştım. İs-
tasyon şefi, dedikodulara yol açacağını ileri sürerek bunlara
da engel olmak istedi. Onun bütün hareketlerine ister iste-
mez boyun eğiyorduk. Buradan atılırsak, böyle içinde hikâ-
ye yazma kulübeleri olan başka bir tren istasyonunu nere-
den bulacaktık? Sevgilim, istasyon şefinin yemeklerini pi-
şirip söküklerini dikiyordu, mesele çıkmasın diye. İstasyon
şefi bizi küçümsüyordu, yanılmıyorsam aslında her zaman
küçümsemişti. Şimdi de demiryollarının sayesinde ekmek
yediğimizi ileri sürerek sadece bu konuda hikâyeler yazma-
mızı istiyordu. Kendisini örnek veriyordu: Hiç istasyon şefi
demiryollarının dışında bir iş yapıyor muydu? Ona boş yere
her gün demiryolları ile ilgili yeni konular bulmanın zorlu-
ğunu anlatmaya çalıştım. Aslında bizim bu işe yanaşmayaca-
ğımızı biliyordu. Güç şartlar altında sürdürmeğe çalıştığımız
yaşayışımızda yeni bir endişe kaynağı yaratmak için üst ma-
kamlara aleyhimize raporlar yazacağını söyleyerek bizi teh-
dit ediyordu. Öteki satıcılarla da bozuşmuştuk. Ülkenin bu
ıssız köşesinde birkaç kişiden ibaret küçük topluluğumuzda
huzur içinde yaşamayı beceremiyorduk.

İçimin yorulduğunu hissediyordum. Her gece yarısı yarım
kalan uykular, tren düdükleri, anlayışsız ve cahil ya da rahat

ve kendini beğenmiş bir müşteri kalabalığına yeni hikâyeler bulma zorunluluğu, hastalığı gittikçe ağırlaşan genç yahudi ve gittikçe huysuzlaşan istasyon şefimiz... hangi tarafa yetişeceğimi bilemiyordum. Sevgilim de yorgun ve bezgindi; onun da hikâyelerine yardım etmek zorundaydım.

Düşüncemin bulandığını seziyordum. İstasyon dışındaki dünya ile ilişkilerim de gittikçe zayıflıyordu. Günlerin nasıl geçtiğini izleyemiyordum artık. Hikâyelerim için güncel olaylar bulmakta, insanları ve maceraları birbirine bağlamakta eski becerim kalmamıştı. Önemli olayları bile öğrenemiyordum çoğu zaman. Evet bazı olayları biliyordum: Savaş bitmişti. Cephelerden akın akın dönen askerler geçiyordu trenler dolusu. Onlardan kırık dökük bilgiler toplayarak savaş hikâyeleri yazdım bir süre. Bu arada birçok şeyi hatırlayamıyordum: Savaş bizim ülkede mi geçmişti? Yoksa uzak çöllerde mi savaşılmıştı? Topraklarımız genişlemiş miydi, daralmış mıydı? Genç yahudi bitkin gülümsemesiyle karşılık veriyordu bana: Bizim istasyon hep aynı yerde kaldığına göre, bunların önemi var mıydı? Top sesleri duymadığımıza göre, savaş hiç bir zaman bizim istasyona yaklaşmamıştı.

Sonra, hikâyelerime asık suratla göz gezdiren yataklı vagon yolcularının yüzlerinden savaş biteli çok olduğunu anladım. Bir yolcu da şehir isimlerinde önemli yanlışlıklar yapmaya başladığımı söyledi bir gün. Yöneticilerimizin adlarını da birbirine karıştırıyor ya da unutuyordum. Öyle ya yıllardır insan adlarını hiç yüksek sesle söylememiştim. İstasyon topluluğumuzda yıllardır birbirimize seslenmiyorduk. Böyle bir gereği hiç duymamıştık. İstasyonun adı bile, sadece yan duvara, badananın üstüne yazıldığı için silinip gitmişti, unutulmuştu. Gereğinde kelimeleri aramak için bir sözlüğümüz bile yoktu. Her gün yazmak zorunda olduğum hikâyelerin dışında kalan kelimeleri hatırladığımdan da kuşkuluydum. Yiyecek satıcılarıyla konuşmuyorduk. İstasyon şefi de aksiliğini artık yalnızca hareketleriyle ifade eder olmuştu. Genç yahudi artık konuşamayacak kadar hastaydı. İstediklerini başıyla işaret ederek belirtiyordu. Genç kadınla sessizce sevişiyorduk. Bu duruma kısa sürede alıştım.

Aslında geçen sürelerin kısalığı hakkında kesin bir yargıya da varamıyordum. Alışmaktan başka çarem yoktu bu duruma. Artık çok genç değildim. Hikâye yazmaktan başka bir iş de bilmiyordum. Artık büyük şehire gidemez, kendime yeni bir hayat kuramazdım. İstasyon dışındaki dünya ile ilişkilerimiz de gittikçe kendiliğinden azalıyordu. Gazetelerin pahalanması ve artık trenden başka araçlarla taşınması yüzünden önce güncel olaylarla ilişiğimizi kestik. Sonra yeni demiryolu hattı açıldı ve ekspres haftada bir gün uğramaya başladı. Bu benim de işime geliyordu. Artık bir çırpıda biten ve beni telaşla peşinden koşturan kısa hikâyeler yazmak istemiyordum.

Bütün gün odamdan çıkmadan yazıyordum. Yalnız bitişikteki kunduracının gürültüsü aklımı karıştırıyordu. Çünkü artık genç yahudi yoktu; bir süre önce ölmüştü. Aslında ben yanıma genç kadının taşınmasını istiyordum. Ne var ki istasyon şefi, ben daha bu isteğimi belirtmeye fırsat bulamadan bir gün –bir süre önce– kunduracıyla göründü. Adam da hemen yerleşti. Bu dağ başında onun işi de bizimkinden iyi sayılmazdı. Kunduracıya genç kadının kulübesine geçmesini teklif etmeyi düşünüyordum. Bu düşüncem de sanıyorum çok uzun sürmüştü. Çünkü bir gün onun kulübesine gittiğim zaman, yani ona bu teklifimi bildirmek için... Neyse biraz aklım karıştı. Fakat şöyle olmuştu: Yani genç kadın bir süre önce gitmişti. Evet kulübesi boştu. Benim uzun hikâyelerimden birini yeni bitirdiğim ve uyuyakaldığım bir gece, trene binip gitmişti. O günlerde kafam daha da karışıktı. Bu uzun hikâyelerim nedense hiç satmıyordu. Ben de haftada bir satış yaptığım için galiba biraz fazla istiyordum. Hikâyelerin de açık ve seçik olduğu söylenemezdi. Günlerimi yarı aç yarı tok geçiriyordum. Bir gün –yani bir süre sonra– bir yolcu daha önce –bir süre önce– kendisine satmış olduğum hikâye hakkında ağır eleştirilerde bulundu. Sayfa numaraları da karışıktı. Ben de ona bir haftadır aç olduğumu söyledim. Hayır söylemedim. Bunu başka bir yolcuya –bir süre sonra– söyledim. Bir süre önceki yolcuya her şeyi bilerek yaptığımı anlatmaya çalıştım. Birçok şeyi unutuyordum. Fakat eleştiriler konusunda hassastım. Böyle zamanlarda, bir de çok endişelendiğim zamanlarda eski canlılığımı buluyordum. Sonra kaybediyordum – bir süre sonra. İstasyon şefi beni atacağını, artık bir işe yaramadığımı söylediği zamanlar endişeleniyordum meselâ. Oysa, pek alıcı bulamamakla birlikte, daha iyi hikâyeler yazdığımı sanıyordum. Kundura tamircisi de dünyada olup bitenler hakkında bir şeyler anlatıyordu. Bunların neler olduğunu şimdi tam olarak hatırladığımı sanmıyorum. Fakat karışık ve akıl erdiremediğim bir dünyayı anlatıyordu tamirci. Ona okumağa çalıştığım hikâyelerimi de dinlemiyordu. Oysa ben onların gittikçe ifade edilmesi güç bir açıdan gittikçe daha büyük değer taşıdığını seziyordum. Bunu tamirciye anlatamıyordum. Çünkü gitmişti, beni yalnız bırakmıştı. Son konuşmamızdan sonra –bir süre sonra tabii– istasyondan ayrılmıştı.

Bu, son yazdığım hikâyelerden biri. Bunun gibi daha birçok hikâye birikti. Hikâyelerimin hepsi kafamda. Hepsini çok iyi hatırlıyorum. Henüz hepsini yazmış olmayabilirim. Şimdi bazı geceler, eski alışkanlığımla, geceyarısı uyanıyor ve bu yeni hikâyelerimi sepetime –ya da genç kadının sepetine, ya da şimdi ölmüş bulunan genç yahudinin sepetine– özenle yerleştiriyorum, demiryoluna çıkıyorum. Artık tren geçmiyor buradan. Son günlerde istasyon şefini de nedense ortalarda göremiyorum. İzinli olduğunu sanıyorum – çünkü yıllardır hiç tatil yapmamıştı. Onun elbiseleri de şimdi benim üzerimde. Giderken yerine beni bırakmış olmalı. Trenler de nedense uğramıyor. Neyse, bunlar önemsiz ayrıntılar.

Korkuyorum. Çünkü buradan gitmek istiyorum. Bakkal daha veresiyeyi kesmedi. Fakat bu durum artık bir süre daha bile süremez. Bakkaldan utandığım için soramadım, bir zamanlar –bir süre önce– aynı çekingenlik yüzünden kundura tamircisine de soramamıştım: Bir mektup yazmak istiyordum, ama adres bilmiyordum. Yani hiç bir adres bilmiyordum. Buna inanmazlardı, bunun için utanıyordum. Bana herhangi bir adres söyler misiniz? diyemezdim. Oysa herhangi bir adres yeterliydi benim için. Bir zorluk daha vardı o zamanlar. Şimdi de var – yani bir süre geçtiği halde. Kendi adresimi de bu mektupta yazmak sorunu beni düşündürüyor. Bu hikâyemi, ekspres ya da posta treni artık –belki de sadece belirli bir süre için– geçmediği halde, bir yolunu bularak okuyucularıma –artık müşterim kalmadı– iletebilsem bile, nerede bulunduğumu nasıl anlatacağım? Bu sorun da beni düşündürüyor. Ama gene de ona yazmak, hep onun için yazmak, ona durmadan anlatmak, nerede olduğumu bildirmek istiyorum.

Ben buradayım sevgili okuyucum, sen neredesin acaba?

23 Haziran 1976
26 Eylül 1977

İletişim'den

Oğuz Atay

BÜTÜN ESERLERİ

Tutunamayanlar
ROMAN / 724 SAYFA

Bir Bilim Adamının Romanı
ROMAN / 270, 12 SAYFA ALBÜM

Eylembilim
ROMAN / 114 SAYFA

Günlük
GÜNCE / 287, 12 SAYFA ALBÜM

Korkuyu Beklerken
HİKÂYE / 196 SAYFA

Oyunlarla Yaşayanlar
OYUN ("ACIKLI GÜLDÜRÜ") / 108 SAYFA

Tehlikeli Oyunlar
ROMAN / 479 SAYFA